3.0

Prima edizione: ottobre 2013

Per accordo di Thésis Contents S.r.l., Firenze – Milano
Roma, Casella postale 6214

ISBN 978-88-541-5633-3

www.newtoncompton.com

Realizzazione a cura di Corpotre
Stampato nell'ottobre 2013 presso Puntoweb s.r.l., Ariccia (Roma)
su carta prodotta con cellulose senza cloro gas provenienti da foreste
controllate e certificate, nel rispetto delle normative ecologiche vigenti

Rosa Ventrella

Il giardino degli oleandri

Newton Compton editori

Dedicato a tutte le donne della mia infanzia,
che ho amato e che se ne sono andate...

E dedicato a mia madre, che fortunatamente
mi siede ancora accanto...

Al centro, sorridente, Diamante insieme alle sue donne...

A mo' di prologo

Se provo a scavare tra i ricordi e a cercarne uno che possa richiamare immediatamente l'essenza del mio universo femminile, allora la mia mente corre rapida alla mia infanzia. Ogni altra immagine, più ricercata, più dotta, più sottoposta a qualche sofisticazione intellettuale, viene ingrigita e annebbiata da un'unica, potente visione, quella dei ritrovi delle donne della mia famiglia, a casa di mia madre, per la solenne preparazione dei dolci natalizi. Chiedo scusa al lettore ma le presentazioni sono d'obbligo. Mia nonna: matriarca senza corona, reggitrice senza trono. Il puntello della mia infanzia, del mio intero mondo. Mia madre, donna mansueta e dalle poche aspettative. È sempre stata seconda, nella preparazione di qualsiasi cosa, commestibile o no, alla più giovane delle mie zie, il vero portento culinario della famiglia. E poi tutto uno stuolo di zie eternamente mezzane, a cui era concesso parlare quel tantino in più, per via del numero maggiore di anni che avevano trascorso a tribolare in questo mondo. Rammento l'arrivo della zia giovane, salutato persino dai putti delle confezioni del Pane degli Angeli. Un tripudio di gioia, un ingresso trionfale. Lei era l'ultima ad arrivare a casa mia, attesa come un'apparizione miracolosa. Oltretutto la più dotata tecnologicamente, perché portava la "macchina per montare gli albumi delle uova". Verso la quale mia nonna provava una vera, profonda avversione. Per lei non c'era nessun arnese infernale che sapesse fare il lavoro meglio delle sue mani. Quindi, nonostante l'attrezzo lucidato e splendente in bella mostra, la reggitrice imbracciava il suo piattone bianco, bordato di blu, e compiva il prodigio. Sotto i miei occhi un po' sognanti, un po' cisposi – perché c'era da attendere davvero tanto – fiumi di liquido bianchiccio e appiccicaticcio si trasformavano in morbidi nuvoloni di bambagia. «Devi montarlo sempre nello stesso verso», mi sussurrava orgogliosa, guardando di sottecchi a destra e a sinistra, come se mi stesse rivelando un arcano segreto. L'avrò delusa, perché da donna moderna ed emancipata quale sono, ho sempre utilizzato la frusta elettrica. Non vi ho ancora detto quale fosse la mia parte in quel guazzabuglio di farina, uova, zucchero e bontà.

Nessuna.

Mi era concesso solo di stare a guardare. La prima regola che si addiceva a una donna era proprio quella. E prima imparavo a fare la comparsa, meglio era. Qualsiasi tentativo di entrare anche in punta di piedi nel complicato mondo adulto andava incontro a un indiscusso fallimento e poco importava se la tenera bambina si illudesse di aver realizzato un piccolo capolavoro. La zia giovane era sempre all'erta alle mie spalle, a dirmi che non ero ancora pronta e che le forme dei miei dolci erano tutte da rifare.

«Non sei capace», mi ripeteva con una punta di sadismo, «quando sarai grande ti verranno come questi», mi redarguiva in modo beffardo, sbandierando sotto i miei occhi file e file di paste di ricotta, di *cartellate*, di biscotti al burro che parevano usciti da uno stampo meccanico.

Quella era la seconda regola del vademecum della donna perfetta: l'imitazione. Quando sono diventata sufficientemente grande, però, da riuscire a vedere le loro preparazioni non più in punta di piedi, ho capito che non avevo guardato abbastanza in profondità. Troppo presa dagli aromi speziati e dalle fragranze di dolci appena sfornati, non ascoltavo e non osservavo che quel che in realtà si svolgeva sotto i miei occhi di bambina era la più temibile delle iniziazioni.

Mille bisbigli, sguardi di sottecchi, lingue leste, in mezzo a mani svelte e operose. Le donne della mia famiglia confabulavano, sogghignavano, spettegolavano come beghine assatanate. E in tutto quel trambusto non mi ero mai resa conto che la vittima, ignara e persino contenta, era sempre e solo una: l'uomo.

«I "maschi" sono tutti uguali», bofonchiava mia nonna con aria afflitta e rassegnata.

Regola numero tre.

«Bisogna prenderli in giro e farli contenti», ribadiva mia madre.

Regola numero quattro. La zia giovane annuiva, non nascondendo uno sguardo di commiserazione nei confronti della sottoscritta che, insieme a lezioni di alta pasticceria, si sorbiva anche pillole di vita coniugale.

«Il maschio è cacciatore», era la preferita della reggitrice.

Regola numero cinque.

«Ai maschi non si può dire la verità. Non la capirebbero», la summa di mia madre.

Regola numero sei.

Compresi quindi che il ritrovo per i dolci natalizi era il loro modo per istruirmi sul mio futuro, di donna, moglie, reggitrice del mio piccolo regno. E mio nonno, mio padre, mio zio erano ignari che si cospirasse contro il genere maschile. Una riscossa privata, che durava appena il tempo necessario per sentirsi padrone dei propri sentimenti e del proprio destino. E che si infrangeva miseramente contro il sordo clangore di chiavistelli procurato da mio padre, nell'atto di entrare in cucina, dopo aver aperto la porta di ingresso. Mia madre allora riprendeva le redini, lesta, col pallore sul viso.

«Zitte zitte», sussurrava, «sta arrivando».

A quel punto piombava il silenzio tra le massaie di casa. Mio padre dava un'occhiata ai dolci, annusava le fragranze odorose sprigionate nell'aria e mi dava un buffetto sulla guancia, ignaro che le sante che lo circondavano si mascheravano da diavoli, quando voltava l'angolo.

Cominciava allora il racconto mesto della zia Diamante, la parte preferita del ritrovo di famiglia, il momento che attendevo sin dall'inizio.

Le storie erano tante, a volte diverse, a volte sempre uguali, ma tutte iniziavano nel lontano 1938. Tutte parlavano di una casa e di un giardino. Tutte parlavano di un oleandro in fiore.

PARTE PRIMA
LA MORTE

1

Primavera 1938

Prometteva di essere una primavera caldissima, una di quelle durante le quali la cosa più bella che potesse capitarti era correre a perdifiato per le campagne di tutti i colori, per poi tornare, al tramonto, lercia e sfinita.

Era anche la cosa peggiore, perché il gran caldo ti si appiccicava addosso come un sudario maleodorante, unito al fastidioso prurito che il polline ti seminava sulla pelle. Per me si trattava comunque del periodo più bello dell'anno, perché carico degli umori dell'attesa, dell'ansia del risveglio, della voglia di ricominciare a vivere. Salutavamo l'inverno come fosse un vecchio stanco che bofonchiava, a male parole, quanta poca voglia avesse di tornare alla successiva stagione. Ma nessuno ci pensava, non più, quando la primavera aveva inebriato ogni cosa dei suoi profumi.

Da compare Bertoni si diceva addio al freddo che se ne andava con un preciso rituale. Lo facevamo nei giorni di fine febbraio, quando l'inverno fortunatamente sembrava un ricordo ormai sbiadito e i primi bagliori di un sole infuocato scaldavano l'aria del pomeriggio. La si poteva masticare lenta, più rarefatta.

Il vecchio Uberto ci faceva riunire tutti davanti al grande albero di fichi che torreggiava proprio di fronte a casa sua. Era maestoso e dovevo sollevare la testa fin quasi a farmi dolere il collo, per poterlo vedere in tutta la sua grandezza. Il tronco nodoso si avvitava su se stesso in miriadi di giri. Uno per ogni anno che aveva trascorso ben piantato in quella terra, a vegliare sulla casa del signor Bertoni, e su tutti quelli che vi avevano vissuto, generazione dopo generazione.

Non so bene perché quel preciso rituale, così carico di aspettative, si dovesse svolgere ogni anno proprio sotto l'albero di fichi di quel vecchio brontolone. "Un albero di fichi è un albero di fichi", mi ripetevo, considerandoli tutti uguali. Quindi, per quanto mi riguardava, poteva andare bene anche quello del mio giardino. Al mio paese, però, anche le cose, così come le persone, avevano una precisa collocazione nello scacchiere della vita e del destino. Un ruolo ti si appiccicava addosso come una seconda pelle, e il ruolo del vecchio Bertoni e del suo albero di fichi era scacciare l'inverno. Punto e basta.

Così, quel diavolo di un brontolone brandiva una grossa verga e iniziava a fustigare la povera quercia, prendendola ben bene a nerbate. A ogni colpo un rantolo secco si accompagnava al frusciare delle fronde. Come se il povero fico biascicasse davvero per le frustate prese.

Io e Pietro, mio compagno di giochi e di avventure, socchiudevamo un occhio a testa, per partecipare al dolore del vecchio albero, ma con quello rimasto aperto stavamo ben attenti a osservare l'aria intorno. Perché il vecchio Uberto diceva che lo spirito dell'inverno si sarebbe levato alto in cielo, colpito dalle sue sferzate burbere. Così, con sguardo vigile, ci aspettavamo di vedere da un momento all'altro un qualche essere soprannaturale che fosse fatto di vento e profumasse di mele renette e di muschio, pronto a levarsi in cielo e a lasciare spazio allo spirito giulivo della primavera. Qualche donna si lasciava scappare anche un segno della croce, mentre Uberto compiva il prodigio, e anche un amen, ché tanto un po' di pagana religiosità non poteva certo guastare. Quella volta, le botte del signor Bertoni erano davvero bastate, perché di giorni di freddo e gelo non ne avevamo più avuti. In compenso si era fatta avanti, smorfiosa e sfacciata, una primavera già torrida, di quelle che facevano bofonchiare mio padre dalla mattina alla sera, preso com'era a lanciare improperi al cielo, al sole e, nel caso non fosse bastato, anche alla luna, colpevoli a suo parere di saettare il mondo con quelle lingue bollenti.

Io me ne stavo tranquilla a godermi le mattinate, i meriggi, i tramonti, in compagnia di Pietro. Entrambi con la pelle scura e ambrata che distingue – così mi dicevano – i figli dei contadini. Gente di campagna, questo eravamo, e io ne andavo fiera.

Non c'era niente di meglio, in quei giorni, tornando a casa, che affondare le mani nel catino di acqua fresca che la mamma sistemava fuori dalla porta di casa. Le passavo sulla faccia due, tre volte, finché non sentivo un brivido risalire lentamente lungo la schiena, mentre le gocce mi scivolavano sul collo e sul petto sudati. Allora sospiravo per la contentezza, appagata dalla sensazione che mi lasciavano addosso.

Quella dei contrasti è una faccenda che ha destato la mia curiosità sin da bambina. La passione per le tinte troppo accese o troppo spente, per le stagioni troppo fredde o troppo calde, per il bianco e il nero. Come se la miriade di gradazioni in mezzo non sortisse alcun effetto su di me. Non riuscisse a stuzzicare i miei sensi.

«Sei una strana bambina», mi diceva la mamma, quando commentava il fatto che io, a differenza degli altri discoli della mia età, che stentavano a proferire un sì o un no deciso, per lasciare ancora spazio al dubbio o al ripensamento, sapessi subito quel che mi andava a genio e quel che invece neanche in mezzo a mille traccheggi sarei riuscita a farmi piacere. Era così con le marmellate, per esempio.

Adoravo quelle che si confondevano con il nero della terra di gennaio. Le susine sode e violacee, i mirtilli selvatici, che io e Pietro raccoglievamo proprio vicino al grande fico preso a nerbate. Susine e mirtilli erano i miei gusti preferiti e non c'era verso che la mamma mi convincesse a mangiarne di diversi. Proprio per la bizzarra storia dei contrasti, al nero di gennaio faceva da contraltare il gusto inconfondibile della composta di limoni.

La Margiala – il nome con cui gli altri chiamavano mia madre – lasciava che la scorza si facesse tenera tenera, tenendo in ammollo i limoni per diversi giorni.

Poi ripuliva bene il frutto dalle parti bianche e cuoceva le bucce in abbondante acqua. Ripeteva l'operazione diverse volte, fino a quando, all'assaggio, le scorze non avessero perso il loro sapore amarognolo. A quel punto erano pronte per unirsi alla polpa e allo zucchero e diventare gustosa marmellata. La mamma ne preparava in gran quantità, perché in paese tutti andavano matti per le marmellate della Margiala. Ne confezionava diversi vasetti, da consumare poi nel corso dell'inverno. Così, a ogni assaggio – questo era quello che diceva – i sapori dell'estate sarebbero tornati alla mente.

Dovete sapere che tutti avevano un soprannome nel mio paese. Costituiva una specie di trofeo che ti veniva affibbiato quando raggiungevi un'età abbastanza ragguardevole da aver lasciato i segni della tua personalità in giro.

Per questo motivo mia madre era la Margiala, ma nel suo

caso non si trattava di un semplice soprannome bensì, come per la faccenda dei ruoli, di un'essenza, di uno spirito dentro lo spirito.

Nella lingua locale la "margiala" è colei che ha poteri stregoneschi, una sorta di *magistra*, in grado di dispensare consigli sull'uso accurato della mescita delle erbe, su come togliere il malocchio, su come aiutare le partorienti a scoprire il sesso del nascituro, su come curare il mal di pancia dei bambini piccoli e altre diavolerie del genere. Tutte queste e altre ancora erano le doti per cui la mamma era tanto conosciuta in paese.

Doti che aveva ricevuto in eredità da sua madre Diamante, a sua volta conosciuta e rispettata come strega a Cerignola.

Io e Pietro adoravamo andare a pescare. Conoscevamo una scorciatoia che, attraverso i campi, seguiva la linea del canalone che il fascismo aveva fatto costruire e che arrivava fino al mare. Una grande voragine di terra brulla, lunga qualche chilometro, percorrendo la quale ti sentivi un po' selvaggio e un po' avventuriero. Dicevano che il duce ci avrebbe fatto passare l'acqua del mare, attraverso quel cunicolo profondo, e noi bambini immaginavamo già di poterci sguazzare. Il mare dentro al paese. Sarebbe stato bellissimo!

Non l'avevamo scoperta proprio noi quella scorciatoia, anche se quella piccola bugia fu il nostro vanto per diverse stagioni. È che una volta, inseguendo Tommaso, eravamo sbucati proprio a ridosso delle acque salmastre del porticciolo, senza rendercene conto. Tommaso era il mio gatto, o meglio il gatto di tutti quelli che abitavano dalle parti di casa mia. Non era il tipo da farsi catalogare come gatto di qualcuno. Si trattava piuttosto di un vagabondo furbetto che aveva preso a cuore la nostra casa, quando c'era da mangiare, ma che era pronto a tradirti con un perfetto sconosciuto, qualora il cibo offerto fosse stato più gradito.

«Puah...! I gatti sono come le donne», ragliava mio padre, «non c'è da credere alla loro fedeltà».

Io segnavo nel mio taccuino mentale tutti gli ammonimenti e i rimbrotti del papà, convinta che quei moniti di saggezza si sarebbero rivelati utili nella vita, per affrontare meglio i colpi del destino.

Anche la faccenda della fedeltà era un'altra questione che stuzzicava la mia curiosità, esattamente come quella dei contrasti. Se infatti era facile per me prendere per buone le parole di papà riguardo a quei simpatici felini, ben più difficile mi risultava abbinare il medesimo assioma alle figure femminili che io conoscevo. Prima fra tutte quella di mia madre. Avevo infatti ben impressa nella mente l'immagine di Tommaso intento a ustolare davanti alla porta di casa, con la schiena arcuata a pavoneggiarsi e le vibrisse ben tese, a captare ogni più impercettibile onda sonora o emotiva. Sapeva bene il fatto suo quando voleva mangiare e non c'entrava il fatto che fosse femmina – cosa che avrei scoperto più tardi e che invece secondo mio padre non era irrilevante – c'entrava piuttosto la sua natura selvatica, credo, che gli aveva instillato i rudimenti dell'arte di arrangiarsi e di sopravvivere.

Dunque, mio padre diceva che anche nelle donne era connaturata quella perversa mania di civettare e miagolare quando hanno bisogno di qualcosa.

«Cattivo segno, figliolo, quando le donne ti degnano di attenzione. Può voler dire solo due cose: o vogliono qualcosa, e deve trattarsi di una faccenda importante e costosa, o stanno per pugnalarti alle spalle», gli sentivo ripetere spesso a mio fratello Giuseppe. Io lo ascoltavo con la fronte ben tesa e gli occhi spalancati. Anche la bocca credo rimanesse spalancata, quando papà dispensava assaggi di vita, perché un paio di volte devono esserci entrate delle mosche, intenta com'ero a pendere dalle sue labbra. Lui, inorgoglito, se ne tornava al bancone di lavoro, dietro il quale aveva visto per tanti anni il mondo sfilargli davanti, negli occhi e nelle gesta di decine di sconosciuti. Forse proprio dall'aver assistito alla vita come spettatore, gli derivava tutta quella saggezza.

Come sempre accade però quando gli adulti ammoniscono i bambini, io facevo tutto il contrario. Sono sicura che anche il papà del mio amico Pietro, contadino come la mamma, redarguisse suo figlio sui pericoli della vita. Ma anche lui, come me, incassava i buoni consigli e andava avanti per la sua strada, convinto che il solo fatto di essere bambini rendesse immuni dalle brutture del mondo e dai pericoli che albergano solo nella testa dei grandi.

2

Il mare aveva un aspetto minaccioso, gonfio e ostile. La sabbia intorno appariva piena di infossamenti e di fanghiglia verdognola.

«Quel posto lì è perfetto per pescare», mi disse con entusiasmo Pietro, brandendo la sua rudimentale canna da pesca. L'avevamo presa di nascosto, sapendo bene che i rispettivi padri non ce lo avrebbero consentito. Ma come si faceva a resistere? I pesci sguazzavano in mezzo a quelle acque rinvigorite da nuova energia. Era una tentazione irresistibile. Il mio amico stava indicando con il dito una piccola secca formatasi tra due lembi di sabbia che si protendevano verso il mare. Tutt'intorno c'era boscaglia e diversi rami che si allungavano fin quasi a lambire le acque. Ci erano parsi un buon appiglio e un sicuro ricovero per i nostri attrezzi. L'ombrina si pescava con una certa facilità. Il metodo migliore era quello dell'esca in profondità che consentiva ai pesci di non venire traviati dal moto ondoso della superficie.

Pietro sollevò alcuni sassi viscidi che se ne stavano a languire al sole, sotto gli alberi più alti. Un olezzo fetido, come di carne marcescente mista a frutta fermentata, si levò non appena ebbe rivoltato il primo sasso. Il paradiso putrido di vermi da esca. Pietro ne prese uno abbastanza lungo che si contorceva per opporsi al suo macabro destino. Io presi un sassolino bello asciutto, con la testa puntuta, e lo usai come coltellino per staccare pezzi al povero verme.

Quello continuava a muoversi, con le parti del corpo monche, ribellandosi strenuamente al suo destino. Mi sono sempre chiesta perché gli audaci combattenti usassero dire ai loro nemici "Muori come un verme". Non mi sembrava una frase che si prestasse tanto a essere una così tremenda offesa, perché c'era qualcosa di arduo e coraggioso nel modo in cui quei piccoli animaletti lasciavano il mondo mortale, lottando fino alla fine.

A nove anni, però, e quando si ha il pensiero fisso di portare pesci a frotte come vittorioso trofeo a casa, si ha poco a che pensare alla fine che fanno i vermi da esca. Sono riflessioni che arrivano dopo, nella vita, quando si diventa adulti e si impara a vedere meglio la morte in faccia.

C'era una strana calma tutt'intorno, rassicurante e inquietante al tempo stesso. Due bambini di soli nove anni, rannicchiati su una specie di spiaggetta instabile, lontani dal resto del mondo animato. Nessuno ci avrebbe dato fastidio, era sicuro, ma nessuno avrebbe vegliato su di noi.

«Dài, fissa bene il corpo all'amo», mi spiegava Pietro a cui piaceva atteggiarsi a fratello maggiore, nonostante io fossi più grande di lui di due mesi. «Devi stenderlo per tutta la sua lunghezza, in modo che il pesce lo veda bene», continuava.

Io lo ascoltavo senza fare obiezioni, anche perché il mio amico era il tipo di persona dotata del carisma dei capi, uno di quelli destinati a fare qualcosa di importante una volta diventato adulto e ad avere uno stuolo di seguaci al seguito.

Io, probabilmente, sarei stata una di loro.

«Adesso lo fai andare a fondo con un colpo deciso, senza aspettare troppo o i pesci annuseranno la trappola».

La mamma al mare non c'era mai stata, neanche fosse il luogo più lontano della terra.

«Sarà una specie di fiume, solo un po' più grande», concludeva ogni volta che le chiedevo se era curiosa di scoprirlo. Ma lei non si perdeva troppo in mistificazioni filosofiche, sul senso di grandezza e di piccolezza insieme che pervade gli animi sensibili davanti a quella meravigliosa distesa d'acqua.

La Margiala non era il tipo di donna che si lasciava confondere da inutili vaniloqui. Era una con i piedi ben piantati per terra.

Terra, denaro e famiglia. Queste erano per lei le cose importanti nella vita. Tutto il resto facezie. Pericolose facezie, per di più, che instillavano germi di insoddisfazione. E ogni insoddisfazione poteva a sua volta trasformarsi in una ribellione.

Io e Pietro tenevamo la canna sospesa a mezz'aria e il busto leggermente teso in avanti. Le ginocchia piegate, non troppo però, e neanche troppo poco.

«Devi tenere le gambe molli e il braccio ben teso. Se stai troppo rigida nella parte bassa, la mano non sarà ferma».

Era un'arte che Pietro conosceva alla perfezione. Frutto delle innumerevoli volte in cui suo padre lo aveva portato con sé, a spiegargli con cura le tecniche di pesca. Ora si era fatto sufficientemente bravo da avere anche lui i suoi discepoli. La voglia di imparare non mi mancava, accompagnata alla caparbietà semplice che derivava, con ogni probabilità, dalle mie origini contadine.

Vedevo il filo oscillare piano, cullato dalla corrente.

«Ecco, così è perfetta», esclamò Pietro, con gli occhi pieni di gioia. Non c'è gratificazione più grande per un maestro che vedere il proprio allievo farsi esperto quanto lui. Non saprei dire quanto tempo rimasi con le gambe molli e le braccia in tensione prima che un'ombrina facesse la sua comparsa e abboccasse. Fui io la prima a pescarne una, quel giorno, e non vi dico la soddisfazione di aver addirittura superato il maestro. Poi fu la volta di Pietro e, uno dopo l'altro, pareva che i pesci del mare avessero preso a seguire una scia portentosa che li conduceva inesorabilmente verso la morte. Non avevamo portato secchi con noi, per riporre il pescato, ma Pietro aveva i suoi metodi, rudi, quanto efficaci. Con estrema freddezza, infatti, stringeva ben bene il pesce tra le mani, nonostante fosse vischioso e si dimenasse come un'anguilla. Lungo la sponda sporgevano delle radici puntute di alberi, affilate come lame, perfette per conficcarci il corpo dei pesci. Pietro teneva la testa del povero malcapitato con le due mani e, con un colpo deciso, la fissava poi alla parte sporgente della radice. In breve tempo, una decina di teste dinoccolate penzolavano come macabro trofeo dei due pescatori senza cuore.

Ogni volta che Pietro ne infilzava una, ingoiavo un boccone amaro di saliva, temendo che prima o poi sarebbe toccato a me compiere il rito. E non ero sicura di esserne capace. Ma per Pietro quella era una sorta di iniziazione, per veri adulti e, per mia fortuna, non mi riteneva ancora all'altezza.

3

Tutte le volte che Pietro infilzava un pesce sputava per terra, come se quella fosse la naturale conclusione di un gesto audace, da veri uomini. Lo imitai, un paio di volte, nell'atto di riempire di vomitevoli sputacchi il metro quadrato della nostra azione.

Forse per via dei minuti che passavano o perché le mie gambe non erano abituate a quella posizione innaturale, un senso di profonda stanchezza iniziò ad assalirmi.

Poteva essere trascorsa un'ora, forse due. Quando peschi, il tempo corre sempre troppo in fretta o troppo lentamente ed è in generale la sensazione che l'acqua trasmette a dare la parvenza di quella momentanea sospensione del giudizio.

Alla percezione di gonfiore alle gambe si andava accompagnando anche un senso di languore. Avevo fame e l'interesse per i pesci cominciava a diminuire. Così iniziai a farmi più distratta, a perdere la concentrazione, a non prestare più tanta attenzione né a come tenevo le mani né tantomeno a come arcuavo il busto. Speravo così che le prede si facessero più astute, notando l'indugio del predatore, e iniziassero a girare al largo. La mia tattica evidentemente funzionò, perché alla mia esca non abboccò più nessun pesce. Pietro, invece, era ancora rigido come un tronco e le sue gambe non mostravano il minimo cenno di cedimento.

«Pietro, sono stanca, torniamo a casa?», domandai mugugnando come una bambina. Negli anni a venire mi sono chiesta innumerevoli volte cosa sarebbe accaduto se non avessi pronunciato quelle parole, se avessi resistito ancora per un po'.

C'è un preciso istante che muta il corso delle nostre vite, per sempre. Il momento in cui l'attimo dopo segue un corso incredibile e inaspettato solo un attimo prima. Quando tutto cambia.

Pietro mi diede ascolto e, al mio primo accenno di lamento, ritirò la canna da pesca dall'acqua. Iniziammo il macabro rituale al contrario, staccando le teste dei pesci dalle radici. Li avvolgemmo in un canovaccio, e il fetore che esalava la loro carne già putrescente era stomachevole. Resistemmo entrambi, perché lamentarsi per la puzza sarebbe stato da femminucce.

Ci osservammo per qualche minuto, occhi negli occhi, con lo sguardo ridente di chi sentiva di avere il destino in pugno e la vita sulle labbra. Il mio amico mi prese la canna dalle mani, perché nel suo fare gentile c'era già il preludio dell'adulto per bene che sarebbe diventato. Poi mi guardò ancora, esibendo uno splendido sorriso. Lo ricambiai distratta, perché avevo la testa già altrove e perché le cose da uomini – come la pesca – mi attiravano fino a un certo punto e solo nella misura in cui rappresentavano una sfida fuori dal comune per una donna. Se solo avessi saputo, avrei indugiato più a lungo sul suo sorriso, avrei cercato di prendere più a cuore i suoi fondamentali insegnamenti sull'arte di pescare. Ma forse anche nelle mie altalene umorali c'era il preludio della donna che sarei poi diventata.

Non ricordo bene in quale preciso istante la gamba di Pietro cedette. Non so nemmeno bene come, forse inciampando in una delle radici sporgenti. Fatto sta che il mio amico si ritrovò in acqua, in balia di onde minacciose. Lì per lì non ebbi l'immediata consapevolezza che la cosa potesse essere pericolosa. Ero convinta che si sarebbe aggrappato a uno scoglio o che avrebbe afferrato la mia mano che cercava di ripescarlo e che al massimo sarebbe tornato a casa bagnato fradicio e si sarebbe preso una bella strigliata da suo padre.

Forse era la dissennatezza della fanciullezza che, rimpicciolendo i pericoli e ingrandendo le possibilità di salvezza, induce a credere che tutto abbia sempre un esito positivo, che nella vita ogni cosa si possa aggiustare semplicemente, come un giocattolo rotto.

Per qualche istante mi vennero in mente gli innumerevoli racconti sulle vite ingoiate dal mare. Storie di annegamenti, di corpi trascinati via dalla corrente o rimasti aggrovigliati in mezzo a piante acquatiche spinose e invisibili, o sprofondati nella melma o inghiottiti da pesci mitologici che nessuno aveva mai visto ma che tutti avevano sognato almeno una volta.

Scossi subito la testa, per scacciare quei pensieri molesti che minacciavano di cancellare con un colpo di spugna l'abitudine dei bambini a vedere sempre il lato positivo delle cose. "Racconti dei vecchi", pensai, convincendomi che gli esiti catastrofici facessero parte del modo di vedere il mondo delle generazioni passate.

Mi protesi con più sforzo in avanti. Il fatto che Pietro non riuscisse ad avanzare verso di me non mi lasciava presagire niente di buono. Lo vedevo agitarsi in modo convulso, le manine esili di un bambino di nove anni, troppo piccole per opporsi alla forza del mare. Sentii i muscoli del mio viso contrarsi in una smorfia che poteva assomigliare solo a quella provocata dal terrore. Gli occhi intanto scrutavano in modo ossessivo a destra e a sinistra, nella speranza che qualcuno accorresse. Ma la voce era ancora ferma nella gola, come avessi pugni di sabbia secca a impedirmi anche di respirare.

Quando capii che nessuno sarebbe arrivato, tentai con ancora più forza di sporgermi verso di lui. Afferrai una radice e premetti contro il piede destro, mentre tentavo di allungare la mano e afferrare la sua. Anche Pietro si lasciò andare a quell'ultimo sforzo, tentò di nuotare verso di me, ma arrancava senza fiato ormai, e si vedeva che la corrente era troppo forte, le onde erano troppo grandi e il suo corpo troppo minuto. L'acqua ricoprì un paio di volte la sua testa, che poi per fortuna rispuntò fuori. Ma in quel momento mi fu terribilmente chiaro che stava per succedere qualcosa di tremendo, e allora iniziai a urlare, con quanto fiato avevo in corpo. La sabbia secca, dentro la gola, si sciolse in un istante. Urlavo il suo nome, poi aiuto, poi di nuovo il suo nome. Nella mente ancora l'immagine di Pietro e Diamante che si guardano, occhi negli occhi, di Pietro che fa ondeggiare con maestria la sua canna sul pelo dell'acqua.

Continuavo a urlare, sempre più forte, e alle grida si univano i singhiozzi del pianto. Sentivo i piedi nudi affondare sempre di più nella sabbia setosa, fresca. Se mi fossi buttata subito in acqua, forse l'avrei ripescato, forse insieme saremmo stati in grado di fronteggiare la corrente e di nuotare fino alla riva. Se solo non avessi creduto Pietro invincibile, forse avrei evitato di vederlo affogare sotto i miei occhi. Quelli, però, furono pensieri che arrivarono dopo, meditando sulla cosa a mente lucida.

«Pietro!», gridavo ormai in preda alla disperazione. «Pietro», quando nel punto in cui lo avevo visto affiorare per l'ultima volta, si scorgevano ormai solo fuscelli trascinati dalla pazza corsa delle onde.

Col senno di poi, ho sempre pensato che avrei potuto fare qualcosa per salvare il mio amico. Ma in quel momento, era successo tutto troppo in fretta e nella mia testa di bambina non era possibile che ci fossero favole che non finissero con un lieto fine.

Stetti in silenzio per un po', con i piedi che affondavano sempre di più e le braccia che cadevano pesanti e gronchie ai lati del corpo.

«Pietro», sibilai con un filo di voce, quando mi resi conto che il mio amico non sarebbe più tornato.

I pesci penzolavano ormai senza vita, anche gli ultimi pescati che avevamo adagiato nel canovaccio, risparmiandoli – almeno loro – alla forca. Mi guardai intorno, per fissare nella mente l'immagine di tutta la scena, dell'ultimo pomeriggio che io e Pietro avevamo trascorso insieme. Per ghermirla bene, come uno di quei ricordi indelebili che ti accompagnano in tutti i momenti di solitudine.

Provavo una sensazione difficile da definire, mentre osservavo il mare, che continuava la sua frenetica manifestazione di forza, e poi i pesci, sperando di ritrovare da qualche parte ancora segni della presenza del mio amico. Come se dentro di me si fosse aperta una grande voragine. Un dolore acuto, profondo, tutto fisico, che partiva proprio dallo stomaco.

Avrei scoperto, poco più tardi, che quello era il dolore che si accompagna alle perdite. Profondo e incoercibile. E non era solo il dolore per la morte di Pietro, ma anche per aver scoperto, con occhi disincantati, la morte.

Se Pietro era morto, allora anch'io potevo morire, anche mamma poteva morire, e ogni giorno avrei potuto incontrare gente che poi sarebbe morta.

Fu il primo, duro colpo che ricevetti nella vita, e Pietro il primo indiscusso eroe che avrei perso.

4

Ai funerali del mio amico, la Margiala e mia sorella Rosetta, la maggiore, furono chiamate a partecipare a tutta la veglia. Il loro compito era restare sedute per tre giorni interi accanto al feretro e piangere per tutto il tempo, offrendo consolazione alla mamma del poveretto e agli altri familiari. Rientrava tra i doveri della Margiala prendere parte a quasi tutte le veglie funebri del paese. In quelle occasioni era previsto che si indossasse un abito particolare, lungo fino ai piedi, completamente nero. In estate si trattava di una camicia di cotone e di una gonna a sbalzi, molto stretta in vita, tanto da rendere visibile la cintola snella della Margiala. Vero vanto della mamma, nonostante i suoi quattro figli. In inverno la gonna era di fustagno e si accompagnava a una maglia di lana che andava rigorosamente coperta con uno scialle merlettato. Anche la capigliatura la si ricopriva con uno zendado prezioso che le donne maritate tiravano fuori addirittura dal corredo dotale. Per questo quello delle veglie funebri era un affare da adulte, perché bisognava avere almeno a disposizione i capi della dote.

Mia sorella Rosetta aveva ventun anni e alla sua età si era già pronte per il matrimonio. La Margiala, poi, non era il tipo di donna che si facesse prendere alla sprovvista da qualche aspirante marito focoso, intenzionato a portare la figlia all'altare prima che ci fosse il tempo di organizzare per bene la cosa. Così il corredo di Rosetta era già pronto da due anni, ripiegato e profumato di naftalina, per tenere lontane le tarme. Riposto nella grande cassapanca di noce che troneggiava ai piedi del letto matrimoniale, solo la Margiala aveva il permesso di aprirlo, visto che si era fatta costruire da mio padre un lucchetto, perché la sacra dote fosse custodita al sicuro da occhi e mani indiscreti. La mamma aveva insistito perché i capi del corredo di Rosetta fossero ricamati. La faccenda del ricamo aveva un suo significato simbolico che andava ben al di là della bellezza in sé.

Dalle parti della Margiala, le campagne dell'entroterra foggiano, solo le figlie dei proprietari terrieri potevano permettersi di confezionarsi una dote ricamata. Il ricamo identificava un certo status sociale ed era la prima parte visibile delle lenzuola e degli asciugamani, quando si faceva l'esibizione della dote. Ogni capo veniva meticolosamente disposto su qualche mobile della camera matrimoniale dei genitori della sposa. Gli asciugamani sulle sedie e sulla specchiera. Le lenzuola ripiegate sul copriletto, insieme agli indumenti intimi aperti e disposti a file sui guanciali. La cosa importante era che si mostrasse bene lo sbalzo ricamato, la fine merlettatura, la parte frangiata dei teli da bagno di lino. Quelli che non dovevano mai essere usati per pulirsi le mani o la faccia, ma per fare bella mostra di sé, sempre intonsi e inamidati, nel bagno padronale. Al più venivano tirati fuori il giorno in cui si partoriva, ma solo perché si era sicuri che molta gente, accorsa per il lieto evento, li avrebbe notati.

La Margiala non proveniva da una famiglia di proprietari terrieri. I suoi erano semplici fittavoli che lavoravano la terra di una specie di barone, caduto in disgrazia prima dell'avvento del regime, ai tempi in cui qualcuno si era messo in testa che anche i poveri avessero dei diritti nelle campagne. Il padre della Margiala era nato fittavolo ed era morto fittavolo, anche se aveva continuato a dire per tutta la vita che un giorno un pezzo della terra del barone se lo sarebbe acquistato lui, così da poter dare a sua figlia la dote ricamata.

«Un giorno ti sposerai come una signora», le ripeteva sin da quando era bambina, «su un calesse che ci porterà fino alla chiesa di Cerignola, mentre tua madre scorterà a piedi gli invitati e si pavoneggerà perché sarà diventata la moglie di un proprietario. Avrai una dote merlettata, piena di pizzi e fru fru, e tutti ti porteranno rispetto».

Spesso mia madre ci raccontava la storia di suo padre sognatore. Una storia di gloria e di vanto che, poveretto, non avrebbe mai visto realizzata. La sua vita non era andata esattamente come aveva previsto. Men che meno tutta la faccenda del diventare proprietario e del far sposare la figlia come una signora. Era morto prima di compiere il grande passo e forse era stato meglio così, perché se n'era andato col sogno di poterlo un giorno realizzare. Stroncato da una bronchite o polmonite. Si diceva sempre così quando una tosse vischiosa e incoercibile tormentava i poveri malcapitati per mesi e mesi, prima che un pallore di luna e un febbrone da cavallo se li portasse all'altro mondo.

Un bel giorno, poi, quando la Margiala era ancora in lutto per la perdita del padre, Agostino Ventrella, un giovinastro di bell'aspetto e senza soldi nelle tasche dei pantaloni, la vide sfilare per le strade di Cerignola. Come fosse capitato da quelle parti, lui che veniva dal mare, proprio non lo sapeva. Fatto sta che con un suo cugino aveva deciso di andare a fare una specie di gita in campagna. Un lontano parente del ragazzo abitava proprio a Cerignola e così i due giovani avevano riempito il calesse di provviste, non sapendo cosa aspettarsi dal viaggio, e si erano avventurati in mezzo alla terra brulla e rossa.

Agostino si era innamorato subito di lei.

La Margiala era bellissima, ma la sua bellezza non era data solo dalla finezza dei lineamenti, dal colore unico degli occhi, due gemme in mezzo a un viso d'ambra. C'era qualcosa nel suo portamento, una fierezza, un modo altezzoso di guardare tutti dall'alto verso il basso che, se non la rendeva nobile di sangue, sicuramente lo faceva credere agli altri.

Quando i due giovinastri fermarono il calesse proprio sulla strada, per chiederle come si chiamasse, la Margiala lanciò a entrambi uno sguardo ferale. Gli occhi famelici e brutali di un predatore pietrificarono il mite Agostino.

«Come vi chiamate?», azzardò il poveretto.

Mia madre lo scrutò con piglio severo, inarcando le sopracciglia per l'avventatezza di quel ragazzotto che osava importunare una giovane mentre portava il lutto. Fu l'amica di mia madre a rispondere. Una civettuola tutta tette e culo, che – lo dicevano in tanti in paese – sarebbe finita ingravidata a diciotto anni e si sarebbe riempita di uno stuolo di marmocchi maleducati come suo padre. Sarebbe ingrassata a dismisura e suo marito avrebbe fatto la miseranda fine di tutti gli ubriaconi che animavano le taverne, tra un rutto acido per il vino rancido che si scolavano a fiumi e qualche sollazzo tra le cosce bendisposte di qualche sgualdrina da osteria.

«Io mi chiamo Anna e lei si chiama Anita, ma tutti la chiamano Diamante».

«Diamante...», fece mio padre, grattandosi il mento, «non potreste avere nome più appropriato», quindi si tolse il cappello, perché anche se squattrinato conosceva bene la galanteria.

«Diamante è il nome di mia madre. Vorreste importunare anche lei? Sapete, è appena rimasta vedova», rispose la Margiala con tono insolente.

Quei due ragazzi la muovevano a una certa stizza ingiustificata, ma era la medesima sensazione che la assaliva davanti a tutto il genere maschile. Se la Margiala fosse vissuta altrove, magari in Inghilterra o in qualche città emancipata della Francia, forse sarebbe diventata una femminista. Magari le sarebbe bastato anche solo andare a Milano o a Roma, per vedere le cose da un'angolazione diversa.

Ma nel paese dov'era nata e cresciuta, certe cose erano uguali da sempre. Certe verità, insieme a talune consapevolezze, si tramandavano di bocca in bocca e nessuno aveva mai osato metterle in discussione, tantomeno le donne, a cui la parte delle comparse, delle spettatrici, delle galline o delle vipere – a seconda delle necessità – era ormai appiccicata addosso, anch'essa parte di un corredo immaginario.

La Margiala si era sempre sentita diversa. Una sensazione molesta e difficile da comprendere, per i consueti modi delle donne del suo paese. Come una specie di prurito insidioso che la mamma a volte sentiva salire dalla pancia fino alla gola, dove si insediava come un grosso pugno, secco e duro. Le faceva venire voglia di gridare. Un grido roco, selvaggio, nel quale scaricare una frustrazione che non poteva appartenere solo a lei, ma che forse durava da secoli.

E a volte la Margiala l'aveva fatto.

Quando era proprio sicura che nella campagna non ci fosse nessuno. In quei caldi meriggi estivi, quando tutto intorno è solo un frinire, senza un misero alito di vento a tenere il passo alla melodia frusciante di quei piccoli esserini alati. La Margiala si guardava bene intorno, spalancava le braccia, dopo essersi arrotolata le maniche della camicia fino ai gomiti, e urlava. Urlava con quanto fiato aveva in gola, con la testa rivolta al cielo e le gambe divaricate. Poi se ne stava un po' così, a godersi lo sfogo, con i piedi ben piantati a terra e le mani a cingerle i fianchi.

Un sorriso sardonico allora affiorava sulle sue labbra carnose, e la Margiala improvvisamente si percepiva diversa, in pace con il mondo.

5

Quando a casa era giunta la notizia della morte di Pietro, io ero già rientrata in lacrime, con gli occhi gonfi per il gran pianto e le mani che tremavano per l'agitazione.

Comare Antonietta era puntualmente la prima a sapere le cose in paese, foriera di buoni e cattivi annunci. La mamma la salutava sempre in modo cordiale, ma era visibile a tutti, tranne a lei, che non la sopportava affatto.

"Vecchia Scoreggia", la chiamava, perché dava fiato alla bocca senza pensarci troppo, manipolando e infarcendo poi la verità con fronzoli tutti propri.

«Il piccolo Pietro è morto», aveva detto urlando come un'oca, mentre bussava insistentemente con le nocche alla nostra porta d'ingresso. «Inghiottito da un mare nero e minaccioso», aveva aggiunto poi, caricando lc suc parole di pathos, alla stregua di un fine narratore. «Forse trascinato giù da un grosso pesce, hanno detto i pescatori al porto», manifestando in questo modo la sua anima da "scoreggia", pronta a dare fiato anche a un fiume di invenzioni, perché forse la verità, così com'era, le pareva troppo scialba.

Ovviamente non esisteva nessun mostro dalle grandi fauci, anche se in mezzo alla cresta spumeggiante delle onde a volte è facile intravedere la sagoma di qualche creatura terrificante dalla bocca spalancata e scura.

Mia sorella Rosetta si era precipitata ad aprire la porta, mentre la Margiala stava ancora cercando di tranquillizzarmi, insieme all'altra mia sorella, la mezzana delle femmine: Cornelia.

Quando eravamo più piccole, Cornelia lasciava che le acconciassi i capelli. Morbidi e ramati come miele scuro, le ricadevano in lunghe volute sulle spalle. Cornelia era l'unica a non aver ereditato i tratti spigolosi della Margiala. La sua era una bellezza più sofisticata, simile a quella di papà.

Tutti in paese gli dicevano che, se solo fosse nato da qualche altra parte, lo avrebbero preso per interpretare la parte di uno di quegli eroi romantici e patriottici che si vedevano nei film di Freddi. Qualcuno aggiungeva anche che assomigliava a Osvaldo Valenti ma che lo superava in bellezza e pure in gentilezza, visto il carattere burbero e spocchioso del famoso attore. Quando il cinemobile arrivava nella piazza del paese, papà si pavoneggiava in mezzo ai nugoli di rozzoni per niente baciati dalla dea Venere e si atteggiava a divo del cinema. Si sentiva diverso da quegli straccioni, più sofisticato. Biascicava parole incomprensibili in un italiano che voleva essere forbito, passandosi lo stecchino da una parte all'altra della bocca. Si godeva il film appoggiato al muretto in calce di qualche casa bassa, di quelle che si affacciavano sulla piazza, con le mani in tasca e l'atteggiamento da perenne ragazzino.

Una gamba accavallata all'altra e la schiena un po' ingobbita. Una posa artistica, diceva la Margiala, che aveva copiato proprio da Valenti. Il tipo d'uomo eternamente adolescente a quanto pareva piaceva molto alle donne, perché le giovani del paese si lasciavano scappare sorrisini maliziosi, dandosi gomitate e osando commenti a bassa voce su mio padre.

La Margiala sapeva che le ragazzine impazzivano per lui, perché era il classico belloccio intramontabile, ma non ci faceva caso, forte della consapevolezza che papà pendeva dalle sue labbra e dalla sua gonna.

Quando comare Antonietta bussò alla porta era proprio Cornelia, invece, che stava acconciando i miei di capelli. Con movimenti lenti e meticolosi, come stesse accarezzando la pelle morbida di un neonato. Trucchi del mestiere che aveva appreso dalla Margiala. Tutte eravamo sue discepole nell'arte della manipolazione, della mescita delle erbe, della portentosa creazione di ricette dai poteri straordinari. E una delle arti di cui la mamma andava più fiera era proprio quella dell'uso delle mani per lenire i malanni del corpo e dello spirito. Una specie di pranoterapia ante litteram, che la Margiala chiamava come tutti a Cerignola definivano l'arte di sua madre Diamante: magia.

«Vai tu Cornelia. È quella pettegola di una Vecchia Scoreggia», inveì a bassa voce, alzando al cielo gli occhi e imprecando contro quella maledetta giornata.

Comare Antonietta si precipitò nella camera da letto padronale, dove io, seduta a una sedia impagliata, me ne stavo inebetita a osservare la mia immagine al grande specchio fumé che adornava l'anta dell'armadio.

Una ciocca di capelli pendente in modo arruffato sulla spalla sinistra e l'altra ordinatamente composta in una grande treccia, da cui fuoriuscivano come aculei spinosi alcuni capelli irti e ribelli.

Non c'era verso che qualcuno riuscisse a domarli. Erano la dannazione anche della Margiala che, nel moto rabbuffato della mia chioma, ritrovava il fallimento di ogni sua pozione oleosa escogitata per riuscire ad addolcire quei riccioli scomposti.

«C'è qualcosa di più profondo», bofonchiava allora, dopo che l'ennesimo balsamo domestico era fallito. «Non si tratta solo di capelli... c'è qualcosa che tu hai dentro, in fondo al cuore, e che mai nessuno riuscirà a domare».

Quando diceva quelle cose, la Margiala mi faceva quasi paura, perché i suoi freddi occhi celesti fissavano un punto nel vuoto che mi pareva proiettato in un'altra dimensione.

Forse era per il colore dei suoi occhi, una gradazione mai vista di azzurro, chiarissima, quasi cristallina che la faceva sembrare più simile a un angelo che a una creatura della terra. A tutto quel lucore adamantino, però, faceva da contraltare una chioma corvina, lunga e arricciata, che solo a noi bambine era concesso vedere. Chiunque altro conosceva solo la crocchia ordinata all'altezza della nuca.

Un angelo nero, questo era mia madre.

«L'hanno trovato alcuni pescatori al porticciolo. Chissà da quanto era morto», raccontò con concitazione la vecchia comare.

«Da circa un'ora», fece la Margiala, con aria compunta.

«Un'ora? E chi te l'ha detto?», chiese quasi con disappunto perché qualcun altro era arrivato alla notizia prima di lei.

Singhiozzai per qualche istante, poi di nuovo un gran pianto riprese a sgorgare, in modo del tutto incontrollato. Gocce dense che assaporavo con la punta della lingua e che ricadevano sui capelli, sulla camiciola fine, si insinuavano nei miei vestiti, ricascavano sulle mie mani tremolanti, mentre le fissavo disperata.

Comare Antonietta mi osservò con aria interrogativa.

«Diamante era con lui. Ha visto tutto», disse alla fine la Margiala, voltandosi verso la porta spalancata che dava sul cortile.

6

Mentre la mamma e Rosetta presidiavano la veglia funebre di Pietro, toccava a Cornelia e a me preparare da mangiare e occuparci della casa.

La Margiala non voleva che vedessi il mio amico steso in quella bara bianca.

«La morte non è cosa da bambina», concludeva a denti serrati per porre fine a qualsiasi altra mia domanda.

Ma l'istinto di andarci era più forte di me. Credo fosse più per una qualche forma perversa di sadismo e non veramente per dargli l'ultimo commiato. Quando fai conoscenza con la morte, scatta dentro di te la curiosità un po' selvaggia e un po' antica di indagare più a fondo, per vedere fino a che punto può arrivare il dolore.

Come spesso facevo, forse proprio per via di quell'indole ribelle di cui i miei riccioli erano il riflesso esterno, disobbedii a mia madre. Sgattaiolai fuori di casa, con la scusa di qualche commissione, e corsi a perdifiato fino a quella di Pietro, senza fermarmi una sola volta a riflettere sulla dissennatezza di quel che stavo per fare, né su come la mamma avrebbe preso quel mio atto di insubordinazione.

Arrivai affannata e con gli occhi stralunati, con la testa vuota e leggera, forse perché da più di un giorno non toccavo cibo.

La casa di Pietro aveva un aspetto così diverso. La porta d'ingresso era spalancata e fuori un grande drappo di velluto viola pareva l'ingresso trionfale di qualche sperduto castello medievale. Due birri all'esterno controllavano l'andirivieni di curiosi, amici, familiari, semplici passanti. Tra un saluto e l'altro fumavano una sigaretta o si raccontavano i fatti propri.

Fuori dell'uscio sostavano alcuni capannelli di comari, intente nel loro sommesso cicaleccio.

Mi avvicinai, perché volevo alzarmi sulla punta dei piedi e scorgere quel che c'era all'interno. Mi resi conto che le chiacchiere di quelle beghine poco avevano a che fare con la morte di Pietro. I soliti pettegolezzi femminili su altre donne. Per invidia, per maleducazione, o perché semplicemente si doveva ammazzare il tempo.

Mi appoggiai a un lembo del drappo e scorsi una corona di fiori che troneggiava su un tavolo circondato da altre corone di fiori. Il profumo che emanavano era così intenso che fui sul punto di svenire o vomitare, o di fare entrambe le cose.

Vidi la Margiala e Rosetta, a capo chino. Si intravedevano solo le teste merlettate e il fazzoletto ricamato che stringevano tra le mani e la bocca, com'era usanza durante le veglie funebri.

Dall'altro lato della bara la mamma di Pietro.

Non riuscii a resistere. Sentivo il cuore battere all'impazzata. Ero convinta che fosse sul punto di scoppiare, insieme ai timpani, dentro i quali percepivo il tamburellare di un ritmo frenetico e indomabile, e insieme alle narici, che sentivo gonfie per tutto quel polline e quell'odore che aveva già intensità di marcio.

Mi voltai dall'altra parte e ripresi a correre. Senza fermarmi, fino a casa, mentre il vento caldo della primavera mi asciugava le lacrime.

Cornelia aveva già iniziato a preparare la cena.

Mi asciugai il moccolo, tirai su con il naso due, tre volte e presi posto vicino a lei, per aiutarla.

Mia sorella stava farcendo gli involtini di vitello con salvia e pecorino. La salvia era del nostro giardino. Ne avevamo un bel mucchio che cresceva rigoglioso proprio all'ombra del grande oleandro che si ergeva nel mezzo della terra marrone. Insieme a un cespuglio altrettanto rigoglioso di rosmarino e a un altro di maggiorana.

Il sugo ribolliva nella pentola, sul braciere.

Quando gli involtini erano pronti andavano arrotolati e legati con lo spago. Il segreto della Margiala, per renderli più appetitosi, era ultimare il ripieno con un piccolo pezzo di peperoncino. Anche quelli erano piantati nel nostro giardino.

La mamma tirava via i semi, più indigesti e piccanti, e triturava la polpa in minuscoli pezzettini. Le mani si intridevano del loro aroma e si facevano rossastre. Una volta pronti, gli involtini andavano adagiati nel sugo, quando aveva preso a bollire, e si lasciavano cuocere almeno per due ore. Di tanto in tanto si aggiungeva dell'acqua, quando la salsa si rapprendeva troppo, e si mescolava energicamente con il mestolo, perché il pecorino che fuoriusciva dai bordi degli involtini non si attaccasse alle pareti.

Al mio paese quei deliziosi fagotti di vitello venivano chiamati *braciole* e di solito costituivano la base di un buon pasto domenicale. Sostanziosi e saporiti si gustavano come secondo, mentre il sugo si utilizzava per condire le orecchiette. Anche quelle ovviamente fatte in casa. Anche le orecchiette erano una specialità del mio paese, un minuscolo ammasso di casupole bianche e gialle, distante circa due chilometri da Bari. Carbonara è il nome del mio paese, forse perché una volta, tanto tempo fa, ci lavorava una folta colonia di carbonai. Questo almeno mi diceva mio padre, che viveva da generazioni in quel paese e che non lo avrebbe cambiato per nessun altro posto al mondo.

La Margiala, invece, l'aveva fatto. Aveva lasciato Cerignola e la campagna per andare ad assaporare l'aria di mare, diceva lei, anche se il mare – come vi ho già detto – non lo aveva mai voluto vedere.

Io e Cornelia avevamo due ore a disposizione. Anche se non era domenica, mia sorella aveva scelto di preparare quella prelibatezza solo perché sapeva che si trattava della pietanza preferita della Margiala, e Cornelia cercava sempre di fare quello che rendeva contenta la mamma.

Papà non era ancora rientrato dal lavoro e, insieme a lui, nemmeno mio fratello Giuseppe. Eravamo in tanti in famiglia e occorreva preparare una discreta dose di pasta. Mentre le mani andavano svelte, il pensiero veniva come offuscato da uno strano torpore, una specie di gradita indifferenza. Per qualche tempo la mente sembrò concentrata solo sull'impasto e sulla giusta pressione da esercitare con il pollice perché quella minuscola massa informe si trasformasse in un piccolo lobo.

Ogni donna della mia famiglia aveva un modo tutto suo di preparare le orecchiette, vero vanto di generazioni di massaie. Cornelia e Rosetta utilizzavano le forchette, mentre io e la mamma le dita. Il bello era che ciascuno interpretava a suo piacimento il metodo delle antenate, anche se papà diceva sempre che quello di sua madre era il migliore. E sua madre utilizzava la forchetta. Forse, proprio per una strana legge del contrappunto, la Margiala aveva appreso a farle con le dita.

Con la mente concentrata sulla sveltezza dei movimenti, non c'era spazio per riflettere su altro. Non che il ricordo di Pietro fosse svanito, o il dolore scomparso, semplicemente si era rintanato in un cantuccio della mia testa, in attesa di riesplodere con tutta la sua carica funesta.

Io mi godevo intanto quella momentanea sospensione del giudizio, concentrando il grosso delle forze e dei pensieri solo sulla preparazione della cena.

È da bambina che penso di aver appreso l'enorme potere terapeutico nascosto nella preparazione dei cibi ed è allora che credo sia nata la mia passione per le buone cose fatte in casa.

7

A cena tutti parlarono poco. Giuseppe si lasciò scappare qualche gentile commento sulla bontà del sugo. Anche papà si sentì in dovere di imitarlo, ma le donne di casa erano tutte chiuse a riccio in un mutismo indifferente.

La Margiala sbocconcellava qualcosa a denti stretti e con il pugno sinistro ben serrato. Tutti sapevamo che quella era la postura che assumeva quando era particolarmente contrariata.

Neanche suo marito osava fendere allora quella sua aria boriosa. Tutti sapevamo anche che la mamma era un po' strana e, allo stesso modo, credevamo che ciò derivasse proprio dalla particolare natura dei suoi poteri.

In certi momenti diceva di avere un gran mal di testa che la costringeva ad alzarsi da tavola e a ritirarsi per un po' in camera. Vi trascorreva poco tempo, ad architettare chissà quale strano unguento. Poco dopo tornava di nuovo con l'aria poderosa di una creatura eterna e indistruttibile.

Quella sera, però, il suo dolore aveva l'aria di essere un male per niente fisico, un dolore silenzioso che andava covando altra indignazione o disperazione.

Non riuscivo a capire se fosse per la morte di Pietro o per la mia avventatezza, per il fatto di essermi spinta fino al mare, pur sapendo che in fondo la mamma ne era terrorizzata.

O se era per qualcosa di più grande.

Tra le doti di nonna Diamante, c'era – così dicevano a Cerignola – anche quella di presentire le cose brutte. Non già di leggere il futuro, quel dono apparteneva solo a Dio, ma di avvertire anzitempo quando sarebbe accaduto qualcosa di terribile. Nonna Diamante diceva anche che quella peculiarità si accentuava durante la gravidanza e la mamma aveva già un bel pancione di sette mesi.

Ma cosa poteva esserci di più terribile della morte del povero Pietro? E della sensazione opprimente di sentirmi in qualche modo colpevole per quanto accaduto. Forse, se non mi fossi lamentata... se avessi lasciato decidere lui. In fondo era nota a tutti la mia mancanza di pazienza, la mia tendenza a frignare troppo in fretta e comunque in anticipo rispetto alle aspettative altrui. Rosetta me lo faceva notare sempre, anche Cornelia, ma la Margiala mai. Era come se quello che facessi, nel bene e nel male, avesse ogni volta una giustificazione. Mi rendevo abbastanza conto di essere, sempre e comunque, la sua prediletta, ma il fatto che i suoi favori mi piovessero addosso in modo del tutto ingiustificato mi lasciava uno strano sapore in bocca, di vittoria immeritata.

«Non ti piace mamma?», azzardò Cornelia.

La Margiala la guardò con occhi cerei.

«Metti giù i gomiti dal tavolo», le disse invece secca, non degnando della minima considerazione la domanda che le aveva fatto. Mia sorella lanciò una rapida occhiata a noi altre e si rammaricò nel vedere che Rosetta teneva i gomiti nel modo giusto e la schiena dritta come piaceva alla mamma.

Non che Cornelia lo facesse apposta o che non si sforzasse di mettere in pratica pedissequamente gli insegnamenti della Margiala. È che da qualche parte, nell'amaro libro della vita, era scritto che il posto che lei doveva occupare sarebbe stato sempre l'ultimo nel cuore di nostra madre. E, per giunta, era proprio sotto gli occhi di tutti.

Ho capito, più tardi, che era nella sua indole cercare sempre qualcuno contro cui ingaggiare una guerra. Non lo faceva per cattiveria, probabilmente non riusciva a farne a meno. La sua rabbia era sempre dietro l'angolo, all'erta e, con molta facilità, ricadeva sulla povera Cornelia.

Papà si alzò per primo, forse stanco di quell'aria pesante. Giuseppe lo seguì. Si ritirarono in cortile a fumare una sigaretta. A volte invidiavo mio fratello, perché nessuno, nella mia famiglia, osava dirgli quel che doveva e non doveva fare. A diciotto anni si veniva considerati già abbastanza adulti da assumersi il peso delle responsabilità. Le ricompense e i calci nel sedere, a seconda di quel che la vita era pronta a donarti.

Per una donna era diverso. Fino al passaggio del testimone alla famiglia del futuro marito, niente poteva essere deciso per proprio conto. Il libero arbitrio, poi? Una faccenda prettamente maschile.

Rosetta si alzò per sparecchiare, come spettava alla primogenita. La mamma se ne stette a scucchiaiare per qualche istante, rovistando nel sugo e nella pasta ormai gonfia e scotta, alla ricerca forse di qualche indizio. Quando era molto agitata, l'occhio destro prendeva a tremarle a intermittenza, conferendo al suo aspetto un non so che di diabolico. In quei momenti mi faceva paura, perché la sua natura nascosta di angelo nero prendeva il sopravvento.

«Porta via tutto», quasi gemette, rivolgendosi a Rosetta e allontanando il piatto dalla sua vista, proprio come se vi avesse davvero letto dentro un arcano e impronunciabile segreto.

La Margiala era brava a leggere i fondi delle tazzine di caffè. Diverse donne – noi le chiamavamo tutte comari – sfruttavano proprio questa tra le strane doti della mamma. Un aromatico caffè, sorseggiato nelle prime ore del pomeriggio, diventava così una buona occasione per incamerare informazioni sul proprio matrimonio o sulle proprie finanze in rovina.

Una volta c'era stata anche comare Antonietta. Non che le sue visite pomeridiane si fossero limitate solo a quel giorno. Trascorreva più tempo a casa nostra che con la sua famiglia, ragion per cui la sua presenza si era fatta per noi talmente usuale che non ci facevamo più caso. Vecchia Scoreggia era diventata come una di quelle suppellettili sbiadite che non noti più, anche se ci passi davanti infinite volte. Magari ti accorgi che ti mancano solo dopo averle buttate via per la noia.

Da quando la Margiala le aveva fatto quella predizione, però, comare Antonietta non aveva più voluto che le sbirciasse dentro le tazze.

Per eludere ogni pericolo, si alzava e svuotava i fondi del caffè nell'acquaio. Poi risciacquava ben bene, perché non rimanesse neanche un residuo di quel liquido marrone.

«Vedo una nave», le aveva detto la mamma. «Vedo un viaggio, un viaggio verso una terra lontana».

Lì per lì la comare non aveva dato granché peso alla cosa e aveva continuato a vivere le sue giornate, i suoi racconti e i suoi pettegolezzi come se niente fosse.

Pochi mesi dopo, però, suo marito era partito per l'America. Erano passati tre anni e di lui la povera Scoreggia non aveva ancora saputo niente.

Le lingue biforcute – che non mancavano in paese – c'avevano messo poco tempo a spargere la voce che il buon Tanino si fosse trovato un'altra donna, in quei Paesi lontani, un'americana.

Oh, certo, lo dicevano con rammarico, con frasi del tipo "Povera Antonietta, sola e senza figli". O ancora "Fortuna che i suoi genitori sono ancora vivi, che almeno possono mantenerla".

Niente di sarcastico, ovviamente, ma le espressioni di cordoglio non addolcivano certo la pillola.

«Una cornuta è sempre una cornuta», profetizzava la Margiala, alla quale le frasi di cordoglio non facevano alcun effetto e nemmeno piacevano.

Una donna di poche e pungenti parole. Questo era, oltre a tutto il resto, mia madre.

PARTE SECONDA
LA CUCINA

1

Per la prima parte di quel mese le cose andarono meglio. Il pensiero della morte di Pietro non mi aveva abbandonata, ma lentamente si era come affievolito, perso in mezzo agli altri pensieri che riempivano di normalità la mia quotidianità.

C'erano diverse cose in ballo nella nostra famiglia e il guazzabuglio che era diventata la mia casa negli ultimi giorni mi aiutava a tenermi impegnata. La prima preoccupazione era per le condizioni della Margiala.

Quella inattesa gravidanza a quarant'anni suonati la stava spremendo come un limone. Era appesantita, nonostante guardandola da dietro nessuno avrebbe detto che fosse incinta. Non fosse stato per il vitino da vespa, che ovviamente non poteva più vantare, tutto il resto era rimasto perfettamente proporzionato e la figura slanciata ed esile non si era deturpata nonostante le numerose gravidanze. Sembrava proprio che il buon Dio non volesse finirla di metterle figli nella pancia.

Non dormiva bene di notte e non riusciva a riposare di giorno. La gran calura di quell'inizio estate non le facilitava certo il compito di portare in giro quel pancione già grosso di otto mesi ormai.

Quando aveva la luna storta, la Margiala iniziava a imprecare contro il cielo, contro i santi, contro Dio e, da ultimo, contro mio padre. A lui poi erano dedicati gli epiteti più sgradevoli. E non le importava un fico secco che noi potessimo ascoltarla, neanche io che ero solo una bambina.

«Se provi a ripetere anche solo una di queste parole, ti lascio senza mangiare per una settimana», inveiva poi contro di me.

Io, dal canto mio, non mi sarei mai azzardata a imprecare davanti a lei o davanti a nessun altro. Primo perché ero sicura che davvero la Margiala sarebbe stata capace di uccidermi e poi perché temevo l'ira dei santi e di Cristo.

La seconda preoccupazione era per l'ultimazione dei lavori della nostra casa. Papà aveva impiegato vent'anni ad arrivare alla fine, posando il primo mattone nel lontano 1918, quando aveva portato in paese la mamma, incinta di Rosetta.

A Cerignola nessuno aveva accettato di dare loro accoglienza, dopo che quel "ragazzo venuto da chissà dove" si era portato via la bella Anita, ancora in lutto per la morte del padre. Meno di tutti mia nonna Diamante, che c'aveva messo più di dieci anni prima di decidersi a restituire la parola a sua figlia, e lo aveva fatto forse presentendo la fine dei suoi giorni, visto che qualche mese dopo era morta.

Nessuno aveva perdonato alla Margiala di essersi lasciata abbindolare da un bell'imbusto sconosciuto e nessuno poteva immaginare che la mamma l'avesse fatto non certo e non ancora per amore, ma per paura.

Figlia unica, con una madre vedova, immaginava già che il suo destino sarebbe stato accudire la poveretta fino alla morte. Inacidirsi nel vedersi invecchiare e sfiorire, senza mai provare il fremito delle mani di un uomo addosso.

Agostino, mio padre, era stato il primo che avesse avuto il coraggio di proporle una follia del genere, una "fuitina" in perfetto stile, con tanto di calesse, appostamento dietro l'angolo e rapimento ben architettato.

Ovviamente la Margiala aveva finto lacrime e sangue perché il vicinato spargesse la voce che la poveretta fosse stata portata via contro la propria volontà.

Ma mia nonna, Diamante, sapeva bene che lei era connivente. Certe cose a quella vecchia strega non potevano di certo sfuggire!

D'altronde era o non era pure lei una margiala? Dopo aver trascorso una notte fuori di casa, in compagnia di un uomo, era buon'usanza che il giovanotto chiedesse la mano della ragazza, la quale, non più vergine, aveva perso ogni diritto di essere riaccolta in famiglia.

Come punizione per aver commesso impuramente il fattaccio, la nuova coppia non poteva sposarsi con un matrimonio celebrato sotto gli occhi di tutti.

A quelli che si erano macchiati di quella colpa era riservata una messa solitaria e silenziosa alle cinque del mattino, solo alla presenza dei testimoni e dei genitori, e rigorosamente senza veste bianca.

In realtà non erano in pochi quelli che fingevano la fuga per risparmiare i soldi della festa di nozze, del pranzo e di tutti gli altri preparativi che ruotavano intorno a quel giorno. Soprattutto i figli dei braccianti agricoli o degli stessi fittavoli ricorrevano con estrema facilità a quell'economico sotterfugio.

Era ugualmente prassi però che la famiglia della sposa fingesse compunto e stizza per l'avventatezza della figlia e che la famiglia dello sposo prendesse a guardarla sin da subito come una sgualdrina dal fuoco facile.

«Vedrai, ti costruirò una casa da vera signora», aveva detto allora mio padre, al quale le sfide piacevano, come pure gli piaceva vedere sempre un sorriso sul volto delle persone che amava.

Non saprei dirvi se quello per la mamma fosse stato un autentico colpo di fulmine. Neanche se quel che provasse per lei fosse autentico amore. Ma per un uomo di parola come lui, aver giurato di fare di quella ragazza una signora si era trasformato nel più solenne degli impegni.

E mio padre non si era accontentato di una casupola da bracciante, neanche di una di quelle baracche basse, tinteggiate di bianco, nelle quali era stato abituato a trascorrere la sua infanzia. L'aveva costruita, invece, su due piani, con una scenografica scala di marmo grigio che correva fino alle due stanze del piano superiore.

«Per i nostri figli», le aveva detto più di venti anni prima, presentendo pure lui, forse, che ne avrebbero avuti tanti.

Dal piano terra, invece, si accedeva, attraverso la porta d'ingresso, a un lungo corridoio quadrato che svolgeva però più la funzione di sala di intrattenimento per gli ospiti. Lungo la sua parete correva un mobiletto basso, di un ambiguo colore tra il marrone e l'amaranto, che la stravaganza artistica di nostro padre aveva creato con chissà quale strana mescita di pitture, all'interno del quale la mamma teneva i bicchieri per gli ospiti e i pochi pezzi di porcellana che nonna Diamante le aveva regalato, prima di spirare. Correva poi una lunga fila di sedie impagliate, per accogliere le ospiti – tutte rigorosamente donne – che ogni giorno venivano a fare visita non di certo a tutta la famiglia Ventrella, ma unicamente alla Margiala.

Sulla destra si apriva poi la camera da letto padronale, vero pezzo forte della casa, perché si trattava della stanza più grande, oltretutto dotata di una porta esterna che dava sul cortile, perché la mamma aveva necessità di alzarsi presto al mattino e di prendere una boccata d'aria. La cucina, poi, era esterna e si stagliava al centro del porticato. Si trattava dell'autentico regno della Margiala e, forse per questo, nostro padre aveva fatto in modo che fosse staccata dal resto dell'abitazione. Come un nido all'interno di una roccaforte, ben protetto da qualsiasi insidia esterna.

Ma la mia parte preferita era invece il giardino, anzi i due giardini, divisi da un piccolo viottolo che finiva nella cloaca per gli escrementi.

L'esterno era di sicuro il mio regno, quello del perfetto maschio mancato, della ragazzina riccioluta e ribelle, a cui piaceva affondare a ogni occasione le mani nel terreno per sentire sulla pelle la sensazione unica di quei minuscoli granelli consistenti scivolare lentamente via, fino a riunirsi al loro corpo centrale.

Ebbene, la reggia di mio padre e della Margiala era ultimata e bisognava festeggiare a dovere!

2

Con entusiasmo – e con diversi giorni di anticipo – la mamma si era messa a preparare l'occorrente per i festeggiamenti.

Il parentado era piuttosto limitato nel numero, perché si trattava solo dei miei nonni, i genitori di papà ovviamente, e di un'anziana zia, sorda come una campana, la quale veniva esibita nei ritrovi più come vegliardo trofeo da quell'arcigna di mia nonna, che come vera e propria ospite. Gli altri fratelli di mio padre erano tutti emigrati lontano, qualcuno in Venezuela, qualcuno negli Stati Uniti e di loro si erano quasi del tutto perse le tracce. Papà era l'unico a non aver seguito le orme da viaggiatore di tutti gli altri, ma era stato solo per merito della Margiala, che odiava il suolo straniero quasi quanto odiava sua suocera. Lei, poi, avrebbe dovuto renderle omaggio a vita, perché aveva persuaso il suo ultimo figlio, il più piccolo, a non lasciare soli i suoi anziani genitori. Non conoscendo però la riconoscenza, mia nonna non aveva mai sopportato mia madre.

Un po' perché faceva parte della dote ereditare la stizza della signora suocera, un po' perché la Margiala era una che non sapeva stare al posto suo e che superava il marito in sveltezza e cervello fino, un po' – e in questo risiedeva una perversa mania tipica del Sud a inseguire le sciagure – perché in un certo senso, con un figlio ancora in patria, non le era concesso mettere in scena a vita la parte della madre sola e abbandonata. Può sembrare assurdo ma, per certe donne delle mie parti, esiste persino una sorta di immaginaria gerarchia delle sventure. Quelli che ne accumulano in quantità maggiore possono esibirle come un vanto, da addurre a parenti e amici. Non so se questo avvenga per effetto della fame o della povertà, ma annoverare più disgrazie può diventare una sorta di merito.

Per il resto, i festeggiamenti si sarebbero svolti alla presenza di conoscenti e vicini. Le donne, per noi, erano tutte comari, gli uomini in egual misura compari, e questo forniva il pretesto per sentirsi tutti più uniti.

Come una sorta di famiglia allargata.

Io e le mie sorelle eravamo intente a sentire la mamma affaccendata nel suo regno. Rumore di pentole e di arnesi da cucina, in mezzo al suono melodioso di una cantilena lenta, simile a una nenia, che la Margiala esibiva solo nelle occasioni speciali, quelle in cui il buon umore le cancellava ogni ruga da quel viso ambrato e la faceva assomigliare di nuovo a un angelo, un angelo nero.

Si sentiva un buon odore di mandorle abbrustolite, unito a quello insieme acre e dolciastro di limone caramellato, una composta deliziosa con cui la mamma farciva dei gustosi biscotti al burro. Dopo la cottura le mandorle venivano sminuzzate con cura, in un mortaio, per poi unirsi alla composta di limoni e a una buona manciata finale di zucchero.

Ovviamente la tritatura delle mandorle era affar mio, essendo io la più piccola, mentre la preparazione dell'impasto competeva esclusivamente a Rosetta, l'unica in grado di eguagliare la manualità della mamma. Cornelia, infine, si occupava del ripieno.

Alla Margiala andavano bene poche cose, e la farcitura dei biscotti, così come qualsiasi altra preparazione culinaria, rappresentava un affare nel quale a suo parere era necessario profondere estrema perizia e attenzione.

«Una delle arti in cui una vera donna deve eccellere», dichiarava quando dispensava i suoi sermoni di saggezza a noi altre. E così, una volta Cornelia metteva troppa composta nel cucchiaio, un'altra volta ne metteva troppo poco.

La poveretta chinava lo sguardo, con le guance rosate ancor più fiammeggianti, e ingoiava i bocconi di saliva, convinta che prima o poi sarebbe stata degna della considerazione della Margiala.

Dopo i biscotti con le mandorle e i limoni, la mamma ordinò a Rosetta di occuparsi dell'impasto per le *zeppole*, una vera specialità, meglio nota come tortelli di san Giuseppe, perché dalle mie parti si gustavano in occasione della festa per il santo, il 19 marzo.

In diverse circostanze mia sorella maggiore si era cimentata nella difficoltosa preparazione culinaria, ma più volte aveva fallito.

La Margiala la redarguiva severa, ma le trasmetteva anche piccole gocce di sapienza, grazie alle quali Rosetta era diventata ormai esperta.

La difficoltà maggiore consisteva nella mescita degli ingredienti per l'impasto: farina, uova e acqua, insieme a una noce di burro, che andavano mescolati in modo energico sul fuoco, prima acqua e burro, fino a quando quest'ultimo non si fosse completamente sciolto. Ed era necessario essere svelte, perché se l'acqua avesse preso a bollire, si sarebbero formati odiosi grumi di farina che avrebbero reso l'impasto inutilizzabile. A quel punto si rimestava, con un unico gesto vigoroso, la farina, e si continuava fino a quando l'impasto non si fosse staccato dalle pareti. Una volta reso della consistenza di una palla soda e dura, lo si rovesciava su un tagliere e lo si percuoteva con forza, fino a fargli perdere calore. Così la materia era pronta per essere lavorata in sinuosi taralli della grandezza di una mano, che andavano cotti e farciti con crema pasticciera.

Per me era un'arte che avrei appreso lentamente, perché era in assoluto una delle cose più difficili che vedevo fare alla mamma e a Rosetta. Le ammiravo in punta di piedi e con la bocca spalancata, intenta a rovistare con gli occhi in mezzo a quei gesti sicuri, che avevano un sapore così femminile.

Mi capitava ancora di pensare a Pietro, e allora una stretta dura e secca mi prendeva alla pancia, costringendomi a deglutire più volte.

La Margiala intuiva quel che mi stesse capitando e mi fissava con occhi dolci, con lo sguardo più dolce che la sua espressione glaucopide riuscisse a imprimere ai suoi occhi gelidi.

Bastava per rassicurarmi. Quello che mi rendeva più triste, però, era pensare a tutte le cose della vita che Pietro si sarebbe perso, e quando meditavo su questo, un grande senso di ingiustizia mi pervadeva, insieme a una rabbia profonda contro il caso, o il destino – chiamatelo come volete – colpevole di dispensare tanta sofferenza.

«I bambini morti siedono tra gli angeli», mi diceva allora Rosetta, e questo mi quietava un po', perché mi illudevo che il mio angelo Pietro vegliasse su di me dall'alto degli scranni su cui era seduto in cielo.

«Inizia a preparare l'impasto per il calzone», mi fece la Margiala, mentre stendeva veli di crema morbida sui tortelli.

«Io, mamma?», domandai con gli occhi sgranati e increduli, perché sino a quel momento mi erano stati concessi solo i lavori di bassa manovalanza, mai la parte della vera cuoca.

«Lo sai fare no? Quante volte mi hai visto?», replicò con un'occhiata a metà tra l'affettuoso e il severo.

«Cornelia, tu affetta le cipolle», degnando mia sorella di un'occhiata rapida.

Lei obbedì senza replicare, nonostante quel mestiere fosse assai fastidioso e le provocasse grandi pianti.

In poco tempo, l'ambiente della cucina si fece saturo degli odori più vari, nei quali al dolce aroma della crema si andava mescolando l'olezzo acre e pungente di cipolle appena tagliate, insieme a quello, avvolgente e pieno, del lievito di birra fresco.

La Margiala dovette uscire di corsa a prendere una boccata d'aria perché, nonostante il ventre già gonfio, non era ancora del tutto immune agli sbalzi d'umore del suo stomaco, che faceva ancora le bizze come nei primi mesi di gravidanza. Non era facile per mia madre ammettere di essere in difficoltà, visto che apparteneva a quel genere di donne dalla scorza dura, disposte a negare anche l'apparenza pur di velare le proprie debolezze. Ma noi, che eravamo le sue figlie, avevamo appreso ogni più impercettibile perturbazione del suo umore e del suo stato fisico, in una sorta di simbiosi multipla con il suo corpo, quindi ci accorgevamo subito se qualcosa non andava in lei.

Quando la mamma si precipitò in giardino, Rosetta fece segno a me e a Cornelia di andare avanti con le nostre mansioni. Noi le obbedimmo.

Il calzone di cipolle era una delle mie pietanze preferite. Amavo gustarlo quando era ancora ben caldo e l'aroma del ripieno si scioglieva in bocca in tutta la sua fragranza. Avevo imparato dalla mamma a impastare con i pugni ben serrati.

«La devi prendere a schiaffi», mi diceva la Margiala, quando voleva spiegarmi per bene con quanta forza rovistare nel miscuglio di farina, acqua, lievito e olio.

E così le mie piccole nocche si facevano contratte, mentre erano intente a bucherellare la massa tra le mani. Mi piaceva quando quell'insieme informe di farina sparpagliata sul tagliere andava lentamente assumendo le sembianze perfette di un panetto giallognolo, sodo ma nello stesso tempo ancora morbido.

A quel punto andava sollevato e poi fatto ricadere con movimenti decisi, poi allargato con i pugni, perché la lavorazione giungesse in ogni sua minuscola parte. Solo allora andava inciso a croce, coperto con diversi stracci caldi e lasciato a riposare per un paio d'ore.

La Margiala rientrò proprio quando il mio capolavoro stava per essere ultimato. La guardai ansiosa di ascoltare le sue parole di lode, ma lei si limitò a scrutarmi con il volto beffardo di una che sapesse già come muovere le sue pedine, così come il momento giusto in cui renderle autonomc c in grado di fare da sé la propria mossa. Sapevo che quello era il massimo che potevo aspettarmi da lei e sorrisi soddisfatta.

3

Era evidente a tutte che la Margiala avesse uno sguardo più morbido quando parlava con me, come se il suo aspetto arcigno si addolcisse, se la luce dei suoi occhi si facesse più vivida.

Che avesse già presentito ogni cosa? Letto nei destini delle sue figlie, come faceva nei fondi dei caffè? Ho sempre creduto che io, Cornelia e Rosetta fossimo come dei libri aperti per la mamma e che si trovasse in ogni circostanza in condizione di vantaggio, in grado di scrutare nei nostri pensieri, anche quelli ancora presenti in forma inconsistente e appena abbozzata.

Cornelia stava preparando il ripieno, quando una voce sguaiata ci richiamò dal muretto del cortile. Per l'esattezza stava rimestando sul fuoco le cipolle, messe precedentemente a bollire nel latte, insieme a sale, pomodorini e peperoncino. Per ultimo ottime olive verdi denocciolate.

Come non riconoscere la voce di comare Nannina? Tra le vicine, era di gran lunga quella che preferivo, tanto che a volte mi piegavo alla sua richiesta di chiamarla zia. All'apparenza poteva sembrare una donnina scialba, con un lungo viso cavallino e un mento adusto, rinvigorito ancor di più da un naso aquilino che terminava quasi a ridosso delle labbra sottili.

Un tempo non era stata così, diceva lei, ma poi una brutta infezione alle gengive l'aveva costretta a perdere, uno dopo l'altro, tutti i suoi denti, e il suo aspetto aveva assunto lentamente le sembianze di una vera e propria befana sdentata. Forse per quello comare Nannina mi faceva tenerezza.

La parte che preferivo di lei, però, era la candida testa canuta, morbida e setosa, come tanti bioccoli di bambagia adagiati sulla sua testa ovale. Non portava la crocchia, come la mamma, ma lasciava che la folta chioma argentata le incorniciasse il viso, forse come unico vezzo da potersi concedere.

«Il bambino sta male», gridava la poveretta, con una voce arrochita dalla disperazione. La Margiala si precipitò in cortile, seguendo la direzione della voce della comare. Seguirono alcuni rapidi scambi di battute, attraverso il muricciolo che separava le nostre due case, prima che la mamma invitasse la vicina a precipitarsi da noi.

Quando avevo modo di vedere la Margiala all'opera, il cuore mi si serrava come un pugno nel petto, e una profonda emozione mi cavalcava a fior di pelle. In fondo era come assistere alla messa in opera di portentose arti magiche che la mamma sapeva elargire con grande maestria. Tutti la rispettavano in paese e, prima che rivolgersi al medico condotto, era facile che si passasse dalla casa della Margiala, che sapeva usare le mani come una fata. Questo mormoravano i più.

Comare Nannina sembrava agitata. Negli occhi il terrore che non si trattasse del solito mal di pancia che, di tanto in tanto, costringe i piccoli a dimenarsi come anguille in una piccola vasca. Il bambino si contorceva tra le braccia della nonna e le minuscole vene del collo si contraevano e si rilassavano a intermittenza, come gonfiate da invisibili mantici.

La faccia della mamma, invece, era di pietra, nonostante il tremore della voce tradisse una punta di inquietudine.

Credo però che fossimo in pochi a riuscire a scorgerla, perché la Margiala era bravissima a dissimulare le emozioni.

«Lo metto sul letto», sibilò appena la comare, destreggiandosi tra le pile di sedie, per raggiungere la camera padronale.

«No», pronunciò secca la mamma, «mettimelo tra le braccia», e andò a sedersi su una poltrona color croceo che tenevamo accanto al mobiletto basso per i bicchieri. Un dono di famiglia che papà aveva ricevuto dalla sua vecchia zia smemorata, la quale, forse perché era abituata a vivere in mondi immaginari, si era vantata del fatto che quella sedia, dai braccioli intarsiati e dallo schienale di velluto, fosse appartenuta, un tempo, a un qualche nobile.

Vero o no, nel dubbio la mamma l'aveva trasformata in un vero e proprio cimelio, tanto da impedire a chiunque di noi di sedervisi. La Margiala aveva eletto quella poltrona a trono personale, sul quale mettere in pratica le sue arti.

Si aggiustò la gonna a sbalzi, per accogliere meglio il piccolo, e lo afferrò dalle mani tremanti della comare. Il bambino non accennava a voler smettere la sua macabra danza, e il colorito del viso si era fatto di un livore impressionante.

«Presto, presto», fece irritata alla nostra vicina.

Io e Cornelia ci eravamo appostate sui gradini delle scale, a osservare la scena. Dopo un po' anche Rosetta non resistette e abbandonò braci e pentole per vedere sua madre all'opera. In fondo lei avrebbe dovuto seguire, essendo la primogenita, le orme della mamma, ammesso che ne avesse avuto le doti.

«È un dono che prima o poi si impara a riconoscere», diceva la Margiala, quando Rosetta si illudeva di essere lei la predestinata.

E la mamma mi lanciava una specie di occhiata complice, forse persuasa di aver letto nei miei, di occhi, quegli strani baluginii che – ne era convinta – aveva trovato un tempo anche nei suoi. Un certo modo simile, ostile e fiero, di guardare gli altri e il mondo. Vanto per lei, dannazione per me.

Con il braccio sinistro la mamma bloccò i movimenti convulsi del bambino e con l'altro gli sollevò la maglietta e adagiò la mano sul suo pancino contratto.

«Adesso silenzio», fece con lo sguardo vitreo, per fermare i nostri commenti biascicati. La bocca della Margiala bisbigliava parole incomprensibili, in una lunga sequela di suoni percepibili ma non riconoscibili in parole che avessero senso compiuto. Preghiere, litanie, formule magiche recitate in una lingua arcana e sconosciuta. A nessuna di noi erano state ancora svelate quelle sequele perfette che si accompagnavano ai suoi gesti sicuri.

Dopo aver massaggiato con movimenti circolari il ventre del bambino, la Margiala prese a disegnare delle piccole croci con il pollice, passando in rassegna ogni centimetro di pelle, la voce sempre intenta a zufolare quelle ubbie incomprensibili e gli occhi concentrati su un punto non ben definito del viso del bambino.

Comare Nannina cominciò a quietarsi, perché si avvide che il volto del piccolo iniziava a rilassarsi, così come i pugnetti, che aveva tenuto ben serrati fino ad allora, a seguire il ritmo del proprio dolore. Passarono circa quindici minuti, prima che si potesse assistere al prodigio, prima che il volto del piccolo iniziasse a distendersi in un'espressione di rinnovata serenità, prima di chiudere a più riprese le palpebre per abbandonarsi al sonno.

Osservai sbigottita il viso di Cornelia e lei a sua volta ricambiò, guardando me con gli occhi sgranati per la costernazione. Solo Rosetta pareva stranamente pacata, mentre assisteva alla scena a braccia conserte, sorreggendosi al pomolo del corrimano.

Solo in quel momento, la mamma risistemò la maglietta e riadagiò il bambino tra le braccia di sua nonna.

«Grazie», esclamò gioiosa e riconoscente la donna, «ti porterò delle uova e del formaggio», concluse poi.

Perché la Margiala non accettava mai soldi per le sue arti. Tutt'al più dei doni, perché la gratitudine andava rispettata, così come il dolore e la pietà. Erano i sentimenti che meritavano più rispetto, a suo parere.

4

La mamma se ne stette ancora per qualche istante adagiata sulla poltrona della mia prozia, accasciata come un fagotto vuoto. Si era portata una mano alla tempia, facendo cenno a noi altre di allontanarci dalla sua vista, perché quando le prendevano le sue forti emicranie qualsiasi presenza umana intorno la infastidiva, alla stregua di uno sciame di mosche ronzanti.

«Finite voi in cucina», fece quindi con voce flemmatica. Rosetta annuì, lasciando intendere con lo sguardo che era tutto sotto controllo.

«Finite di farcire le zeppole e Cornelia, mi raccomando, il ripieno del calzone non deve essere secco e... tu Diamante, l'impasto non stenderlo più alto di un dito», si era sentita in dovere di aggiungere, allo scopo di distribuire meglio le mansioni. «Rosetta, controlla che le tue sorelle eseguano bene i loro compiti. Io andrò a sdraiarmi un po'. Venite a chiamarmi tra un'ora. E... per favore, Diamante, porta un bicchiere d'acqua sul comodino, con una fetta grande di limone dentro».

Le voltammo le spalle, ciascuna pronta a eseguire il proprio compito. La Margiala fece ancora cenno col capo, come volesse aggiungere altro, poi lasciò perdere e scacciò del pulviscolo d'aria evanescente con un movimento secco della mano.

La voce era blanda e la mamma, in quei momenti, appariva ai miei occhi tremendamente indifesa.

Quando fui all'altezza del cortile, mi voltai a guardarla un'ultima volta. Era ancora nella stessa posizione, con una mano alla tempia e l'altra a sorreggersi al bracciolo. Le gambe divaricate, alla ricerca di forza per potersi alzare. Avrei voluto soccorrerla, farla appoggiare a me e aiutarla a raggiungere il letto, ma sapevo bene che non lo avrebbe mai permesso. La mamma non chiedeva mai le cose in modo esplicito, se non quando impartiva gli ordini che consentivano al suo mondo di girare nella maniera in cui lei aveva esattamente calcolato. Per lo meno nella sua casa, perché la casa era il suo regno e su quello la mamma aveva imposto un ordine rigoroso.

Quando rientrai con il bicchiere d'acqua, si stava adagiando sul letto. Le mani vistosamente tremanti e gli occhi lucidi, come fossero febbricitanti.

Feci una smorfia che voleva assomigliare a un gesto di compassione, ma lei mi fulminò con occhi vacui, scagliandomi contro un fendente aguzzo con lo sguardo. Qualsiasi cosa che richiamasse vagamente alla mente la commiserazione, la muoveva a un'immediata stizza.

«Mi raccomando il calzone, che sia ben cotto. Di' a tua sorella Rosetta di controllare le braci e di rigirarle spesso, perché l'impasto non si bruci sotto. Ah, un'altra cosa... spandi per bene sulla superficie una parte d'olio e due parti d'acqua, così prende un bel colore».

Adesso la voce era quasi affannata e succhiava aria, faticando a parlare.

«Mamma, sei sicura che non sia il momento?», mi azzardai a dire, terrorizzata all'idea che il piccolo stesse per nascere e che quel malessere derivasse appunto dal parto imminente.

«Come ti permetti?», gemette, fraintendendo le mie parole, o forse capendole perfettamente. «Ho fatto nascere decine di bambini, assistito donne di tutte le età al momento del parto e vuoi che non sappia riconoscere quando arriva il momento per me?».

La voce aveva recuperato forza e spessore. In un certo senso era come se la tempra della Margiala avesse bisogno, di tanto in tanto, di alimentarsi con qualche focolaio di rabbia. Io gliene avevo offerto l'occasione e questo era bastato a rintuzzarla, alla stregua di un tizzone smorto, reso ardente dal contatto con nuova legna.

«Chiudi gli scuri», mormorò infine, lasciando cadere l'argomento, forse per frenare l'indignazione. Io avanzai verso la finestra ansante, terrorizzata per l'ardire che avevo mostrato. Quindi sgattaiolai fuori dalla stanza, senza neanche voltarmi a guardarla. Richiusi la porta alle mie spalle, cercando di fare meno rumore possibile, e corsi verso il cortile, con passi affrettati e incerti, sentendo le pareti improvvisamente chiudersi a cerchio intorno a me, fremendo per la paura che la mamma potesse avercela ancora con me, al suo risveglio.

Mi rendevo conto – o meglio, a quei tempi non me ne rendevo affatto ancora conto – che la Margiala era il punteruolo intorno a cui girava l'umore di tutta la famiglia, soprattutto di noi figlie, perché in mio fratello ho sempre visto una maggiore libertà. Per certi versi era come se alla mamma non interessasse granché di quel che accadeva a suo figlio, come se il suo destino fosse affare da uomini e quindi era papà che doveva occuparsene. O forse perché a un uomo era sempre concesso di scegliere da che parte stare e quale corso assegnare agli eventi della propria vita. Il discorso per noi donne era completamente diverso e la mamma era senz'altro il puntello intorno al quale ruotavano la nostra educazione e la nostra formazione. Quel che saremmo diventate come donne, mogli e madri dipendeva solo da lei, e la mamma sentiva il fardello dei nostri destini come un peso tremendo e pesante sulla sua coscienza.

«Smettila di frignare». Rosetta stava ammonendo severamente Cornelia che, come faceva sempre quando era agitata, piangeva impotente, perché quando si sentiva così scossa o stralunata ogni altra argomentazione le appariva esaurita. Le lanciai un'occhiata di sfuggita, anche perché conoscevo mia sorella e non davo granché peso alle sue manifestazioni di rammarico.

Rosetta, lei no invece. A volte mi sembrava il ritratto stesso della mamma, e non solo nell'aspetto – era bellissima come lei – ma anche nei modi.

Il garbo e le parole d'affetto venivano meticolosamente centellinate da entrambe, pescate da qualche contenitore di piccola taglia che custodisse i loro modi aggraziati. Tanto meno le parole dolci si sprecavano per una come Cornelia o per i deboli in generale, per i quali la Margiala e mia sorella, in egual misura, provavano un vero e profondo disgusto.

Non domandai i motivi delle sue lacrime, ma potevano essere diversi, in effetti. Cornelia si sentiva forse scossa per la scena di quell'esserino malconcio e indifeso, in balia dei propri spasmi, o forse perché mal sopportava in generale le manifestazioni di dolore – visto che era un'anima così sensibile – o forse ancora perché era spaventata dai continui malesseri della mamma. In fondo, tra noi sorelle, sembrava quella più morbosamente attaccata alla Margiala, nonostante la freddezza con cui veniva trattata, forse proprio per una strana legge del contrappasso. Ebbene le ragioni potevano essere tante, perciò decisi di lasciar perdere e di far crogiolare mia sorella nel suo dolore. Riannodai il grembiale alla vita e, incurante dei rimbrotti di Rosetta e dei singulti di Cornelia, mi misi a stendere l'impasto del calzone, canticchiando un motivetto forse romantico, non saprei definirlo, che avevo sentito alla radio.

«Cosa fai, ti metti a cantare?», mi rabbonì la maggiore, la reggitrice del trono in assenza della Margiala.

«Perché, è proibito?», risposi, facendo spallucce.

Rosetta cominciò a ridere, forse attratta dalla mia palese stravaganza. Subito dopo, mi resi conto che anche i pianti di Cornelia erano cessati e che anche lei, mentre era intenta ancora a tirare su con il naso, aveva iniziato a sorridere.

«Brava, è meglio che ridi, tu, che le lacrime non fanno bene alla crema pasticciera», le dissi, con un largo sorriso anch'io. Così, mentre la mamma pativa nella sua grande e buia stanza padronale, noi avevamo trovato il modo di andare avanti, sorreggendoci a vicenda, ognuna a proprio modo e nell'unico che conoscessimo. Mentre osservavo le mie sorelle e stendevo con meticolosità l'impasto, girandolo e rigirandolo più volte perché la forma fosse perfettamente tondeggiante, mi accorsi che un pensiero molesto e cattivo mi stava pungolando. Cercai di scacciarlo, muovendo e scuotendo il capo, ma quello tornava a insidiarsi nella mia mente, a trovare il modo per farsi nitido e prepotente.

Mi venne da pensare a come si stava serene senza l'ombra della Margiala a redarguire a destra e a manca, e a lanciare improperi e moniti avvelenati a ciascuna di noi, a come mi sentissi stranamente libera, senza la sua presenza furtiva ad alitarmi addosso.

Pensai anche, socchiudendo le palpebre, che stavo davvero meditando su una cosa terribile e che avrei dovuto sprecarmi in numerose preghiere, la sera, per farmi perdonare. Sentimmo poi la porta richiudersi fragorosamente. Il segnale che papà era rientrato con Giuseppe. Mio fratello aveva la malsana abitudine di rinchiudersi la porta alle spalle con un calcio, pur sapendo bene che la mamma odiava quel gesto. Pareva che lui, però, lo facesse apposta, per sfidarla, e perché oltretutto sapeva che nostro padre era abbastanza indifferente a quei rimbrotti.

C'entrava di sicuro, poi, il fatto che Giuseppe venisse considerato già un adulto a tutti gli effetti, e non era la stessa cosa per Rosetta, nonostante fosse più grande di lui. Giuseppe era adulto e maschio e questo bastava perché potesse farsi abbastanza i fatti propri. Lavorava e aiutava poi tutta la famiglia. "Un gran lavoratore", lo definiva mio padre, perché passava instancabilmente dalla cazzuola alla marra, alternando le fatiche di muratore a quelle di contadino, quando i lavori stagionali lo richiedevano. Dal canto suo, a Giuseppe bastava portare nelle tasche dei pantaloni i soldi per le sigarette, perché con quelle si sentiva davvero grande. Del resto non gli interessava, era ben contento di sorreggere la sua grande famiglia di donne. Non vi saprei dire se quello che Giuseppe provava per noi fosse affetto fraterno. Al più mi salutava con odiosi pizzicotti sulle braccia, così forti da farmi raggrumare il sangue in tante monete scure e tondeggianti sotto la pelle. Era di certo una manifestazione d'affetto, non lo metto in dubbio, nel modo bislacco e odioso che i maschi rudi sanno elargire.

Si comportava in modo diverso solo con Rosetta e non credo dipendesse solo dal fatto che lei fosse più matura di lui. Sono convinta che fosse la soggezione che i maschi inevitabilmente provano davanti alla bellezza. Oltretutto la bellezza di Rosetta era in tutto simile a quella della Margiala, prepotente e sinuosa, pericolosa per certi versi, perché serbava il fascino perverso delle lupe e dei predatori in generale. Era per qualcosa di particolare che i loro occhi di ghiaccio riuscivano a trasmettere, e che le rendeva imperturbabili, ineffabili.

Non saprei neanche dire se quel che provavo a quei tempi per mio fratello fosse affetto. Di certo invidia, tanta invidia per i suoi calzoni sdruciti, perché lui non doveva portare odiosi fiocchi rosa tra i capelli, perché entrava e usciva quando voleva, senza che nessuno gli chiedesse spiegazioni o gli lanciasse occhiate in tralice, perché infine era l'unico in casa ad avere una bicicletta che, in quel momento, per me rappresentava, ancor più dei pantaloni, un indiscusso simbolo di libertà.

5

«Dov'è vostra madre?», domandò papà, addentando una grossa zeppola ripiena e mugugnando di piacere. Giuseppe lo seguì a ruota, nonostante i buffetti con cui Rosetta scherzosamente lo colpiva sulle mani per dissuaderlo. Lui faceva spallucce e andava avanti per la sua strada.

«È a letto», gli risposi, senza perdere di vista la scena tra mia sorella e mio fratello, «non si sentiva bene. Una delle sue emicranie».

«Si è stancata troppo stamattina?», fece lui, con la bocca impastata.

«Non credo», continuai io.

«Ah, è venuta comare Nannina», si sentì in dovere di aggiungere Rosetta, «il nipote aveva dei brutti dolori alla pancia. La mamma glieli ha fatti passare», aggiunse quindi con una punta d'orgoglio.

Papà cominciò a borbottare frasi insulse, sul fatto che quando praticava quelle "arti" poi stava male.

«Le tolgono energia», imprecò poi, senza smettere di masticare. «Se almeno si facesse pagare!», e addentò un'altra zeppola bella calda.

Le arti a cui nostro padre faceva riferimento erano delle più svariate e spesso si chiedeva pure lui quale delle sue tre figlie avesse ricevuto in dote quella pesante eredità. O forse si celava nel nascituro in arrivo, perché tanto mio padre si diceva convinto che si sarebbe trattato dell'ennesima femmina. A ogni buon conto, lui quella dote la considerava autentica sfortuna, non trovando alcuna traccia di bene in quello che la Margiala sapeva fare. Leggere i fondi delle tazze, togliere il malocchio e il mal di pancia, indovinare il sesso dei nascituri. A lui non servivano quelle bislacche doti. Avrebbe preferito di gran lunga una moglie normale, con tanto di grembiale annodato alla vita e aria dimessa. Ma la Margiala era fatta così, dura come il nocciolo di un frutto.

«Vado a vedere come sta», concluse mio padre, asciugandosi la crema dalla bocca, con i risvolti della camicia. Rosetta lo guardò con un moto di stizza, perché sapeva che la mamma non sopportava che entrasse in camera da letto ancora sporco.

Non osò dire niente, però.

Giuseppe, invece, andò a sedersi su una sedia impagliata che tenevamo in giardino, a gustarsi lo spettacolo dell'oleandro in fiore al centro dell'appezzamento più grande. Lo aveva piantato molti anni prima nostro padre e quell'alberello lussureggiante costituiva il suo orgoglio. Tutt'intorno, perfettamente irreggimentate, si alternavano file di bossi e ligustri, a delimitare la parte ornamentale del giardino, mentre a ridosso del cortile si estendevano arbusti di maggiorana, rosmarino e salvia. L'altra parte del giardino, invece, quella più piccola, era destinata all'orto, e in mezzo spiccavano, come due trofei nodosi, un alberello di limoni e un grande vecchio. Un maestoso albero di fichi.

Quando era la stagione, io mi divertivo ad arrampicarmi fino in cima, per raccogliere i frutti più grandi e maturi che si ammonticchiavano sulle fronde più in alto. Il latte fuoriusciva dal frutto, quando lo agguantavo, quasi a ribellarsi all'oltraggio di essere stato staccato dalla madre. Dopo un po' le mani mi bruciavano e si facevano rossastre, perché quel liquido lattiginoso era fortemente urticante, eppure la soddisfazione di addentare quelle prelibatezze di zucchero valeva l'impresa.

Giuseppe stringeva tra le mani una pasta ripiena di mandorle e composta di limoni. Si vedeva che era buona dai lievi mugolii di piacere che emetteva a ogni boccone. Rosetta questa volta lo scrutò orgogliosa, perché dopotutto si sentiva lei l'artefice di tanta bontà. Le lanciai un'occhiata in tralice. Ero ben consapevole che in fondo correva una sottile ostilità tra noi due.

Lei aveva ben chiaro nella mente, infatti, quanto Cornelia fosse innocua, un'anima semplice e pura, così appariva ai nostri occhi. Oserei dire incontaminata, incapace di provare pensieri cattivi. Al contrario, era persuasa di potersi scontrare ad armi pari con la sottoscritta. Rosetta voleva essere la Margiala e l'unica a poterle rubare il trono ero di certo io. Il fatto che poi fossimo anche così diverse nell'aspetto non faceva che aumentare i contrasti tra di noi.

La mia pelle olivastra, i miei capelli perennemente impigliati in ondosi moti rabbuffati, gli occhi neri come la pece. Era facile immaginare che una strega lo sarei diventata davvero, nell'aspetto, di lì a qualche anno.

Quando Rosetta provava disappunto per qualcosa che avevo fatto o perché avevo osato risponderle sfidando la sua stessa audacia, lei mi chiamava "lupa" e mi diceva che un giorno, quando la mia cattiveria si fosse resa sufficientemente manifesta, avrei persino provato a graffiarla, come una vera bestia feroce.

«Sei pericolosa. Una lupa, una pericolosa lupa», aggiungeva, voltando i tacchi.

Corsero delle sottili scosse di elettricità tra i nostri sguardi, poi feci spallucce e la lasciai ben piantata davanti alla porta della cucina, a gambe divaricate e con le mani a cingerle la vita, mentre il piede destro batteva il tempo della sua indignazione. La osservai di sbieco, con aria sfottente.

«Hai qualcosa da dire?», aggiunse poi, sempre cingendosi i fianchi.

Le risposi con uno schiocco della lingua sui denti, un gesto di noncuranza e di sfida che avevo appreso da mio fratello.

Quindi mi avviai verso il cortile su cui si affacciava la finestra della camera padronale. Intanto, con la punta logora delle scarpe, facevo ruzzolare in avanti qualche sassolino, come un vero maschiaccio. Di tanto in tanto lanciavo lo sguardo indietro, a fissare mio fratello, che mi osservava allontanarmi con un sorriso beffardo.

Il cortile era un quadrato di circa otto metri per lato, completamente imbiancato di calce. Adagiati a una parete c'erano degli otri per l'olio e più in là alcune botti, nelle quali papà metteva il vino novello. Dalla parte opposta invece c'erano solo due tinelli di legno che la mamma teneva per il bucato grosso, quello delle lenzuola o delle coperte, che si faceva non più di tre volte l'anno. Era una delle attività di casa che preferivo, non tanto per il gran lavorio che si faceva a stricare con cura i capi fino a renderli di nuovo lindi, ma perché il momento finale riservava una sorpresa per i più volenterosi, almeno nella stagione calda. Una volta lavati ben bene i panni, infatti, quei tinelli diventavano il luogo del bagno anche per noi ragazzi.

Sguazzavo nell'acqua intrisa di cenere come un'anguilla vischiosa rinchiusa in un catino d'acqua. La cenere seccava la pelle e lasciava addosso una sensazione di pulizia totale, come se esfoliasse a una a una tutte le cellule morte del mio corpo e mi conducesse a una rinascita, a una metamorfosi liberatrice.

Lungo la parete attigua alla porta della camera padronale si estendeva un porticato di modeste dimensioni, intorno ai cui assi correvano intrecci nodosi di uva luglienga che di lì a due mesi sarebbe maturata, ansiosa di finire sulle nostre tavole. Ricordo che, quando ero più piccola, ammiravo i tanti acini verdognoli sospesi a mezz'aria che, per la loro forma allungata e a goccia, mi ricordavano tante piccole mammelle di mucca. Potevo rimanere anche mezz'ora col naso all'insù a gustarmi quello spettacolo di forme e colori, ad ammirare ogni volteggio, il modo mirabile in cui la vigna si era attorcigliata a ogni trave, in un corso sinuoso e perfetto, come se decine di mani umane ne avessero forzato la traiettoria. Era bella e selvatica, e nella sua perfezione ritrovavo la medesima tempra della Margiala, selvaggia e irraggiungibile.

Mi avvicinai saltellando alle finestre della stanza da letto della mamma. Gli scuri erano stati leggermente aperti e, dall'interno, si intravedeva il tremulo lucore forse di una candela che la Margiala aveva acceso.

La tentazione di sbirciare fu fortissima. Osservare la mamma e il papà in un momento di intimità, studiarne gli sguardi, per intravedere un barbaglio di umanità in tutta quella freddezza. Avevo già l'età in cui si cominciano a fare certi pensieri sull'altro sesso. Pensieri creati solo dalla propria mente, senza alcun riscontro reale. Ed erano pensieri che si riferivano ovviamente solo al mondo adulto e che per fortuna non riguardavano i maschi della mia età che, ai miei occhi, apparivano ancora solo come semplici compagni di gioco.

Mi voltai con aria circospetta, per sincerarmi che nessuno dei miei fratelli fosse testimone della mia tentazione. Il cortile era deserto. Avvicinai la punta del naso a uno degli scuri e lo allargai col pollice e l'indice, lentamente, con il respiro affannato e con il peso di stare per compiere qualcosa di proibito. Ma trasgredire le regole aveva un sapore così buono, pur se perverso.

La figura di mio padre si stagliava davanti al grande letto e si udiva un mormorio basso ma costante, percussivo. Non era possibile distinguere le parole ma era evidente che lo scambio di battute fosse animato da una certa vivacità. La mamma si era levata le vesti che la facevano rassomigliare a un pipistrello indisponente. Tonalità monocorde di grigio e nero. Mi sono sempre chiesta se portasse ancora il lutto per la morte di suo padre o se fosse il suo modo per negare al mondo la sua bellezza. Indossava una camiciola di lino leggera, con le spalline. Una le era scesa sul braccio e ne svelava una spalla. Aveva anche sciolto la crocchia e i capelli le ricadevano in lunghe volute nere e setose fin quasi alle natiche. Sapevo che quello che stavo facendo era un oltraggio e che la mamma non avrebbe mai permesso di lasciarsi spiare in tutta la sua umana bellezza e fragilità. La Margiala non consentiva mai a noi ragazze di guardarla in quel modo, era come se volesse precludere al mondo intero la sua vera natura. Ed era proprio quello invece l'aspetto più accattivante del mio gesto da "monella", ritrovare in mia madre un accenno di fragilità umana.

A un certo punto mio padre le porse il bicchiere d'acqua che io le avevo messo sul comodino. Lei bevve tutto d'un fiato.

Il mio battito era accelerato e lo potevo percepire fortissimo nei timpani, ma non mi allontanavo ancora, come fossi conscia che il momento migliore stesse per arrivare.

Poi mio padre si chinò verso di lei a raccogliere il bicchiere. Si guardarono qualche istante negli occhi e a quel punto lui le diede un bacio sulla fronte. Subito dopo si diresse verso la porta, per lasciare la stanza.

Mi pervase un senso di delusione, di inconcluso. Con la fronte corrugata per il disappunto rimasi ancora immobile a fissare la Margiala, non soddisfatta di quel che avevo colto in quei pochi istanti. Lei gemette un paio di volte, mentre si rigirava tra le lenzuola, scalciò via il copriletto leggero e, subito dopo, come pervasa da un'ansia improvvisa di non perdere più tempo, si sedette al letto e si aggiustò la spallina, prima di rialzarsi.

Mi inginocchiai trattenendo il fiato, terrorizzata all'idea che mi avesse scorto. Me ne stetti così, immobile, non so per quanti minuti, prima di allontanarmi strisciando come un verme sul pavimento. Non ricordo quanta vergogna mi pesasse sulla coscienza in quel momento. Non avevo assistito a nulla di lontanamente accattivante, ma non aver saputo domare la perversa curiosità di oltrepassare i limiti che mi erano imposti mi rendeva tremendamente colpevole.

Raggiunsi carponi gli otri per l'olio e solo allora mi rialzai, scuotendomi le vesti impolverate e sforzandomi di recuperare un respiro regolare. In quel momento sentii la voce di Rosetta che mi chiamava. Ingoiai un paio di bocconi di saliva e corsi verso la cucina, con il cuore raggomitolato e chiuso, e con la percezione fortissima di essere una bambina spregevole e che mille pensieri cattivi muovessero le mie azioni.

6

Quando tornai al portico, Cornelia stava raccogliendo secchi d'acqua dal pozzo. Papà ci diceva sempre che noi eravamo fortunati, perché non dovevamo spazientirci in lunghe file, con le brocche in mano, per rifornirci di acqua alla fontana. Avevamo un pozzo di raccolta dell'acqua piovana che, a quei tempi, costituiva un vero e proprio lusso. Bisognava usare, però, una certa parsimonia, perché soprattutto nei mesi estivi l'acqua scarseggiava e allora anche per noi le capatine alla fonte si rendevano necessarie. Io mi offrivo sempre volontaria, perché mi piaceva vagare per i vicoli animati di gente e incontrare le altre massaie che si addossavano ai crocicchi delle strade con le brocche in mano.

Non si trattava solo di una necessità, ma di un prezioso momento comunitario, durante il quale scambiarsi pettegolezzi e notizie dell'ultimo minuto. Una buona occasione, inoltre, per sputare sentenze avvelenate sui propri mariti o sulle suocere, affanni che tanto si poteva facilmente condividere perché ci si sentiva in egual misura toccate da un medesimo destino. Io me ne stavo ad ascoltare tutte quelle lingue svelte che saettavano bestemmie e mi chiedevo se anche la mamma, quando capitava a lei di raccogliere l'acqua, si lasciasse andare agli stessi rimbrotti.

Via Bonifacio, che conduceva alla fontana, era una strada lunga e stretta che terminava in una distesa di campi incolti, ingialliti dal sole. Era proprio a ridosso di quelle langhe desolate che si apriva una piccola piazzetta con una fontana bronzea al centro. Conoscevo sufficientemente bene quelli che abitavano lungo quella via. Una successione di casupole basse e imbiancate di calce, la maggior parte dotate di scantinato per il deposito degli alimenti o per trovare un po' di frescura durante gli assolati mesi estivi. Per lo più si trattava di anziani, anche perché quella era una delle zone più antiche del paese.

La mia vecchina preferita era Paolina la pazza. Un'impenitente zitella i cui capelli si erano incanutiti prima del tempo e la cui bocca si era fatta sdentata, quando aveva appena quarant'anni, ragion per cui anche la mandibola e il resto della faccia si erano adeguati a una strana conformazione del viso, quasi deforme. Al suo aspetto da megera di Benevento, si univa una favella svelta che a volte si perdeva in ubbie sibilate da uno strano rumore prodotto dalla sua lingua strascicata tra le gengive scarne e lisce. Abitava in una catapecchia in decadenza, una bettola che costituiva però dimora ambita dai suoi due nipoti che, da anni ormai, non aspettavano altro che qualche anima del purgatorio scendesse sulla terra a prendersi quella vecchia zia pazza. Contravvenendo, però, a tutte le previsioni e le malelingue, Paolina avanzava negli anni con imperturbabile follia, sfidando le malattie, le intemperie e l'indigenza. Qualche vecchia comare vociferava addirittura che la pazza non si nutrisse più, che la sua anima fosse stata venduta al diavolo e che per questo motivo Paolina si era fatta immortale. Alcuni monellacci si divertivano a schernirla, a lanciarle addosso sassi e, spesso, anche qualche verdura marcia. Paolina poteva restare ore a tenersi addosso foglie marcescenti di insalata, calate come un casco sulla sua chioma argentata e scarmigliata. Prima che qualche anima pia le si avvicinasse per darle una ripulita.

Una volta la Margiala mi aveva persino confessato che Paolina aveva una madre, ancora viva, che se ne stava segregata in casa tutti i giorni dell'anno, temendo la vista del sole come un pipistrello. Di tanto in tanto la sua ombra inconsistente si era vista attraversare a passi lenti le finestre basse della cucina, per poi riscomparire nel buio.

Per tutte queste ragioni io avevo una gran paura di Paolina la pazza e della sua veneranda madre e mi guardavo bene dal passare davanti alla sua casa. Mi tenevo dall'altra parte della strada, per non incrociare i suoi sguardi o le sue parole zufolate.

C'era poi il vecchio "Scheggia", che scagliava peti sfuggenti, incurante dei passanti che si avvicendavano davanti alla sua porta.

Il particolare importante, che ho dimenticato di sottolineare, è che al mio paese, sin da quando i raggi tiepidi dell'incipiente primavera iniziavano a scaldare l'aria e a renderla più rarefatta e leggera, era usanza, soprattutto per quelli di una certa età che non avevano più da spaccarsi la schiena a lavorare, trascorrere l'intera giornata davanti alla porta di casa, seduti su una sedia impagliata, a sorseggiare magari una limonata fresca in piena estate, o a mordicchiare mandorle e lupini in primavera. La strada era una passerella sulla quale si vedeva sfilare il paese intero. Si carpivano affanni e segreti, si salutavano i vecchi amici e si intrecciavano nuove conoscenze, cosicché alla fine l'intera anima pulsante di vita del paese passava davanti alle proprie case, giorno dopo giorno.

Scheggia un tempo era stato un meccanico, prima che l'artrite gli impedisse di armeggiare ancora con gli attrezzi del mestiere. Ora trascorreva le sue giornate ad ammirare il mondo che passeggiava sotto i suoi occhi cisposi, a beccarsi le saette della moglie che ramazzava tutta la mattina e a far divertire i bambini con i suoi peti scoppiettanti, che il vecchio caricava sapientemente di enfasi, sollevando l'anca dalla sedia, come per dire di prepararsi al colpo. Ogni volta che ne lanciava uno, la moglie lo trafiggeva con lo sguardo e con la scopa di saggina, ma lui se la rideva di gusto, beandosi soprattutto di aver fatto un torto a lei.

«Stai attenta a non rovesciare l'acqua», aveva esordito la mamma, non appena ritornata dalla camera padronale.

Si vedeva che non si era ripresa del tutto. Era pallida e il viso pareva scavato da intrecci di vene bluastre, come sul punto di esplodere.

Cornelia aveva riposto con cura il secchio sul ripiano di mattoni, quindi aveva richiuso il pozzo con il coperchio di legno.

«Bisognerà metterci un lucchetto», aveva detto poi la Margiala, rivolta al papà, «o il piccolo potrebbe caderci dentro».

«Il piccolo?», rispose lui, addentando un'altra pasta. «Puoi anche dire "la piccola", tanto sono sicuro si tratti di una femmina».

Lei gli lanciò un'occhiata in tralice, con occhi fiammeggianti, perché osava contraddirla su questioni nelle quali si sentiva assolutamente esperta. Quante donne in stato interessante le avevano chiesto di indovinare il sesso del nascituro? E lei non aveva mai fallito. Le bastava osservare la forma della pancia o il colorito delle gravide per azzardare una previsione. E lei sapeva che avrebbe avuto un maschio, a dispetto di tutte le convinzioni di suo marito.

Lui si limitò a mordicchiare in estasi la sua pasta e a mugugnare di piacere. Poi si pulì la bocca con le maniche della camicia e la mamma lo scrutò disgustata, perché lo odiava quando si faceva così rozzo.

«Domani, insieme alla targhetta, voglio appenderci anche questo», aveva ripreso lui, dimenticando completamente la faccenda del nascituro e mostrando sorridente l'allegro viso paonazzo di un Eolo intento a sbuffare. Sulla targhetta papà aveva inciso l'anno 1918, in cui erano iniziati i lavori di costruzione della nostra casa, e il 1938, l'anno in cui si erano conclusi. Ma accanto aveva pensato di appenderci il viso in terracotta di quel dio rubicondo.

«Chi è, un angelo?», domandò Cornelia. Papà scrollò le spalle, perché tanto a lui non interessava chi fosse.

«L'ho visto quando sono stato a Cerignola, a prendere vostra madre. Adornava l'ingresso della più bella villa padronale del paese. Mi sono detto, perdio, deve esserci anche a casa mia!», e sollevò l'allegro viso come un trofeo da esibire.

La Margiala roteò gli occhi al cielo, perché a volte suo marito si comportava proprio come un bambino, un bambino cocciuto oltretutto. Poi allargò le braccia e lasciò perdere, tanto sapeva che non c'era verso di fargli cambiare idea.

«Sei proprio figlio di un contadino», si limitò a dire sbuffando.

«Fiero di esserlo», concluse lui, rizzandosi dalla sedia con un rapido scatto, quasi si fosse improvvisamente ricordato di una cosa urgente da fare.

Il papà era così, una figura sfuggente che appariva e scompariva, ma la sua presenza era come un punto saldo per me. Sapevo che c'era e basta e non importava granché di quanto tempo effettivamente trascorresse sotto il mio stesso tetto.

«Forza ragazze, tornate in cucina, abbiamo ancora molto da fare per domani», fece la Margiala, schioccando le dita per richiamarci all'ordine. Io seguii Cornelia, che a sua volta tenne il passo a Rosetta e, prima di scomparire nella cucina buia, lanciai un'altra occhiata a mio fratello, ancora intento a bearsi al sole, vicino al grande oleandro. Lo invidiai e lo odiai un'ultima volta, prima di tornare alle mie faccende da donna.

PARTE TERZA
LA FESTA

1

Noi tre ragazze costituivamo gli ultimi anelli di una lunga catena di cuoche che, a detta di nostra madre, abitavano sulla terra da generazioni.

La Margiala raccontava che un tempo, quando gli arabi occupavano le lande della Puglia, le sue antenate avevano dovuto cucinare per quei mori dalla spada facile.

Era stato in quell'occasione che si erano impossessate di segreti preziosi riguardanti la mescita delle erbe e l'uso delle spezie, per rendere i cibi non solo più saporiti, ma anche per sfruttarne certe proprietà. Non sempre però l'arte culinaria delle sue antenate era stata utilizzata a fin di bene e la mamma citava ogni volta una sua prozia, la quale meritava di essere cacciata dal novero delle donne della famiglia, perché si era piegata all'uso del cibo per fini perversi e malvagi, come far disinnamorare poveri ragazzotti in procinto di prendere moglie, perché cadessero tra le grinfie di zitelle acide e dal fuoco facile, o per portare via i mariti alle legittime consorti e farli ricadere tra le cosce di qualche lussuriosa satanassa. Filtri d'amore, questa era la sua specialità.

La Margiala non aveva mai voluto saperne di cose del genere. Non le piaceva ingannare le persone, diceva. Il massimo della magia nera che si concedeva era togliere il malocchio a qualche malcapitato.

Ricordo una volta – potevo avere sette anni – in cui arrivò da noi una donna, una forestiera, aveva annunciato nostro padre. Mi colpì per gli zigomi pronunciati e per la chioma nera che portava sciolta e scompigliata, come quelle donne brigantesse, di cui mi aveva parlato papà in alcuni suoi racconti. Donne feroci, che avevano impugnato le armi e combattuto accanto ai loro uomini, ammazzato cavalli e a volte anche uomini. Quando papà narrava quelle storie, io lo ascoltavo con il cuore in fremito e con gli occhi spalancati, non del tutto persuasa che si trattasse di storie vere. Per lo meno era quello che mi piaceva credere, anche per evitare che il fascino perverso che quelle femmine altere provocavano su di me potesse in qualche modo allontanarmi dall'essere una donna dabbene. Papà era un bravo cantastorie e forse in un'altra vita avrebbe potuto fare il poeta o qualcosa del genere. Ammaliare le masse con le sue arti da fine narratore. Se fosse stato più istruito forse avrebbe potuto pure scriverle, delle storie. Lo diceva sempre che gli sarebbe piaciuto studiare, per questo rimproverava Giuseppe per non averne voluto sapere dei libri. Se solo mio fratello avesse voluto, a lui sarebbe stato concesso di ricevere un'adeguata istruzione e magari diventare qualcuno nella vita. A noi femmine no.

«Puaff... I libri», brontolava la Margiala, «ti mettono in testa un sacco di fandonie. Guardate me. Non so leggere e scrivere, ma tutti mi portano rispetto», e la faccenda sulla nostra agognata istruzione scolastica si poteva considerare conclusa. Tra le tre, quella che l'avrebbe desiderato di più era mia sorella Cornelia, e c'era da aspettarselo perché era diversa da noi altre. Si vedeva che era fatta di una pasta differente. Per quanto riguardava me, poi, ero convinta sin da bambina che la strada ti facesse da maestra più di qualsiasi altra nozione scritta, ma questo doveva essere legato alla mia indole da maschiaccio impenitente. Fatto sta che era una delle poche cose su cui concordavo con mia madre.

La Margiala mi diceva sempre che ero una ribelle, che lo si poteva capire dall'ondulazione dei miei capelli, dallo scintillio dei miei occhi neri e da una miriade di altri indizi che a una strega come lei non passavano inosservati. E se lo diceva la mamma, io dovevo crederci, così cercavo di allontanare quella mia natura con tutte le forze, come se fosse possibile togliersela di dosso, solo evitando di pensarci.

Comunque quella volta, la strana donna dai capelli di pece e dalla pelle d'ambra si era rivolta alla mamma con un sacchetto di monete sonanti. Con sé portava una fanciulla che non poteva avere più di quindici anni. Presumo si trattasse di sua figlia, anche perché la somiglianza tra le due era davvero incredibile. Mi colpirono le esili gambette da cerbiatto e la forma allungata degli occhi. La trovavo davvero bella, in quella sua fragilità. La straniera e la Margiala confabularono qualcosa in cortile, poi le due straniere si accomodarono all'ingresso, accanto al mobiletto con i bicchieri. Io e Cornelia le scrutavamo di sottecchi, con il terrore che una delle due da un momento all'altro potesse trasformarsi in qualche strano essere soprannaturale. Forse era in generale la paura verso gli estranei a indurci a quei cattivi pensieri e pure la paura verso le creature dell'oltretomba che – diceva la Margiala – di tanto in tanto, decidevano di venire a fare un giro in mezzo a noi mortali, assumendo le nostre sembianze. E siccome quella straniera là – la madre almeno – pareva non avere proprio niente di umano e di noto, era proprio da lei che io mi aspettavo una metamorfosi.

A dirla tutta, in certi momenti, credevo che anche la Margiala si sarebbe trasformata in qualche bizzarro essere alato. Comare Antonietta, la Vecchia Scoreggia, mi aveva raccontato una volta che tanto tempo fa le streghe avevano il potere di assumere le sembianze di strani uccelli col becco puntuto e grandi ali, con cui si libravano in volo per osservare il mondo dal cielo. Mi aveva fatto giurare di non dirlo alla mamma. «Che a quella là viene un diavolo per capello, se dovesse sentirmi», mi aveva sussurrato a denti stretti. Ma lei era convinta che quanto appreso sulle streghe fosse assoluta verità. Il segreto svelatomi dalla vecchia comare rendeva la Margiala ancora più temibile e terrificante ai miei occhi. Giurai per questo di non condividerlo con nessuno, neanche con le mie sorelle. Cornelia, poi, sensibile com'era, avrebbe potuto farsi venire un accidenti davanti a una rivelazione simile. Che anche la forestiera fosse una strega della peggior specie? Così, io e Cornelia ce ne stavamo guardinghe, nascoste dietro la credenza dei bicchieri, ad attendere il prodigio.

Di tanto in tanto ci scambiavamo un'occhiata pavida, quando qualche perturbazione nell'aria, o nelle nostre menti ci portava a pensare che la metamorfosi stesse per avere inizio. Intanto studiavamo le mani della fanciulla, la strana trepidazione con cui si contorceva le dita, come le sentisse infuocate al tatto, come avesse bisogno di allontanare un fastidioso prurito. L'altra, sua madre, teneva invece le mani immobili, lungo le cosce, e pareva una statua di cera, terribile nella sua assoluta imperturbabilità. Poi la Margiala fece la sua apparizione, imbracciando un catino ricolmo d'acqua fumante, qualche foglia di alloro e rosmarino, un paio di peperoncini, di quelli che tenevamo in giardino, e una coroncina del rosario.

Riuscivo a deglutire a fatica, terrorizzata io stessa dall'immagine che avanzava davanti a noi e che aveva tutte le fattezze di mia madre, ma in quel momento pareva una specie di santona. Fece accomodare le due donne nella camera da letto padronale e accese quattro candele, ai lati del grande letto che troneggiava al centro della stanza. Poi si diresse, con gesti lenti e meticolosi, verso la porta e la sbarrò con foga, redarguendoci con lo sguardo dal non oltrepassare la soglia, in nessun caso.

Non era necessario che la Margiala parlasse perché, in quelle occasioni particolari, i suoi occhi si facevano gelidi e arcigni e parevano sul punto di pietrificarti. Nessuna di noi avrebbe osato sfidare quello sguardo bruciante.

Un paio di volte fui sul punto di spiare attraverso la serratura, ma ero ancora troppo piccola per non temere che la mamma potesse addirittura avvertire con il pensiero i miei occhi indagatori. E Cornelia, per quanto più grande di me di qualche anno, non lo avrebbe mai fatto. Non rientrava nelle sue abitudini contravvenire alle regole.

Qualche tempo dopo seppi che quella particolare cerimonia che la Margiala aveva messo in piedi serviva per scacciare il malocchio, una maledizione subdola e untuosa che qualcuno aveva scaraventato su quella povera fanciulla dagli occhi a mandorla e il viso d'ambra. Come si poteva infierire con una tale crudeltà su una creatura tanto bella?

Trascorremmo il resto della giornata intente a sbuffare contro l'aria e a inveire contro il gran caldo, rinchiuse nella grande cucina annerita.

Due di noi armeggiavano a un tavolo rettangolare disposto proprio all'ingresso della stanza. Sulla parete opposta si trovava un grande focolare, con le pareti ormai incenerite, e sul muro più lungo correva un tavolo più grande dell'altro, sul quale la Margiala preparava anche gli intrugli del mestiere. Alla parete erano appesi pentolini di rame e terracotta, mestoli, cucchiai di legno, insieme a spezie arrotolate con un nastro di raso, corone d'aglio e pomodorini pachino, miste a immagini di santi e madonne che avrebbero dovuto vegliare su ogni sorta di artificio. A rinfrancarci un poco dall'afa del giorno, c'era solo una finestrella sulla parete ovest, che la mamma apriva di rado, per timore che i topi potessero invadere il suo regno, insieme a lucertole e intrusi simili.

Verso le tre del pomeriggio uscii a prendere una boccata d'aria. Mio padre e Giuseppe dormivano sotto l'albero di fichi, con uno stecchino in bocca che, un paio di volte, sperai cascasse dritto nella gola di mio fratello. Non era per pura cattiveria che quei pensieri malvagi mi punzecchiavano la mente. Non credo volessi realmente che gli accadesse qualcosa di brutto. La mia era piuttosto antipatia, derivata tutta dall'invidia che provavo nei confronti del genere maschile tutto. E poiché non potevo certo riversare la mia rabbia su nostro padre, mi rimaneva solo lui. Un capro espiatorio. Giuseppe rappresentava quel che io avrei voluto essere e avere, una forma superiore di libertà che la mia gonnella mi avrebbe impedito di poter assaporare.

Mi fermai a respirare l'aria pesante e umida della canicola, quando da lontano scorsi le vibrisse tese e il pelo bianco di Tommaso. Era dalla morte di Pietro che non si faceva più vedere. Gli andai incontro e mi accorsi che, nel frattempo, a Tommaso era cresciuta una gran pancia. Mi si avvicinò miagolando, strusciandosi sul mio vestito, alla ricerca di coccole. Allora capii che non ce l'aveva con me per la morte del nostro amico e capii anche che il gatto che io e Pietro avevamo chiamato Tommaso, in realtà era una femmina e aspettava dei cuccioli.

L'accarezzai con gli occhi lucidi, disperandomi perché a me, quella trasformazione, non sarebbe mai stata possibile.

2

Il mattino dopo mi svegliai all'alba. Era giornata di festeggiamenti. Avevamo lavorato tutto il santo giorno e quanto era stato preparato sarebbe stato ingoiato in meno di un'ora. Quanta fatica sprecata! La vista di Tommaso – o forse avrei dovuto chiamarla Tommasa – mi aveva fatto ritornare alla mente Pietro e aveva anche risvegliato in me una gran voglia di andare a vedere il mare, di tornare nel punto preciso in cui per la prima volta avevo fatto quell'incontro terribile e inatteso con la morte. La pruriginosa sensazione di precarietà insinuatasi dentro di me era un pensiero molesto e strisciante che non mi aveva più abbandonato e che riaffiorava nei momenti bui.

Sgattaiolai fuori dalla stanza, a piedi nudi, perché Rosetta non si accorgesse della mia fuga. Avevo in mente di prendere la scorciatoia attraverso il canalone e raggiungere gli scogli. Solo per poco tempo, poi sarei tornata a casa per buttarmi nei preparativi finali.

Andai in cortile a bearmi dell'aria salubre del primo mattino. Affondai i piedi nella terra e raggiunsi l'oleandro. Si respirava una tale pace a quell'ora. Il cielo era pallido e verdastro, con qualche nuvola sfilacciata e candida che correva bassa, come lanuggine di bambagia. Si percepiva ancora l'odore della notte, umido e dolciastro.

«Non riesci a dormire?».

La voce della mamma mi colse alla sprovvista facendomi sentire come un topolino in trappola, colpevole per un peccato che non avevo ancora commesso. Mi voltai di soprassalto, con il fiato mozzato.

«Cos'è, hai visto un fantasma?».

Scossi forte il capo, ma l'espressione non doveva essere molto convincente. La Margiala lasciò cadere gli zoccoli sul selciato e mi raggiunse vicino all'oleandro.

«A quest'ora del mattino è tutto più bello, vero? Nessun rumore molesto, nessun pensiero. Un dolce torpore dei sensi».

Mentre diceva quelle cose i suoi lineamenti mi parevano addolciti, resi soffusi dall'aria pesante dell'alba. Solo in quel momento realizzai che non si era ancora acconciata i capelli nella sua consueta e irreggimentata crocchia, e che li portava morbidi e sinuosi sulle spalle seminude.

"Dio, com'era bella la mamma!", pensai, mordendomi il labbro inferiore, quasi rapita dalla visione di tanta perfezione, persino imbarazzata. Mi sentivo piccola e insignificante al suo cospetto. Una ranocchia dalla pelle olivastra e dalla voce gracchiante. Non assomigliavo affatto a lei e quella consapevolezza mi faceva impazzire. Non avevo ereditato né il viso ovale e i lineamenti fini, né la pelle di cristallo. Grassottella e sgraziata erano gli aggettivi con cui in genere mi descrivevo.

Recuperai un respiro regolare, quando mi resi conto che la Margiala non aveva il potere di leggere nella mente, e quindi non poteva sapere il vero motivo per cui ero desta all'alba. Avrei dovuto immaginarlo che con quel pancione pesante e con il pessimo umore che la fatica e i malesseri le procuravano, la mamma dovesse essere molto mattiniera in quell'ultimo periodo.

«Sì, è bello», risposi, cercando di nascondere la mia inquietudine. «Ho visto Tommaso, oggi. Ho scoperto che è una femmina. Aspetta dei piccoli».

«Certo che è una femmina», replicò come fosse un'assoluta ovvietà, «e tu l'hai capito solo adesso?». Rise in modo leggero, con gli angoli della bocca, e prese ad accarezzare le foglie di oleandro.

«Tra poco metteranno dei bei fiori rosa», continuò poi con fare distratto, come se nugoli di pensieri scomposti le ondeggiassero nella testa.

«Allora perché hai continuato a chiamarlo Tommaso? Con il nome di un maschio».

Si voltò verso di me, con uno sguardo di tenerezza. Mi sembrava quasi dolce. I suoi occhi chiarissimi scintillavano come le lucciole sul mare d'estate. Piccoli puntini di luce, in mezzo a catrame.

«Perché quella è la sua vera natura. È un animale che ama troppo la libertà per portare il nome di una femmina». E in un certo senso mi piaceva pensare che quelle parole fossero rivolte anche a me, non solo al nostro gatto.

La Margiala mi si avvicinò, tanto che potevo respirare il profumo di lavanda della sua pelle. I cassetti del suo comò erano ricolmi di mazzetti odorosi di lavanda e le sue camiciole si impregnavano di quell'aroma suadente e dolce.

Per un attimo pensai che potesse toccarmi, persino accarezzarmi. Avrei chiuso gli occhi e assaporato quel momento, annullando i dissapori, i dubbi, i rancori ancora sconosciuti. Avrei lasciato che le sue mani ruvide corressero sulla mia pelle di bambina, a dirmi che mi voleva bene, a modo suo, nell'unico modo che era concesso alla Margiala, lasciandoti sempre e comunque fuori dal centro dei suoi pensieri.

Le palpebre si chiusero e si riaprirono più volte, quasi a prepararsi a quel lieve tocco. Avrei potuto farlo anch'io: correre ad accoccolarmi tra le sue braccia, come si conveniva che una figlia facesse con una madre, senza spiegarle il perché di quel moto d'affetto. Un semplice scambio d'amore, puro e appagante. Credo però che, se anche lo avessi fatto, la Margiala non avrebbe saputo come accogliere un gesto del genere, né sarebbe riuscita a ringraziarmi. Sarebbe apparsa forse vaga e disorientata e avrebbe fatto finta di niente, continuando ad armeggiare con il volto e le parole in un modo che mi sarebbe parso stolido.

Quando riaprii gli occhi per l'ultima volta, la mamma stava camminando a piedi nudi verso la siepe di piante aromatiche, intenta ad annusare rosmarino e menta.

«Mi aiuta per le nausee», disse mentre si portava la mentuccia al naso.

Il momento era finito, volato via. La guardai con rammarico, assaporando il gusto amaro della mancanza. Non dissi niente, però. Non avrei mai osato chiedere nulla alla Margiala su quali fossero i suoi veri sentimenti. Sul perché sembrava sempre che dentro custodisse un nocciolo duro, che lei stessa era restia a lasciar aprire. Sul quando e sul come si fosse fatta così aspra.

Le andai incontro e mi piegai ad annusare il rosmarino, così tanto che mi bruciava la gola per lo sforzo.

«Andiamo Diamante, oggi è una gran giornata».

3

Allestimmo l'occorrente per gli ospiti in giardino, disponendo le sedie impagliate a semicerchio, così che tutti potessero guardarsi in faccia mentre chiacchieravano. Papà si era prodigato a costruire un lucchetto per il coperchio in legno che aveva disposto a copertura del pozzo, nel caso qualche bambino si fosse sognato di avvicinarsi troppo al pericolo. Il grande tavolo brunito che occupava la parete più lunga della cucina venne spostato e sistemato a ridosso del giardino, così da disporci sopra tutte le prelibatezze che avevamo preparato per l'occasione. Non che la mamma avesse fatto dei veri e propri inviti. Tutti sapevano che festeggiavamo la conclusione dei lavori della nostra casa ed era normale aspettarsi tanta gente, soprattutto tra i vicini, ma anche tra quanti in vario modo avevano beneficiato delle arti della Margiala.

Alle dieci del mattino era già tutto pronto: il calzone con le cipolle faceva bella mostra di sé su un bel tagliere lucidato per l'occasione, insieme a pizzette secche, a pane senza lievito, pomodori, salame e formaggio. Papà si era occupato del vino e doveva essere di quello buono – era andato blaterando per tutta la mattina – poi era rientrato con sei bottiglie di primitivo color vinaccia, di quelli che facevano diventare le gambe molli dopo il primo sorso.

«E oggi ne bevi un goccio anche tu», si era permesso di dire alla mamma che, da quando aveva scoperto di dover nutrire un altro figlio nella pancia, aveva rinunciato a tutto quel che potesse causargli del male. «Anzi oggi ne facciamo assaggiare un sorso anche a Diamante, mi sembra proprio un'occasione speciale per svezzare la nostra piccolina». Fece schioccare la lingua sui denti, con fare malizioso, e mi colpì con il braccio.

Io ero ancora bassa e quindi il suo gomito mi raggiunse dritto sulla tempia. Secondo lui, comunque, quel giorno meritavo di diventar grande anch'io ed era naturale che la cosa mi facesse piacere. Lanciai un'occhiata beffarda a Rosetta e a Cornelia, come a dire che da quel preciso momento anche loro potevano smetterla di considerarmi una bambina.

La Margiala aveva ordinato che i dolci fossero tenuti in fresco fino al momento di servirli, o la crema dei tortelli di san Giuseppe si sarebbe liquefatta al sole. Faceva un gran caldo per essere solo l'inizio dell'estate, ma quello di solito era il periodo che anticipava già il solleone d'agosto. Per un momento, nel vedere tutto quel ben di Dio esposto sulla tavolata, una leggera tristezza mi aduggiò il volto. Avrei voluto che anche Pietro fosse con noi quel giorno di festa. I suoi genitori ovviamente non avrebbero partecipato, ma la mamma – che conosceva bene l'arte delle buone maniere – aveva confezionato un cesto apposta per loro. Mi era stato chiesto che fossi io a recapitare il pacco ma, poiché io non conoscevo bene l'arte delle buone maniere, mi ero rifiutata. Non riuscivo a levarmi di dosso la sensazione di colpa per quanto successo alla spiaggia.

La mamma comunque non aveva insistito, e Giuseppe si era offerto di consegnare il cesto, non solo per galanteria, ma anche perché nutriva – come dire – una certa simpatia per la sorella maggiore di Pietro, Anna, e sperava si presentasse l'occasione per vederla. Anna aveva diciassette anni e un colorito di pelle davvero singolare, perché le sue guance erano rosate, come avesse costosi belletti a impreziosirne l'incarnato. La sua, però, era quel genere di bellezza tutta naturale, resa più amabile da mucchietti di efelidi sparsi qua e là sul viso e sul naso.

Alla Margiala non piaceva, perché Anna possedeva una splendida chioma di capelli rossi e la mamma non aveva abbandonato l'idea bislacca che ai capelli rossi si associasse una personalità pericolosa, esattamente come ai tempi delle streghe. E lei di streghe se ne intendeva!

I primi ad arrivare furono i nonni, con la solita aria – almeno mia nonna – di indagare con il naso all'insù, alla ricerca di cose che non le andassero a genio. Era impresa assai difficile fare in modo che non trovasse un tovagliolo fuori posto, una sedia sgangherata, sulla quale finiva inevitabilmente per adagiare il suo grasso sedere, un'oliva con il nocciolo e altre sofisticazioni simili. Occasioni ghiotte per inveire contro sua nuora che, dall'alto della sua posizione di padrona di casa, lasciava elegantemente correre, squadrando per di più la vecchia dall'alto in basso, a lasciar intendere che provava una certa commiserazione per le sue quisquilie. Credo che tra loro due corresse dell'odio puro o qualcosa di simile, e quelle strane scintille, che si propagavano tra gli sguardi della mamma e della nonna sin da quando ero bambina, avevano influenzato anche i miei occhi da nipote. Non sono mai riuscita a pensare a mia nonna come a una persona sulle cui ginocchia lasciarmi cullare o sul cui petto accoccolarmi per ascoltare una dolce ninna nanna. Oltretutto lei non era proprio il tipo. Per noi ragazze ha sempre rappresentato l'antagonista di nostra madre e nessuna di noi si sarebbe mai sognata di schierarsi contro la Margiala. Per quanto riguardava papà, credo che lui considerasse normale quell'astio tra donne, la naturale prosecuzione di secoli di opposizioni e lotte intestine tra suocere e nuore che avevano dato adito a storie, leggende, superstizioni delle più strampalate e che, a suo parere, erano essenziali alla natura stessa delle donne. Quindi stava a guardare, a volte con aria persino divertita, la moglie e la madre che duellavano con la favella. Altre volte si limitava a fare spallucce, quando la lingua avvelenata di sua madre colpiva con una frecciatina davvero amara. Osservava la moglie e si scrollava di dosso ogni responsabilità.

La nonna aveva preso ad analizzare il calzone con le cipolle, chinandosi fin quasi a poterne annusare la morbida consistenza. Si vedeva che era alla ricerca di qualcosa da dire, sufficientemente degno della sua cattiveria. Fu interrotta però dall'arrivo di altri ospiti che salvarono tutti dall'impiccio.

Comare Nenna e suo marito, Annina con la figlia e il nipote, compare Salvatore con la moglie e i due bambini, e in men che non si dica il nostro giardino si ritrovò ricolmo di comari e compari e di marmocchi di tutte le età che si lanciavano a piedi nudi alla ricerca di Tommaso. Come al solito noi bambini mangiammo poco e in modo frettoloso, rapiti dai giochi, dalle corse, dagli inseguimenti tra le piante.

Rosetta, invece, sedeva tra gli adulti, con la schiena ben dritta e la mano sinistra adagiata sulla coscia. Un paio di volte mi voltai a guardarla, mentre con Cornelia facevamo un girotondo intorno all'oleandro. A chiedermi se anch'io un giorno sarei diventata come lei, mi sarei tolta di dosso le mie maniere da maschiaccio e mi sarei sentita pronta per sedere in mezzo ai grandi con l'aria sofisticata che mi pareva lei esibisse.

Quei pensieri durarono pochi istanti, il tempo di immergermi ancora nella gazzarra di voci e di caos che mi sembrava così amabile.

La Margiala si era sistemata nell'angolo che dava sulla cucina. Aveva un aspetto così affaticato e sedeva a gambe divaricate, forse per sostenere meglio il peso del pancione. Si passava spesso il fazzoletto ricamato sulle tempie e sulla fronte ed era abbastanza evidente che stava soffrendo. Ciò nonostante non si lamentava mai, per orgoglio, per determinazione o semplicemente perché lei era la Margiala.

4

In breve si andarono formando piccoli capannelli. Le donne bisbigliavano chissà quali oscuri segreti, o più probabilmente erano intente a spettegolare su qualche altra invitata. Gli uomini invece esplodevano in grasse e sonore risate, sollevando di tanto in tanto i bicchieri di vino.

Quando fu il momento dei dolci, noi bambini abbandonammo le corse frenetiche in giardino e affondammo le mani nere di terra sui dolci. Solo in quell'occasione la Margiala ci lanciò un'occhiataccia, ordinandoci di immergere prima le dita lerce nel catino d'acqua. Ubbidimmo tutti, perché nessuno disattendeva le richieste della mamma, e tornammo a buttarci a capofitto sulle zeppole di san Giuseppe.

Papà intonò un motivetto con l'armonica a bocca e noi discoli iniziammo a vorticare allegramente, mentre addentavamo quelle prelibatezze di crema e zucchero.

«Avanti belle signore, che ne dite di danzare?», fece papà, allontanando per un attimo lo strumento dalle labbra. Qualcuna arrossì, altre si trattennero a fatica, perché i dolci e il vino le avevano predisposte a un po' di euforia. Fu Giuseppe ad aprire le danze, prostrandosi in un goffo inchino davanti alla Margiala che accettò sorridendo, mentre si teneva con entrambe le mani il grosso pancione.

Rosetta sorrise, nascondendo la bocca con la manina. Era sempre così compita e mai fuori posto. Fu un attimo e i mariti invitarono le relative consorti a scaldarsi le cosce a ritmo di quell'allegro motivetto.

Conoscevo quella canzone, parlava di un marinaio, di una bella ragazza abbandonata in qualche porto, degli amori che passano e poi ritornano. Non era una canzone da bambina, ma avevo sentito decine di volte papà cantarla, soprattutto mentre lavorava, così mi ripulii la bocca con i polsi, da vera signorina, e cominciai a cantare.

«Dài Cornelia, canta con me», diedi di gomito a mia sorella, ma lei timida com'era non avrebbe mai osato esibire la sua voce da cardellino davanti a tutta quella gente. Così cantai da sola, mentre papà batteva il tempo con il piede, gli altri ruzzolavano per il cortile festanti, io ruzzolavo spensierata per il giardino, con gli ultimi pezzi di zeppola in mano, e Rosetta scrutava con la coda dell'occhio il figlio di compare Nardino, un bel ragazzotto sui vent'anni, dai rabbuffati capelli neri e la pelle olivastra.

Due profondi occhi del colore del mare d'inverno.

Tutto andava assumendo le sonorità perfette dei momenti di pura gioia. Non sentivo più il caldo, né la testa che mi girava per aver sorseggiato due dita di vino primitivo. Non sentivo più la colpa e neanche quella strana tristezza che ogni tanto, inspiegabilmente, mi assaliva.

Cantavo e danzavo intorno all'oleandro, sentendomi al centro di una favola.

E proprio perché non sempre nella vita le favole hanno un lieto fine, accadde qualcosa che rovinò l'incanto. Avrei voluto far durare quel giorno, quel preciso momento, per sempre, perché ebbi davvero la sensazione che fosse uno di quegli attimi magici, assolutamente perfetti che capitano poche volte nella vita. Allo stesso modo, avrei voluto fissare ogni emozione dentro di me, serbarne il ricordo intatto negli anni. Papà smise di suonare. Il motivetto era finito e le coppie apparivano stanche e accaldate.

«È arrivato il momento», proferì con tono solenne, schiarendosi la voce come un fine parlatore pronto a fare il suo altisonante discorso.

Alcuni compari fecero tintinnare i cucchiai sui bicchieri ormai vuoti e tutti i bambini si azzittirono. La Margiala riprese posto nel cantuccio che si era scelta per quel giorno e Rosetta smise di sparecchiare per qualche minuto. Anche lei andò a rimettersi nella medesima posizione compita che aveva assunto per quasi tutta la mattina, gli occhi grigi del ragazzotto di bell'aspetto ancora puntati su di lei.

«Oggi siamo qui per festeggiare la mia casa e la mia famiglia», prese a dire mio padre, «per festeggiare anche la nascita imminente del mio prossimo figlio. Sono sicuro si tratti di un'altra femmina e mi piacerebbe chiamarla Francesca». Lanciò quindi un'occhiata alla mamma per verificare che lei accondiscendesse, ma la Margiala lo guardava con occhi ridenti, in un modo che mai mi era parso di ritrovare negli sguardi che indirizzava a noi figli.

«Sono trascorsi vent'anni da quando ho posato la prima pietra di questa casa. Mi sono spaccato la schiena per tanto tempo, ho sudato e patito il caldo del solleone e il gelo dell'inverno, ma... adesso», e la sua voce si fece commossa, «le mie fatiche sono finite e la nostra casa è pronta. Vi ringrazio, amici, per aver condiviso questo momento con noi». Quindi alzò il bicchiere, nel quale si era versato altro vino, e invitò a un brindisi.

«Auguri», pronunciarono gli altri in coro e una scia di comari e compari seguì papà verso l'uscita. Era il momento solenne di affiggere la targhetta marmorea proprio alla facciata principale della casa. Una facciata bianca con il terrazzo merlato. Per me era già bella così, ma papà era testardo, il testardo figlio di un contadino testardo e non c'era verso di convincerlo che non erano necessari altri fronzoli per abbellire la sua reggia.

Poi c'era la faccenda dell'Eolo paffuto che, sempre per via della sua testardaggine, aveva deciso di esporre a imitazione della più bella casa di Cerignola. Per lui era la dimostrazione che Agostino, detto Valenti, per via dell'aria da belloccio del cinema, era un uomo di parola e d'onore e che le sue promesse erano sacre. Sapeva bene che alla Margiala non interessava affatto né del viso rubicondo di Eolo né della targa di marmo, ma in un certo senso anche in papà, come in noi altri, aleggiava la perenne sensazione di essere in debito con la mamma, di doverle dimostrare qualcosa, senza che necessariamente fosse lei a chiederne conto.

Non ho ricordi nitidi di quei momenti, forse ero troppo distratta dal vociare, dai rumori della strada, dai passanti sconosciuti che si fermavano a osservare e a fare commenti. Forse ero richiamata dalle voci degli altri bambini che avevano avvistato Tommaso da lontano. Quel che ho in mente è la voce bonaria di papà che si burlava di quanti gli intimavano di stare attento o si sarebbe potuto rompere l'osso del collo su quell'impalcatura di fortuna che aveva messo su alla bell'e meglio.

Papà usava sempre quel tono beffardo, quando era convinto che l'ansia di chi gli stava intorno fosse esagerata. Era il suo modo di affrontare la vita, come avesse sempre un asso nella manica o una seconda possibilità.

Quel che ho in mente è papà che si sporge troppo in avanti, è una gamba traballante che vedo penzoloni in aria, è l'urlo della mamma che grida "Agostino!", è il corpo di papà accasciato sulle lame affilate della cancellata verdognola del cortile.

Sospeso a mezz'aria con una lancia conficcata nel petto.

Ricordo che con disgusto pensai che papà avesse l'aspetto macabro dei pesci ammazzati che avevo pescato con Pietro, anche loro tristemente inerti.

Ricordo la voce strozzata in gola, come avessi fango e stoffa a impedirmi di respirare. Neanche un grido, in mezzo al trambusto, al vociare, alle urla isteriche, in mezzo a sciami di comari e compari intenti a sorreggere il corpo di mio padre che ormai aveva l'aspetto di un'anguilla afflosciata su se stessa, dopo aver strenuamente combattuto con la testa squarciata da un coltello affilato.

Possibile che tutto possa spegnersi in pochi istanti? Senza che nessuno possa nulla per riportare le lancette al momento che precede ogni tragedia?

Dov'era la mamma? Dov'erano Rosetta, Giuseppe, Cornelia? Non riuscii neanche a spostare gli occhi alla ricerca di qualche volto rassicurante, di qualche altra espressione di dolore con cui condividere lo sbalordimento.

Rimasi immobile, mentre gli ospiti più forzuti reggevano il corpo inerte del povero Agostino, come a voler sostenere il suo spirito, a impedire che se ne andasse.

La Margiala ci aveva spiegato che quando una persona moriva, la sua essenza più pura, quella che chiamiamo anima, sostava nel corpo ormai spento per qualche istante prima di ascendere al cielo. Per recuperare i cocci dell'intera esistenza, disporli in rapida successione, a farne un sunto delle cose belle e brutte, per presentarsi poi davanti al Signore con le idee ben chiare.

«È ancora vivo!», urlò compare Salvatore, sudato e con gli occhi allampanati.

Allora recuperai uno stato quasi vigile e scorsi la mamma accanto a Salvatore, a sostenere pure lei il corpo del marito.

«Bisogna tirarlo fuori di lì», sbraitò chiedendo altre braccia in aiuto. Allora accorsero tutti a svolgere quell'orribile compito.

Io non ce la feci. Ancora una volta, come quando era morto Pietro, i miei piedi si inchiodarono al suolo e le gambe si fecero pesanti, troppo pesanti per muovere anche solo un passo.

«Tutti insieme. Solleviamolo», gridarono più voci in coro. Lo adagiarono sulla strada, mentre decine di passanti e curiosi si erano assiepati tutt'intorno.

«È Valenti», sentivo bisbigliare da qualcuno, «sì, Agostino Valenti».

«Poveraccio. Che brutta fine», da altri, «e la moglie sta quasi per partorire».

Quei sussurri mi arrivavano alle orecchie come suoni fastidiosi che mi riportavano alla tremenda realtà. Mentre io volevo continuare a vivere nell'inconsapevolezza, nel limbo dei bambini, nel quale la realtà è sempre un po' finzione, nel quale il finale rivela sempre una sorpresa.

«Vieni con me», sentii dire alle mie spalle, mentre una mano energica mi cingeva il braccio. Era Rosetta. Continuava a bisbigliarmi che ero troppo piccola per assistere a una scena del genere, che i bambini non dovrebbero mai assistere alla morte. Erano le stesse parole che una volta aveva pronunciato la Margiala.

«I bambini non dovrebbero conoscere la morte».

E allora perché io avevo avuto quell'incontro così presto nella mia vita? Cosa aveva fatto il povero Pietro per meritarlo? Cosa aveva fatto il povero Agostino?

Avevo sempre pensato alla morte come a un gesto vendicativo di un demiurgo onnipotente, che punisse i nostri peccati. Non l'avevo mai considerata un'ombra onnisciente, nascosta dietro un angolo ad agguantarti quando meno te lo aspetti.

Non so cosa accadde dopo. Dopo che Rosetta mi ebbe scortato in cortile, accanto alla tavola ancora imbandita. Le zeppole si erano fatte molli e la crema pasticciera aveva assunto un colore giallognolo. Il vino si era riscaldato e la sua parte più consistente si era depositata sul fondo dei bicchieri.

Mi misi a osservare quei particolari insulsi, afflosciata su una sedia impagliata, mentre Rosetta, a poca distanza, piangeva sommessamente. Sostai con lo sguardo su ogni sedia disposta ancora a semicerchio, finché non avvistai su una di esse l'armonica a bocca del papà.

Mi alzai stancamente e a passi lenti la raggiunsi. Strinsi forte quel piccolo strumento tra le mani, osservando il luccichio del nero che scintillava al sole. Racchiusi l'armonica tra le mani, con forza, scaricando su di essa il mio dolore, sperando che potesse conficcarsi nella mia pelle, per farmi provare anche solo un briciolo della sofferenza che doveva aver provato papà.

Chiusi gli occhi, per permettere a quel dolore di permearmi, come linfa purificatrice.

Allora piansi, con angoscia, tra singulti intermittenti, non ancora persuasa però che fosse tutto vero, ancora con la mente imbrattata dalla fantasia infantile che il lieto fine dovesse arrivare.

5

Il giorno in cui seppellirono papà, c'era tanta di quella gente intorno a me che quasi mi mancava il fiato. Pensai che dovesse essere stato un uomo buono per aver meritato tanto cordoglio.

Mia nonna si era fatta piccola piccola sotto la spalla di suo marito e piangeva senza mai fermarsi, tanto che a volte aveva bisogno di risucchiare aria, per non svenire.

Osservai per tutto il tempo la Margiala, che era a un passo da me, sorretta da Giuseppe. Non vidi neanche una lacrima attraversare il suo viso, neanche un sospiro. E così trascorsi quell'ora terribile, non tanto ad ascoltare i commiati recitati dal prete al caro Agostino, e neanche a riflettere su quel che mi sarebbe mancato di più di lui, ma a scrutare il volto della mamma, in modo quasi ossessivo. Provavo rabbia per lei. Perché non poteva semplicemente essere come tutte le altre? Rosetta e Cornelia piangevano. Comare Annina e comare Nenna piangevano. Io piangevo. Persino Giuseppe, nel modo compito e riservato che si addice ai veri uomini. Perché lei no? Possibile che fosse così dura da non provare neanche un'emozione? Se l'avessi vista piegata dal dolore, a stringersi il viso bagnato tra le mani, l'avrei considerata più umana e quindi più degna d'amore.

Sentivo i pugni contratti per il risentimento, e piangevo per disperazione e per rancore.

Avrei imparato molto tempo dopo, nella vita, quanto fosse difficile comprendere la Margiala, che quel che appariva ovvio per qualsiasi altra persona non lo era per lei, che la Margiala si poteva amare o odiare, o forse entrambe le cose, inevitabilmente.

Quando il prete ebbe recitato l'ultima preghiera di saluto, i singhiozzi si fecero quasi dei rantoli, prolungati e gravi, le voci più acute, miste a grida e colpi di tosse degli uomini che tentavano di trattenersi. Poi la mischia iniziò lentamente a diradarsi, in mezzo a parole appena sussurrate e non udite di saluto e di altro cordoglio.

Rosetta e Cornelia si strinsero intorno alla mamma, ma io no. Mi tenni a ragionevole distanza, per alimentare ancora un po' di quell'odio che sembrava poter almeno alleggerire il mio dolore.

La Margiala mi lanciò un'occhiata di sottecchi. Non so cosa volesse intendere... forse desiderava semplicemente che anch'io mi stringessi intorno alla sua sottana nera, a condividere le emozioni che provava in quel momento, di qualsiasi natura fossero. Non risposi al suo cenno. Mi predisposi a tornare a casa, avanzando lentamente dal fondo della chiesa. Rinunciò a guardarmi dopo qualche minuto. Aveva un'espressione quasi delusa. Meditai sul fatto che in fondo non c'era tanta differenza tra me e lei, che forse anch'io avevo al posto del cuore un nocciolo duro quasi quanto il suo. Che anch'io ero fatta di un'altra pasta e che quel fatto non si poteva cambiare. Punto e basta, come avrebbe detto lei.

«Brav'uomo Agostino», pronunciò una voce alle mie spalle.

Allora la mia mente fu rapita improvvisamente da un'ultima immagine di mio padre. Ero lì per lui e invece mi concentravo sulla mamma.

Agostino: quella parola, pronunciata da un estraneo, bastò a risvegliare in me le immagini care, poche care immagini a cui non avevo mai dato grande importanza. Lo rividi mentre cantava quel motivetto su un marinaio innamorato di una bella fanciulla lasciata in qualche porto. C'era leggerezza in quei versi, ma anche nostalgia, consapevolezza dell'abbandono.

Lo rividi quando da piccola mi portava a pescare al porticciolo e mi insegnava come stringere la canna tra le mani, senza farla tremare. La sua mano era così grande e ruvida rispetto alla mia. Mi pareva di sentirne ancora il contatto lieve, nonostante la rugosità della pelle consumata dal lavoro.

Lo rividi mentre mi faceva volare, tenendomi saldamente per le braccia, fino a quando i piedini lambivano i fili d'erba del giardino, così vicino che potevo sentire la rugiada fresca sulla pelle. Mentre guardava divertito i film di Osvaldo Valenti, atteggiandosi come lui e schernendo le ragazzine che gli facevano l'occhiolino. Mentre osservava divertito la Margiala, nel tentativo di pungolarla e muoverla a gelosia. Mentre mi strizzava l'occhio in modo rassicurante, a farmi intendere che stava recitando solo una parte e che il suo cuore dimorava altrove.

Il mio papà, Agostino. Ero convinta che ci sarebbe sempre stato quando avessi avuto bisogno di lui.

Mio padre, l'altro indiscusso eroe che avevo perso e senza il quale avrei dovuto imparare ad andare avanti.

PARTE QUARTA
LA NASCITA

1

La mamma non parlò più di quel che era accaduto, né dopo che fummo tornati a casa né durante la cena né il giorno seguente né mai nella vita, e nessuno di noi osava fendere quell'aura di silenzio quasi sacro che si era costruita tutt'intorno.

Trascorreva il tempo muta e inerte. Si occupava della casa, preparava da mangiare, ma lei non toccava quasi cibo. Tamburellava con le dita sul tavolo e si metteva alla spasmodica ricerca di briciole da raccogliere. Quando non ce n'erano più di visibili, grattava il fondo della tovaglia, sollevando tanti pezzi di stoffa, come se dentro ogni pezzettino di tessuto si nascondesse qualche ignobile briciola da scovare. Si comportava come una che avesse perso la ragione e io, dal canto mio, non ero sicura che la cosa mi dispiacesse del tutto.

«Mamma, ti senti bene?», osò domandarle al terzo giorno di mutismo Rosetta.

La Margiala sollevò lo sguardo, rimasto chino sulla tovaglia, sulle briciole o sulle sue dita che picchiettavano sempre più forte a inseguire il ritmo immaginario del suo cuore o della sua rabbia. Gli occhi erano furenti, uno sguardo che mi fece paura e che dovette spaventare parecchio anche mia sorella, perché indietreggiò sulla sedia, temendo che la mamma potesse colpirla.

Invece non fece nulla e neanche disse nulla. Si limitò solo a guardarla, poi attese che avessimo finito e sparecchiò, con movimenti ormai pesanti e goffi. Si vedeva che aveva la pelle del viso tirata e contratta in smorfie di puro dolore, ma non diceva niente, né tantomeno si azzardava a chiedere aiuto a qualcuno.

Il mattino del quarto giorno si alzò molto tardi. Io e Rosetta eravamo in cortile a stendere i panni, perché la vita, nonostante tutto, doveva andare avanti, e più facevamo finta che nulla fosse cambiato, più riuscivamo a vincere il senso di smarrimento e di paura. Un terrore che avevo percepito sempre più intenso dal giorno dell'incidente e che mi comprimeva la pancia. Era lì che lo sentivo tutto addensato, a contorcermi per bene le budella. E più cercavo di ricacciarlo indietro, più tornava, prepotente e incurante di ogni mio sforzo, a insediarsi sempre in quel punto non ben precisato del ventre.

Vedemmo la Margiala sfilarci davanti nella sua camiciola leggera di lino. L'aspetto di un fantasma emaciato e i capelli arruffati sulle spalle. Così nessuno avrebbe potuto mettere in dubbio la sua natura da pura, autentica strega.

Che fosse sul punto di tramutarsi in un terribile uccello, come aveva predetto tempo prima comare Antonietta? La evitavo persino con lo sguardo, perché i silenzi della Margiala erano anche peggiori delle sue parole puntute.

«Mamma, dove vai?», ansimò Rosetta.

«È arrivato il momento?», rispose lasciando ricadere dalle mani il lembo del lenzuolo. La mamma non si voltò neanche a guardarla. Sembrava totalmente lontana da quel mondo, persa in chissà quale terribile viaggio. La vidi scomparire nel tinello, e dopo pochi minuti si udirono rumori di attrezzi in mezzo ai quali stava rovistando.

Rosetta temette per lei e fece per raggiungerla ma, prima di poter entrare, la figura orribile della Margiala era già fuori, immobile e pallida mentre stringeva una grossa ascia tra le mani.

«Mamma, cosa vuoi fare con quella?». La sua voce era flebile e tremava.

Io osservai la scena da lontano.

Cornelia era uscita a comprare del pane e Giuseppe era già tornato al lavoro. Non avrebbe potuto resistere un giorno in più in quella casa che aveva perso qualsiasi colore dal giorno dell'incidente. Avrei potuto fare qualcosa, ma ero inchiodata davanti al lenzuolo che Rosetta aveva lasciato cadere.

A pensarci bene, non mi ero prodigata neanche a sollevarlo e riporlo nella cesta di vimini. Stavo studiando a distanza le mosse della Margiala, cercando di indovinare quale sarebbe stata la sua prossima follia.

Girò intorno a Rosetta che non osò fermarla e avanzò a piedi nudi nel giardino che, a quell'ora del mattino, era ancora umido e fresco.

«Mamma, mamma...», urlò ancora mia sorella, ma l'altra non si fermava, anzi avanzava come un automa. Sollevò l'ascia all'altezza della testa e il suo sguardo, in quel momento, non mi parve più quello freddo e vuoto dei pazzi, ma del tutto cosciente. Assolutamente consapevole nella sua atrocità. Scaraventò quanta più forza avesse sul povero oleandro in fiore che tante volte avevamo ammirato in quegli anni.

«Mamma, fermati! Non farlo, ti prego».

Rosetta aveva iniziato a piangere. Piangeva e urlava nel tentativo di bloccarla. Si accasciò ai piedi della porta del tinello, stringendosi la faccia tra le mani.

«Bastardo, sei un maledetto bastardo», imprecò la Margiala mentre continuava il suo macabro rito, un colpo dietro l'altro, finché il poveretto non si piegò su se stesso, mentre le fronde più tenere e fiorite cadevano inerti sotto i colpi d'ascia.

A quel punto Rosetta si alzò e corse fuori, immagino a chiamare qualcuno, visto che qualche minuto dopo le donne del vicinato si precipitarono in giardino a recuperare il corpo folle e ingombrante della mamma. Troppo tardi per il povero oleandro perché, sicura di voler compiere la sua esecuzione fino in fondo, la Margiala lo aveva estirpato alla base.

Quando comare Nenna la raggiunse, stringeva tra le mani il tronco monco dell'alberello, da cui si vedevano spuntare le povere radici.

«Anita, ma cosa ti prende?», urlò la comare.

Era da tanto tempo che non sentivo pronunciare da qualcuno il vero nome della mamma, abituata com'ero a pensare che lei fosse solo e unicamente la Margiala.

Qualcuno la chiamava soltanto "comare". Altri Diamante, come me. Avevo quasi dimenticato che lei era anche altro. Lei era anche Anita, ma forse non mi era mai importato veramente saperlo, anche perché era più semplice odiare la Margiala che odiare Anita.

Quattro braccia la tirarono su a forza e la trascinarono sul letto della camera padronale. Seguii le donne, insieme a Rosetta che stava ancora piangendo.

Mi accorsi, entrando, che il letto era intatto e che era ben visibile il fatto che nessuno c'avesse dormito in quelle ultime tre notti. Dunque, dove aveva passato quelle ore interminabili la mamma? Stava diventando sempre più difficile continuare ad alimentare quel rancore cieco per lei. Difficile perseverare nell'odio, caricarla di colpe che non aveva commesso. Ma se avessi smesso di provare rabbia per lei, avrei dovuto fare i conti con il profondo dolore che stavo cercando di reprimere.

Com'era straziante, però, non provare commiserazione anche per quella sua follia!

Quando la comare la fece adagiare sul letto, la mamma era sudata e rossa in viso.

«No!», emise poi con un suono sordo e gutturale.

Qualche istante dopo comare Nenna la tastò sotto la camiciola.

«Le si sono rotte le acque. Presto Rosetta, chiama la mammana».

Mi avvicinai tremante al suo capezzale e vidi che tra le cosce le colavano rivoli di liquido incolore, che andarono a imbrattare il copriletto floreale.

«Presto, prendi degli asciugamani e riscalda dell'acqua sul fuoco», mi intimò la comare con tono concitato.

«Io?».

La Margiala mi guardò. Aspettava la mia reazione, una qualche risposta, un qualche gesto forse di preoccupazione, ma non mi sentivo pronta. Forse ero davvero Margiala come lei.

Era come se mi stesse domandando "Ti prego fallo, mi farebbe piacere". Lo si leggeva negli occhi che si erano fatti tremuli, nella smorfia del viso che voleva piegarsi a un sorriso che in realtà tratteneva un dolore. E con lo sguardo e con gli occhi le risposi. Lo avrei fatto, l'avrei aiutata, avrei compiuto il mio dovere.

2

«Forza sdraiati», le diceva comare Nenna, ma la mamma pareva volesse fare tutt'altro, perché si agitava con forza per sollevarsi dal letto. Ritornai con tre asciugamani bianchi e un catino di acqua.

«È troppo fredda. Deve essere bollente. Avanti, preparane dell'altra».

La Margiala ascoltava i rimbrotti della comare senza intervenire. Credo non avesse le forze in quel momento per provare a replicare.

«Forza. Hai messo al mondo già quattro figli. Sarà una passeggiata», e le passava la mano sulla fronte per asciugarle il sudore. Quando fui di ritorno con l'acqua che scottava, la mammana arrivò. Non l'avevo mai vista. Una donna grassoccia, con due mani pesanti, e grandi dita che sembravano salsicce. Aveva il fiatone perché mia sorella doveva averla fatta correre molto lungo il tragitto. I capelli le si erano incollati alle guance e al collo e, senza farsi riguardo, sollevò la veste per asciugarsi il sudore dalla faccia.

«Allora Diamante, come andiamo?», domandò ancora con il fiatone.

«Come vuoi che vada? Come potrebbe andare a una vedova con quattro figli e con un altro in arrivo. Lo dicevo io che questo figlio non avrebbe portato bene», e parlava con rabbia, in mezzo a respiri affannati, come avesse fame d'aria.

Comare Nenna fece segno a me e Rosetta di appostarci silenziose in un angolo del corridoio.

«No!», esclamò la mamma con foga, «che le mie figlie assistano. Che vedano quanto grande è il dolore di una madre».

Ingoiai la saliva, un grosso boccone di saliva, perché in vita mia non avevo mai assistito a un parto e non avevo la minima idea di quello che i miei occhi avrebbero visto.

«Ma è doloroso?».

Rosetta mi guardò perplessa.

«Certo che lo è. Dicono che non esista dolore più grande per un essere umano».

Sgranai gli occhi, per osservare meglio come cambiava il volto della mamma, come assecondava la sofferenza.

«E non solo è doloroso. Molto di più».

«Cosa vuoi dire? Tanto tanto doloroso?»

«Ma no stupida. Voglio dire che una donna potrebbe anche rimetterci la vita. Tante sono morte di parto, sai?».

La Margiala non me lo aveva mai detto. Tutte le volte che aveva assistito altre gravide, fino al momento della nascita, come ora la mammana stava facendo con lei, non era mai rientrata con notizie di lutti. Forse si era tenuta sempre tutto per sé, per non spaventare noi bambine.

Quella notizia mi sconvolse. Non ero preparata a un'evenienza del genere. Mi sentii stupida e tremendamente malvagia per aver provato rancore nei suoi confronti.

«Sei una bambina cattiva», sussurrai a voce bassa.

«Come hai detto?»

«Niente Rosetta. Niente. Non voglio che capiti qualcosa alla mamma».

«Stai tranquilla, ha la scorza dura».

«È ancora presto», sentii esclamare alla mammana, mentre infilava le dita proprio nelle parti intime della mamma.

Avevo visto del sangue. Mi girava la testa. Mi sentivo sul punto di svenire.

«Sei sicura di voler continuare a guardare?», mi domandò Rosetta, tenendomi per un braccio.

Lei aveva seguito altre volte la mamma, nell'assistenza alle puerpere. Era già esperta di certe cose e oltretutto aveva anche un'età da marito.

Feci cenno di sì con la testa e provai a respirare a fondo, come vedevo fare alla mamma.

«Se dovesse succedere qualcosa, voglio che Cornelia e Diamante siano affidate al convento del Sacro Cuore. Che anche questo bambino sia affidato alle suore. Nenna, me lo devi promettere. Non fare che finiscano tra le grinfie di quella strega di mia suocera. Promettimelo!», urlò con una voce terrificante, stringendo per un braccio la comare. Quella annuì e le accarezzò la fronte.

Sgranai i miei grandi occhi marroni e fissai il blu intenso degli occhi di Rosetta.

Dalle suore?

Io non volevo andare dalle suore. Con il mio caratteraccio da maschio non avrei resistito un solo giorno in mezzo a tanta pia rettitudine. Poi non avrei più visto il mare, non sarei potuta andare a pescare, non avrei più giocato con Tommaso. In un lampo mi vennero in mente tutte le cose cui avrei dovuto rinunciare se la mia nuova casa fosse diventata il Sacro Cuore. Realizzai anche quanto sarebbe diventata orribile la mia vita se la Margiala non ci fosse più stata. Io dipendevo da lei, adesso più che mai, visto che papà non c'era più.

«E Rosetta», continuò la mamma, «trovale un buon marito. Uno che si occupi di lei».

Mia sorella non disse nulla. Si appoggiò alla porta a braccia conserte, ma si vedeva dalla pelle del viso tirata che era terrorizzata anche lei.

«Va bene, va bene», fece comare Nenna, «ma adesso stai tranquilla. Vedrai che andrà tutto bene».

La mammana si mise a palpare il grande ventre della mamma. La pelle intorno all'ombelico sembrava così lucida e sottile che pareva sul punto di esplodere.

«Il bambino è in posizione, ma non sei ancora abbastanza dilatata. Non spingere. Trattieni il dolore». Intanto con l'asciugamano le tamponava il collo, la fronte e il viso.

Passò circa mezz'ora e il respiro della mamma si andava facendo sempre più corto.

«Fatemi alzare di qua», disse a un certo punto, quasi urlando.

«Dove vuoi andare?», le domandò la mammana con voce contrariata.

«Il pitale. Portatemelo qua», e indicò il vaso da notte col becco lungo che la mamma e il papà usavano durante le ore del sonno.

«Io dico che dovresti stare sdraiata», pronunciò secca la mammana.

«Lasciatemi stare», replicò ancora la Margiala, con gli occhi fiammeggianti.

Trattenne un grido. Lo smorzò nella gola e tirò un lungo respiro. Poi si sedette cavalcioni sul pitale, appoggiandosi con un braccio al letto.

Mi strinsi forte a Rosetta, perché sentivo che qualcosa era cambiato, che forse il momento era arrivato. La mammana alla fine accondiscese e le si posizionò alle spalle, tenendola per la schiena. Comare Nenna invece le si parò davanti, leggermente inclinata, per osservare cosa succedesse sotto le sue cosce divaricate.

A quel punto la mamma prese a urlare. Un urlo agghiacciante, che mai avevo udito in vita mia. Urlava e piangeva. Poi ansimava. E più gridava, più il suo affanno cresceva. Temetti che esaurisse tutto il fiato nei polmoni. Avrei voluto implorare quelle due donne di aiutarla, di fare qualcosa, di impedire che soffrisse così, ma avevo la sensazione che non avrebbero potuto nulla.

Quanto sarebbe durato ancora?

Mi sembrava che il giorno fosse già sfiorito, da tanto eravamo rinchiuse in quella stanza. Ma non doveva essere passato molto tempo, perché in quell'istante arrivò anche Cornelia che di certo non poteva essere mancata per così tante ore.

Si affrettò a raggiungerci e Rosetta le fece cenno con il volto che il momento era arrivato. Lei si accoccolò tra le braccia di nostra sorella e scoppiò a piangere.

Le urla della Margiala ormai non si distinguevano più l'una dall'altra. La sua voce aveva cambiato tonalità e sfumature. Si era fatta roca e profonda.

«Spingi forte adesso. Spingi», disse la mammana.

«Lo vedo. Lo vedo Diamante», fece comare Nenna, con le lacrime agli occhi.

«Più forte, più forte», urlarono entrambe.

Sentii un grosso nodo stretto alla gola e avrei voluto anch'io urlarle di spingere con quanta forza le fosse rimasta in corpo. Il viso della mamma assumeva forme rattrappite e contorte in decine di smorfie di dolore. Non credevo possibile una cosa del genere. Mi sentii mancare per la sofferenza. Poi al grido si mescolò dell'altro. Un sospiro, come di sollievo. Lo sforzo finale. Il momento tanto atteso.

«Eccolo, eccolo», urlò la mammana e infilò le mani sotto le cosce della mamma, per aiutare quel gracile corpicino a uscire. La schiena della mamma si accasciò come un fagotto vuoto, mentre la mammana armeggiava con delle forbici.

Comare Nenna si parò davanti a noi perché non assistessimo alla scena. Poi lo vedemmo. Piccolo, con la pelle rugosa e rossastra, che si agitava tra le braccia della mammana.

«È un maschio», esclamò la donna.

«Certo che è un maschio», sibilò ancora affannata la mamma, ma la sua voce aveva già assunto toni più umani. Meditò qualche secondo, si asciugò il sudore dalla fronte, poi disse: «Lo chiameremo Francesco».

3

Nei giorni seguenti, ci fu un inconsueto subbuglio a casa nostra. Nonostante il lutto per la morte di papà, non si poteva non gioire per la nascita di quel piccolino. Di nuovo una lunga sequela di visite si avvicendò per alcune settimane, senza che nessuna di noi potesse fare niente per impedire che tutta quella folla molesta venisse a dar tedio alla mamma.

Dal canto suo, la Margiala aveva preso ad assumere uno strano atteggiamento, tra lo stanco e il rabbioso. Non prestava molta attenzione al piccolo Francesco, anzi i suoi continui pianti le causavano una certa uggia.

La mattina mi svegliavo molto presto, perché facevo ancora brutti sogni dal giorno dell'incidente. Rimanevo a letto, stretta sotto le lenzuola, nonostante il caldo sempre più insopportabile, e prestavo orecchio ai rumori che provenivano dalla camera padronale. Per qualche tempo, dopo il risveglio, sembrava tutto tranquillo, immerso ancora nel dolce torpore del sonno. Poi però, all'improvviso, giungevano i gorgoglii del neonato o più spesso i suoi pianti disperati. Allora la voce della Margiala riecheggiava per tutta la casa, quando si buttava giù dal letto e prendeva ad allattarlo nervosa.

Eppure la mamma non era insolita ai risvegli all'alba, ma forse per la stanchezza del parto, forse per il dolore ancora recente, non riusciva a mostrare tanta dedizione nella cura di quel bambino.

«Imparerai presto a conoscere la mamma», gli sussurrai una mattina, mentre ero tutta rapita dal suo visino tondeggiante, dalle unghiette minuscole e perfette, dai suoi piedi nudi grassottelli.

Come si poteva non amare alla follia una creatura del genere? Se non altro per la sua straordinaria bellezza. Eppure avevamo tutti l'impressione che la Margiala avesse scaricato su quel piccolo essere indifeso la rabbia e le frustrazioni delle sue sciagure, quasi non avesse più amore da poter donare.

«Guarda le sue guance», bisbigliava Cornelia, «come sono paffute. Da stritolare tra le mani».

Badavamo bene a non far sentire quei commenti alla mamma, perché sapevamo che lei non gradiva certe smancerie. Dal canto mio, ero convinta di attraversare una nuova strana fase della mia infanzia. Aver assistito al parto mi aveva messo davanti certe verità dell'essere donna su cui molte volte mi ero interrogata ma non avevo mai osato, per vergogna, domandare a qualcuno, tantomeno alla mamma. Avrei potuto osare con Rosetta, ma i suoi modi rigidi la facevano assomigliare troppo alla Margiala, e inoltre mi era stato insegnato più volte che su certi argomenti era meglio non chiedere.

«Sarà la natura a svelarti come vanno le cose delle donne», mi diceva sempre la mamma, quando la mia curiosità si faceva troppo arguta.

Mi ero messa però a esplorare, con maggiore avidità, certe parti del mio corpo, di nascosto anche da Cornelia, e mi chiedevo se anche lei, più grande di me di tre anni, facesse la stessa cosa guardandosi allo specchio.

Mi era parso orribile quel che avevo visto compiersi davanti ai miei occhi il giorno della nascita di Francesco, ma quando osservavo il suo visino, il ricordo schifato di quel momento scompariva.

Per quanto si trattasse di un maschio, io e Cornelia continuavamo a ripeterci che sembrava proprio una femminuccia. Forse per i capelli foltissimi e per le ciglia lunghissime.

«Se fossi nato femmina, saresti stata bellissima», ripeteva Cornelia.

«Ma che stupidaggini», inveiva la Margiala, «non mettetegli certa confusione in testa, che il mondo va già abbastanza storto di suo».

Dopo una settimana dal parto, la mamma riprese le redini della famiglia e si trasformò di nuovo nella generalessa che tutti conoscevamo. Infastidita forse dal tedio che l'aveva assalita negli ultimi tempi, si svegliò una bella mattina con l'idea di riordinare la casa da cima a fondo, convinta che ogni angolo fosse infestato da nugoli di polvere.

«Cornelia, occupati del primo piano. Voglio vederlo lucido e, a proposito di lucentezza, voglio che ti occupi anche di quel poco di argenteria che teniamo nella credenza».

Mia sorella annuì solerte, ben contenta che gli ordini della Margiala fossero partiti proprio da lei.

«Diamante, tu ti occuperai della mia stanza, dell'ingresso e della cucina. Tutte le pentole sono da oliare e il camino è da ripulire. Quando avrai finito passerai al giardino. Raccogli mazzetti di erbe aromatiche e riponili a seccare sulle corde del cortile, che c'è un bel sole e si seccheranno presto».

Avrei voluto dirle che era troppo, che mi ci sarebbero voluti due giorni per fare tutto quello che mi aveva chiesto.

«E Rosetta?», osai replicare.

La mamma mi scrutò di sghimbescio e sono sicura che fu sul punto di schiaffeggiarmi per la mia insolenza. Mi ritrassi socchiudendo gli occhi, per incassare il colpo.

«Tua sorella deve occuparsi del bambino. Io starò via qualche ora. C'è una donna da far partorire».

«Ma se piangesse per il latte?», replicò Rosetta.

«Non morirà di fame. Quando arriverò sarà saziato», e uscì sbattendo la porta.

Ero furente. Non solo per come mi aveva parlato, ma anche per come si era liberata, con assoluta noncuranza, del problema della fame del piccolo, quasi non fosse affar suo. Quando la Margiala si faceva così indisponente, mi suscitava un desiderio irrefrenabile e indomito di fare esattamente il contrario di quel che avrebbe voluto lei. E non per cattiveria o disinteresse. Era una forza incoercibile che mi aleggiava sempre intorno e che, se agitata nel modo giusto, risvegliava i miei istinti peggiori e li instradava verso direzioni pericolose. Decisi che dovevo ribellarmi, nonostante avrei potuto pagare caro l'affronto, e così, senza dare spiegazioni, rovistai in mezzo agli attrezzi del tinello alla ricerca della canna da pesca. Indossai un vestito scollato a fiori lilla e rosa e dissi a Rosetta che sarei tornata più tardi.

«Sei impazzita? La mamma ti ucciderà».

Persino Cornelia si affacciò dalla scala per assistere alla mia fuga, ma non proferì parola. Feci spallucce e mi limitai a risponderle con uno strafottente schiocco della lingua sui denti, così anche Rosetta si sarebbe persuasa che non avrei cambiato idea, che la mamma non mi faceva paura. Sollevai il mento con un moto di stizza e Rosetta invece sollevò la mano a mezz'aria, come per scacciare uno sciame di mosche.

«Fa' come vuoi. Te la dovrai vedere dopo con lei».

Prima di uscire diedi un bacio sulla fronte al piccolo e me ne andai fischiettando, come mi aveva insegnato Pietro.

4

Il canalone si era trasformato in una distesa giallognola di sterpaglie secche. Aveva un aspetto così diverso dall'ultima volta che lo avevo percorso con Pietro. Qualche mese prima infatti, i fianchi verdeggianti si coloravano qua e là delle gradazioni cangianti dei papaveri e dei nontiscordardimé, e i piedi affondavano nell'erba alta e fresca.

Ora invece tutto aveva assunto un aspetto tristemente addolorato e spento. Qualche rovo spinoso mi si insinuò sotto la veste e mi graffiò i polpacci in più punti. Pensai che avrei dovuto giustificare anche quelli con la Margiala. Ma in quel momento non mi importava. Il senso di libertà che quell'atto di ribellione mi aveva procurato, annullava qualsiasi altro pensiero molesto. Dovevo essere di sicuro nata indomabile e testarda, ma in quella particolare fase della mia vita lo divenni ancora di più.

Qualcuno, più tardi, mi spiegò che a volte succede, quando si perde un genitore, soprattutto se si tratta della figura paterna. Ero convinta però che quella teoria non facesse al caso mio, anche perché nella mia famiglia chi portava i pantaloni era sempre stata la Margiala. Quindi il problema era mio e solo mio. Risiedeva tutto nella mia natura o nella mia testa. Forse nei miei riccioli scomposti, come mi ripeteva la mamma.

Incrociai qualche cane randagio lungo il sentiero e per un attimo il sangue mi si gelò nelle vene. Pensai che, se fossi stata sbranata in quel canalone solitario, nessuno si sarebbe accorto di me. Non avrebbero saputo dove andarmi a cercare. Solo io e Pietro conoscevamo quella scorciatoia, e ovviamente Tommaso, ma lui non avrebbe condotto nessuno a salvarmi. Sarei rinsecchita al sole, le mie budella esposte alla mercé di qualche animale. Sarei morta accanto alla mia canna da pesca e tutti si sarebbero presto dimenticati di quella stupida, ribelle testa calda di Diamante. Provai a fischiettare per un po', per alleggerire la tensione e perché mi dava un aspetto più da maschio.

Il sole intanto si era trasformato in una grande palla di fuoco che saettava proprio sulla mia testa. Tante lingue bollenti. Avevo l'impressione che la sterpaglia intorno a me si ingiallisse sempre di più al mio passaggio, come sul punto di liquefarsi al contatto con quei raggi roventi. Mi fermai a riprendere fiato e mi resi conto di non avere con me neanche un goccio d'acqua, né un'esca, né uno spuntino. Ormai stavo avanzando trascinando pesantemente i piedi.

Era tutto diverso quando andavo a pescare con Pietro, un'organizzazione meticolosa che non metteva in conto imprevisti.

Mi arrestai di colpo a osservare una lucertola. Frusciava contro l'erba secca con le zampette veloci. Cercai di afferrarla con le mani, ma era troppo svelta e i miei riflessi ritardati dalla calura. Non mi arresi. Ora la battaglia con quell'innocuo esserino verdognolo era diventata la mia battaglia personale.

Posai la canna e mi misi a rincorrerla. Compì l'errore di avanzare in mezzo al sentiero. Nessuna sterpaglia a difenderla dalla mia cattiveria. Con un gesto istintivo del piede la schiacciai sotto il mio sandalo. Un colpo secco, sulla testa. Un liquido colloso si staccò dalla mia suola quando feci per sollevarla.

Mi pentii subito di quel gesto sadico. Perché l'avevo fatto? Anch'io avevo sentito il bisogno di scaricare su un esserino indifeso la mia rabbia incontrollata e crescente?

«Sei cattiva», mi ripetei ad alta voce, tanto nessuno poteva sentirmi in mezzo a quella solitudine. Raccolsi la canna e invertii la rotta, già stufa della piega che aveva preso quel mio atto di ribellione. Salutai il mare da lontano e mi dissi che avrei rimandato a un'altra volta la nostra riappacificazione.

Guardai ancora il corpo spiaccicato della lucertola.

«Scusa», le dissi, persuasa di aver fatto una cosa orribile. Quindi me ne tornai a casa.

5

Quando arrivai, stanca come se avessi percorso chilometri e tremendamente assetata, fui attratta da un allegro vociare che proveniva dalla cucina in cortile.

Diverse voci femminili si sovrapponevano le une alle altre e di tanto in tanto riecheggiavano alcune risate. Cornelia e Rosetta non erano sole, ma ero sicura che mancasse la voce della Margiala. Sperai che non fosse ancora rincasata, così che la mia scappatella passasse inosservata. Riconobbi la voce da usignolo di comare Antonietta e una voce più giovane che non afferravo bene, forse quella di sua figlia. Le diverse sonorità rimbombavano nella grande stanza all'ingresso con i soffitti a volta, quindi era impossibile cogliere le singole parole. Anche le singole voci in effetti apparivano difficili da percepire. Mi misi in ascolto delle varie sfumature, delle risate lievi di Cornelia, della voce squillante di Rosetta, della grazia di quell'altra voce giovane che non avevo riconosciuto.

In parte si poteva capire di cosa stessero parlando. Sentii ripetere più volte il nome di Francesco, insieme a teneri mugolii con i quali evidentemente lo stavano intrattenendo. Mi sembravano così leggere e io invece così piena di rancore e di astio. Provai invidia per quella loro felicità e avrei tanto voluto che davvero fosse contagiosa e potesse raggiungere anche me.

Poi si udì una porta sbattere con forza. Un rumore più vicino rispetto a quello delle sonorità che giungevano dalla cucina. Il cuore mi si chiuse come un pugno nel petto, quando, sollevando il mento, notai la sagoma della Margiala affacciarsi dalla scala. Aveva un aspetto maestoso nel suo lugubre abito nero che arrivava fino ai piedi. I capelli perfettamente irreggimentati nella crocchia e le mani giunte sul ventre che ormai si era del tutto sgonfiato. Affusolata e lunga come il ramo di un salice. Persino il seno sembrava ben nascosto sotto il colletto di pizzo, nonostante le mammelle fossero turgide di latte.

Provai qualche istante di puro terrore, mentre rovistavo dentro di me alla ricerca di altri moti di ribellione con cui difendermi dalle sue sferzate burbere.

Cosa mi aspettavo? Di darla in barba alla Margiala? Di disubbidirle senza pagarne le conseguenze?

Mi raggiunse a passi lenti e calcolati, forse nell'intento di aumentare la mia tensione. Per qualche istante ci scrutammo occhi negli occhi come due gatti che tengono sotto controllo il territorio. Quel celeste di ghiaccio avrebbe potuto pietrificarmi.

"Avanti, tira fuori i tuoi poteri", avrei voluto dirle, ma la paura era troppa per provare a difendermi. Mi guardò le gambe, i segni rossi delle decine di graffi. Ogni contatto tra i nostri sguardi pareva emanare scintille.

Stavo cercando di intuire cosa mi attendesse: uno schiaffo, una tremenda punizione, un giorno senza cibo. Forse anche lei stava immaginando il castigo esemplare da impartirmi, come monito per tutti i suoi figli.

Poi il suo sguardo si posò meditabondo sui miei capelli. Davvero li riteneva responsabili della mia natura perversa? Inaspettatamente mi afferrò per una ciocca e mi trascinò urlante in giardino.

«Smettila, mi fai male. Mamma ti prego, smettila».

Non si curò affatto delle mie grida e della mia vergogna, neanche degli sguardi attoniti di quanti avrebbero assistito alla mia punizione. La seguivo con la testa reclinata per il dolore, mentre inveiva a male parole contro la mia testardaggine, la mia natura da maschio mancato, l'indomito desiderio di non avere padroni da cui dipendere.

«Glielo avevo detto di non andare», si sentì in dovere di dire Rosetta, più per giustificare se stessa, credo, che me.

«Tu stai zitta e impara a farti ascoltare», replicò stizzita.

La Margiala non mollava la presa e il dolore si faceva sempre più acuto come se qualcuno mi stesse scorticando con uno scalpello. Il piccolo Francesco dormiva beato nella sua culla. Avrei voluto dirgli di scappare il più lontano possibile da quella casa, non appena ne avesse avuto la possibilità, ché tanto lui era un maschio e la vita gli avrebbe sempre riservato di poter scegliere. Avrei voluto redarguirlo sin da piccolo sull'odioso carattere di nostra madre, sul suo volto ombroso e schivo, sulla durezza del suo cuore. Intanto invidiavo la sua innocenza.

Intorno al tavolo c'era comare Antonietta, come avevo intuito dal vociare udito all'ingresso, ma la fanciulla accanto a lei non era sua figlia. Si trattava di Anna, la sorella di Pietro. Come mi faceva male farmi vedere davanti a lei, proprio mentre subivo quell'umiliazione!

Avrei dovuto sapere che le punizioni della Margiala erano esemplari, come quando aveva costretto Rosetta a trascorrere due giorni nel tinello, al buio e in mezzo allo squittire dei topi, solo per averle disubbidito, o quando aveva legato Giuseppe per i polsi al pozzo, e lo aveva minacciato di lasciarlo in quel modo, imprigionato come una capra per la notte intera. Solo la mite intercessione di papà era riuscita a salvarlo da tanta furia.

Ora non c'era nessuno, però, che sarebbe potuto intervenire per sfilarmi via dalle sue grinfie. Mi trascinò nella sua cucina, dritta alla grande parete degli attrezzi.

Avevo già in mente quel che avrebbe voluto fare, ma speravo ancora si trattasse solo di una pantomima ideata al solo scopo di terrorizzarmi. La Margiala però era implacabile e fredda come il marmo delle scale, questo avrei dovuto saperlo ormai.

Senza lasciarmi la chioma, che ormai mi doleva in più punti, afferrò le forbici, quelle grandi che teneva per sbudellare il pesce e che non faceva usare a nessun'altra per via delle lame affilatissime, che arrotava ogni mese perché scivolassero nella pancia dell'animale come su un morbido panetto di burro.

«Mamma, cosa vuoi fare? Mettile via, per favore». Eppure non osavo ancora dire che mi dispiaceva, che avevo sbagliato a disattendere ai suoi ordini, che mi ero comportata da irresponsabile, che un cane randagio era stato sul punto di sbranarmi e lei di non rivedere più la sua figlioletta prediletta. Avrei potuto piangere, scongiurare, tentare di salvarmi, mandando a quel paese la dignità e l'orgoglio. Ma questo, forse, era quello che lei si aspettava, e io non gliel'avrei data vinta.

«Così vediamo, se ti piace davvero tanto fare il maschio». Furono le uniche parole che pronunciò.

Quando la Margiala sollevò le forbici all'altezza del mio viso, l'odore acre e metallico del sangue ancora rappreso sulle lame mi provocò il voltastomaco. Sarei stata orrendamente sfigurata e oltretutto in mezzo all'odore nauseabondo di budella di pesce.

Chiusi gli occhi, convinta di non avere più scampo. Prima che tagliasse la prima ciocca, emanai un profondo respiro, stordita dall'assoluto silenzio che regnava in quel momento non solo nella stanza, ma anche nel giardino, nella nostra casa, ovunque. Le donne, appollaiate intorno al tavolo, non emettevano alcun suono, anche loro in attesa di assistere alla mia macabra esecuzione. Persino Francesco si era adeguato a quella quiete, quasi avesse già appreso in quale momento era più conveniente tacere.

Un silenzio innaturale regnava anche tra gli alberi, ormai radi e secchi. Persino gli uccelli, pensai, avevano presentito che qualcosa di terribile sarebbe accaduto, così come presentivano il cattivo tempo.

Ebbi la sensazione della calma che segue a un'esplosione, quando tutti i sensi stanno all'erta e non percepiscono niente se non il suono della paura.

Poi la prima sforbiciata partì, poi un'altra e un'altra ancora, con gesti secchi e duri, irregolari, perché il risultato finale apparisse orrendo. Non opposi resistenza, lasciando che anche le mani, che fino ad allora avevo tenuto contratte in pugni ben serrati, mi scivolassero lungo i fianchi, completamente inebetita dal rumore secco delle forbici sulla mia testa.

Non riuscivo a fissarla in volto. Avevo intravisto i suoi occhi, mentre sferruzzava incattivita. L'azzurro cielo si era tramutato in un grigio spento, come due gemme ricoperte di polvere e sbiadite.

Provai quasi pena per lei, per le rughe che le ricoprivano il labbro superiore e avevano finito per assottigliare i lineamenti dolci della sua bocca, per i fili d'argento che spiccavano tra i capelli tiratissimi, per le mani nodose come querce che non sapevano più elargire carezze. Quand'è che era cambiata? Quando la temibile strega, dall'aspetto di una ninfa dei boschi, si era trasformata in quella donna che stava invecchiando sotto i nostri occhi? Lasciai che finisse il suo lavoro e che scaricasse tutta la sua rabbia.

«Ecco, adesso sei perfetta», pronunciò in modo arcigno, prima di prendermi per un braccio e trascinarmi nella sua stanza perché potessi mirarmi allo specchio.

Posai gli occhi sul pavimento di pietra levigata. I capelli erano sparpagliati, e ogni piccolo ciuffo ora era avvolto su se stesso, così che ogni ciocca appariva un ricciolo perfetto.

Le donne ammutolirono al mio passaggio. Cornelia si mise una mano alla bocca e a comare Antonietta, dall'animo sensibile e impressionabile, erano venute perfino le lacrime agli occhi.

«Ecco, guardati».

Mi costrinse a sollevare il mento perché l'immagine riflessa nello specchio fumé mi apparisse chiara e nitida.

«Da oggi Diamante sarà così. Un maschiaccio».

Poi sparì lasciando che i sandali risuonassero forte sui mattoni.

Lacrime dense mi risalirono agli occhi, nonostante cercassi di trattenerle con tutte le mie forze. Il labbro superiore tremava per l'agitazione. L'aspetto generale era quello di una povera interdetta che avesse perso il senno.

Neanche la vecchia Paolina, la pazza che abitava vicino alla piazzetta della fontana, esibiva una chioma tanto irregolare e scomposta. Sulla fronte non avevo più niente, se non qualche ciuffo rado che faceva capolino in mezzo al cuoio capelluto.

Nessuno avrebbe osato parlare con me se mi avesse vista conciata in quel modo.

Non era l'immagine di un maschio quella che la Margiala aveva voluto creare, ma di una povera scema, di una da schernire e di cui prendersi gioco.

Mi misi di profilo e, dove un tempo potevo ammirare una fluida e lunga chioma castana, che arrivava fin quasi alla cintola, ora non c'era più niente, una nuca spoglia e magra.

Non riuscii più a trattenermi e le lacrime spesse presero a rigarmi il viso, a scivolarmi sul vestito a fiori, sul collo e sul petto, sulle labbra che continuavano a tremare.

Sì, quella era stata una punizione terribile, anche per la Margiala. Deliberatamente malvagia.

Troppo malvagia, persino per lei.

6

Trascorremmo il resto dell'estate come nemiche, a battibeccare per ogni quisquilia. Tutte le volte che la mamma apriva bocca, era per dire qualcosa di cattivo sul mio conto, per criticare il mio aspetto, la mia lentezza in cucina, le mie caviglie grassottelle, persino il mio modo di vestire.

Approfittando della bella stagione avevo risolto il problema della chioma, legandomi alla testa un fazzoletto colorato, uno di quelli che la mamma mi aveva cucito per coprirmi il capo dalla calura quando dovevo lavorare con lei in giardino. Ne tenevo due a quello scopo e, quando uno si intrideva di sudore o si sporcava, lo mettevo subito a lavare cosicché fosse lindo e asciutto per l'indomani.

Non permettevo a nessuno di vedere la mia capigliatura, neanche a Cornelia che si mostrava la più curiosa. Rimanevo senza fiato davanti alla sua chioma color miele, le sue rotondità perfette, la sua grazia naturale.

Tutto ciò che mi riguardava era biasimevole per la Margiala e fu proprio durante quei mesi che mi resi conto di quale frustrazione avesse accompagnato in tutti quegli anni Cornelia, sempre stata, fino ad allora, nel mirino delle sue attenzioni critiche. Per qualche tempo le diedi sollievo e, in un certo senso, fui felice che per un po' avesse smesso di sentirsi l'ultima nell'ordine di preferenze della mamma.

Nel frattempo Francesco era cresciuto. Si era trasformato in un bel bambolotto bruno, i capelli gli arrivavano alle spalle e si piegavano in morbidi boccoli neri.

Sì, l'aspetto da femminuccia era ancora più evidente e pensai a quanto fosse strano il destino, che aveva dato a me un aspetto da maschio impenitente e a lui da femmina boccolosa. Se solo avessimo potuto scambiarci i ruoli!

A volte mi rattristavo al pensiero che non avrebbe mai ricordato neanche il volto di suo padre, che non lo aveva neanche conosciuto.

Così io e Cornelia gli mostravamo sempre una foto sbiadita, l'unica che la Margiala ci aveva concesso di tenere. Rappresentava papà in una bella posa artistica, con il volto di sbieco e una sigaretta in mano. Un mezzo busto che si era fatto fare da un fotografo, nel caso un giorno – ci aveva detto – gli fosse venuto in mente di tentare la carriera cinematografica. Un boccolo lustrato di brillantina gli ondeggiava sulla fronte, perfettamente composto, e la pelle del viso sembrava levigata, liscia come velluto. Nonostante la foto fosse in bianco e nero, gli occhi celesti brillavano come bellissimi turchesi in mezzo a un volto brunito. La mano stringeva con grazia la sigaretta, mentre la bocca carnosa si atteggiava in una smorfia di risata, leggermente aperta, tanto da far intravedere una fila perfetta di denti finemente cesellati. L'altra mano era infilata nella tasca di una giacca, che immaginavo di colore blu, elegante e raffinata come il suo sguardo. Papà era davvero bellissimo in quella foto.

«Un giorno diventerai bello come lui, vedrai», gli mormoravo orgogliosa. «Sarà il tuo modo per ricordarlo sempre, ritrovarlo nel tuo viso».

Qualche volta la mamma si fermava sull'uscio ad ascoltare quelle cose, interrompeva le faccende in cui era affaccendata e pareva persino addolcita nei modi e negli sguardi, come se l'immagine di papà riuscisse a scioglierle tutto quel gelo che custodiva in fondo al cuore. Forse solo Agostino aveva avuto quel potere, aveva appreso l'alchimia giusta per grattare a fondo, sotto l'aspetto austero e l'odio stratificato, sotto l'apparente tedio o rancore o durezza che le aveva forgiato una corazza tutt'intorno. Forse lui li aveva sciolti quei tanti nodi che la rendevano una fortezza, lui soltanto, ma se n'era andato troppo presto per svelarci il segreto.

Quando notava che i nostri occhi si posavano su di lei, si voltava dall'altra parte e tornava nel suo regno.

Da quando papà era venuto a mancare si era fatto difficile tirare a campare. Ciascuno di noi doveva dare il suo contributo. Giuseppe lavorava già da tempo, e grazie al cielo aveva la testa sulle spalle da condividere con tutta la famiglia i suoi guadagni. Rosetta si era messa a confezionare maglie di lana che andavano a ruba tra le mamme di bambini piccoli, convinte che quei tessuti duri proteggessero i loro marmocchi dai malanni dell'inverno. La Margiala si dedicava anima e corpo alle sue arti e se prima non chiedeva soldi in cambio, ora la cosa si era fatta necessaria. La gente del paese capiva e non si tirava indietro.

Negli ultimi mesi, poi, doveva esserci stata un'inspiegabile diffusione di malocchio, perché processioni di comari si erano alternate per scacciare i segni del malaugurio dalle proprie teste. La mamma preparava allora una ciotola di legno marrone, la riempiva d'acqua, di grano e di qualche pietra di sale. Avanzava quindi con il recipiente fino alla camera padronale, recitando delle preghiere sottovoce. La malcapitata sfilava in processione fino al letto e si faceva aspergere con la magica pozione, sul capo e sulla fronte, mentre la Margiala incideva la pelle sugli occhi con decine di minuscoli segni della croce. La persona colpita dal malocchio doveva poi bere qualche sorso di acqua benedetta e quindi rovesciare, con un colpo secco, tutto il contenuto della ciotola alle proprie spalle, in strada. Era un rito che funzionava sempre e che la mamma, con il passare del tempo, aveva perfezionato, caricando sapientemente ogni gesto di maggiore pathos. Tant'è che la fama della Margiala stava travalicando i confini del paese. Quella era di gran lunga l'attività che le fruttava di più, tanto che la sua *ars magica* si fece così stimata che le donne del paese cominciavano a mandarla a chiamare anche per leggere il futuro o per fare fatture.

«Io non le faccio queste cose. Non sono mica quella disgraziata della mia prozia, che vendeva filtri d'amore e toglieva i fidanzati alle povere ragazze». Poi sputacchiava per terra e tirava dritto per la sua strada. «Ci sono persone che ereditano case e campi. Altre che ereditano soldi e proprietà, altre ancora che ereditano titoli, ma ci sono anche quelle che ereditano malattie o che prendono in dono una brutta gobba sulla schiena. A me è toccato ereditare l'arte di togliere il malocchio o di leggere nei fondi dei caffè. Tutte doti che posso usare solo sugli altri e che non ho saputo usare su di me...», continuava poi, riempiendo l'acquaio di sputi.

Quando blaterava quelle cose, non si capiva bene se fossero dirette a qualcuno di noi o se piuttosto conversasse con qualche interlocutore immaginario, o peggio ancora con la propria coscienza. Noi ci limitavamo a scrutarla silenziose, senza interrompere quelle sue elucubrazioni solitarie.

Certo è che dalla morte di papà era diventata strana e ancora più taciturna. Non aveva ancora perso il vizio di raccogliere briciole dalle tovaglie e anzi, negli ultimi mesi, quella sua mania si era fatta più sofisticata, perché le sue dita ora si aggiravano furtive anche su tavoli, mobili, credenze e persino comodini, nonostante a noi figli fosse severamente vietato mangiare in posti diversi dalla cucina, pena una frustata sulle mani. Quella sua battaglia contro gli avanzi la teneva occupata e si era andata trasformando in una mania vera e propria. Noi evitavamo di fargliela notare o Dio solo sa quanti improperi ci saremmo tirati addosso.

Quando l'estate lasciò del tutto la porta aperta all'autunno, e questo all'inverno, successe un fatto che finalmente avrebbe interrotto i mesi di astio tra me e la Margiala, almeno fino alla prossima occasione.

La camera da letto della mamma era un luogo della casa che non si poteva non definire affascinante. Amavo l'oscurità che vi regnava. La mamma teneva sempre gli scuri socchiusi per impedire che l'eccessiva luminosità privasse la camera dell'aspetto quasi sacro che la distingueva. Complici anche i tanti dipinti di santi e madonne che adornavano le pareti e che la Margiala teneva sospesi con delle corde, perché guardassero sempre verso il basso, tendessero verso le coltri del letto, in perenne stato di veglia sul mondo.

Adagiato sulle credenza c'era sempre un vaso ricolmo di fiori freschi, proprio accanto alla campana di vetro che custodiva l'effigie di sant'Antonio. Una statua alta circa trenta centimetri, che la mamma teneva adagiata su un centrino di macramè fatto a mano e intorno al cui collo pendevano attorcigliate decine di catenine d'oro. Era severamente vietato a noi tutti sollevare la campana di vetro.

Un grande specchio fumé sovrastava la parete della credenza, con una bella cornice dorata che mi ricordava tanto uno di quei quadri raffinati di principesse e di dame. Accanto alla campana, poi, in successione, si trovavano una spazzola color oro, un pettinino di avorio, regalo di nonna Diamante – che la Margiala custodiva come un simulacro – e una veletta nera che la mamma indossava sul capo, da quando papà era morto, se doveva uscire. Di pizzo nero, anche quella donatale dalla nonna che non avevo mai conosciuto.

Mi piaceva guardare il cortile attraverso lo specchio. Il mondo esterno riflesso nel vetro, tanto da venirne distorto, da apparire diverso e conforme alla mia immaginazione. Mi piacevano anche i soprammobili che adornavano la stanza: i nastri di raso verde che pendevano dalle maniglie del cassettone, i cuscini di velluto rosso che ricoprivano le poltroncine antistanti il letto, il vaso di ottone sulla credenza, la cornice d'argento con una foto della mamma e di papà appena sposati.

Lei sorrideva, radiosa e bellissima.

La parte che mi inquietava di più invece era una sorta di altarino che la mamma si era fatta costruire apposta da papà e che occupava l'angolo destro della grande stanza. Legno di puro ciliegio ricoperto da un drappo di velluto rosso. Sopra erano posate due fotografie: da una parte quella di nonna Diamante, in una posa da generalessa, con le mani a cingerle i fianchi e i piedi divaricati, ben piantati a terra. Dall'altra quella di papà, sempre in una posa da divo del cinema, con la schiena appoggiata a un muretto di calce e uno stecchino tra i denti. Le solite mani in tasca a conferirgli quell'aria strafottente e perennemente scanzonata.

Così onorava le persone che aveva amato di più nella sua vita.

In certi momenti, quando i pensieri cattivi si insinuavano in me, come un serpente strisciante, pensavo che, forse, se fossi morta anch'io, lei mi avrebbe compianto e avrebbe imparato finalmente ad amarmi.

Se solo fosse stato possibile simulare per poi tornare alla vita, lei avrebbe capito di tenere anche a me, di tenere a tutti noi.

Come facevo sempre, però, quando quei pensieri neri si intrufolavano nella mia testa di bambina, li scacciavo via con un gesto impetuoso della testa che accompagnavo con bruschi movimenti della mano.

Una mattina di fine dicembre anche il piccolo Francesco aveva deciso che era arrivato il momento di iniziare a esplorare quell'antico reliquiario che aveva sempre esercitato un fascino perverso su tutti i componenti della mia famiglia.

La mamma era uscita per uno dei suoi riti, mentre Rosetta era intenta a spadellare in cucina, dove stava cucinando un sanguinaccio caldo.

Il sanguinaccio si preparava con del sangue di maiale fresco, appena preso dal macello pubblico. Si faceva rapprendere sul fuoco con dell'olio di oliva e poi si cospargeva di molto sale. Andava gustato con tante fette di pane e saziava un bel po'.

Cornelia aveva sostituito Rosetta al filatoio e io badavo a Francesco. Aveva cominciato a gattonare e, con tutte le cianfrusaglie sparse per la nostra casa, era davvero un'impresa ardua salvarlo dai pericoli. Scivolava via rapido come una biscia, era davvero un piacere vederlo muoversi con agilità, intento a esplorare il mondo, o fermarsi ad ascoltare i suoi teneri versi, primi tentativi di descriverlo, quel mondo che a lui doveva apparire meraviglioso.

La Margiala aveva preso a scaldare la camera, prima di rincasare, con un grande braciere d'ottone, che riempiva di cenere e alloro, perché le volute di fumo aromatico si sprigionassero nella stanza. Lo teneva sempre sotto il letto, proprio per impedire che il piccolo ci finisse dentro. Attratto però dai vapori profumati, Francesco si insinuò rapido sotto il grande letto matrimoniale, diretto proprio contro la brace ardente. Non riflettei un secondo sul da farsi. Scivolai bassa sotto le reti, appena in tempo per vedere la sua tenera manina in procinto di entrare in quel vulcano caldo. Gli lanciai un grido di terrore, ma lui di contro mi sorrise, con quelle meravigliose fossette che gli si disegnavano sulle guance. Allungai la mano fino al braciere, con i movimenti impediti dalle reti basse del letto. Lui mi osservò quasi perplesso e finanche col volto corrucciato perché gli stavo portando via il suo giocattolo. Mi sentii orgogliosa di essere riuscita ad afferrarlo prima che vi si immergesse ma, nella fretta di agguantarlo, rovesciai parte della cenere sul mio braccio, procurandomi una brutta ustione.

Rosetta fu richiamata dalle mie grida e si precipitò in camera. Subito dopo anche Cornelia. Afferrarono il bambino che intanto si era messo a piangere contrariato.

«Sta bene», dissi per rassicurarle, «l'ho afferrato in tempo».

«Sei stata molto coraggiosa», mi disse Rosetta, scrutando preoccupata il mio braccio. Lì per lì non mi parve di accusare un gran dolore, ma nel giro di pochi minuti ebbi come la sensazione che decine di alborelle fritte stessero cuocendo proprio sulla mia pelle.

«Dovrai far vedere la ferita alla mamma, non appena sarà rientrata», continuò Rosetta, stringendo al petto Francesco per rassicurarlo.

«Sì, lo so».

Qualche istante dopo la Margiala rincasò e io non sapevo se aspettarmi un'altra severa punizione, perché ero stata imprudente, lasciando avvicinare il bambino al pericolo, o finalmente una punta di dolcezza nel suo sguardo.

Avanzò verso di noi, con il volto in ansia, gli occhi sembravano improvvisamente più scintillanti in mezzo a quella oscurità, come punte di spillo.

«Che succede qua?», e mentre lo diceva posò lo sguardo sul mio braccio che aveva preso ad arrossarsi.

«Diamante ha afferrato il braciere, prima che il bambino ci finisse dentro. Lo sai che sgattaiola ovunque». Notai che Rosetta si era messa sulla difensiva.

La Margiala diede una rapida occhiata al piccolo, per assicurarsi che stesse bene, poi venne a controllare il mio braccio. Mi guardò qualche istante, e nei suoi occhi non c'era il solito risentimento sordo, ma qualcosa di vagamente somigliante al dispiacere.

«Dovremo metterci una pomata particolare che preparerò oggi stesso, così da non lasciarti la cicatrice», sentenziò subito. Poi non aggiunse altro, si incamminò verso la cucina, si annodò il grembiale alla vita e si mise a preparare il suo intruglio.

Quel giorno mi parve che il ghiaccio si fosse sciolto, che ci fossero ancora spazio e tempo per le riconciliazioni.

PARTE QUINTA

IL MATRIMONIO

1

Estate 1939

«Diamante corri. Vieni a vedere. Corri». Era la voce da cornacchia di Cornelia che mi destava mentre pigramente sorseggiavo un po' di latte, seduta su una sedia impagliata del cucinino. Le risposi altrettanto pigramente, perché la primavera aveva quell'effetto su di me, mi intorpidiva i sensi.

«Eh? Cos'hai da urlare tanto?».

Feci per scostare la sedia, ma il mio languore prevalse sulla curiosità e poggiai la testa al palmo della mano, quasi sul punto di riaddormentarmi.

«Allora, ti decidi o no?».

La accontentai e avanzai in giardino strascicando i piedi, nel modo che tanto odiava la mamma.

«Se trascini i sandali così, ti verranno i piedi piatti. E quelle con i piedi piatti non piacciono a nessuno», mi rimbrottava sempre.

Ma quello sui piedi piatti era solo uno dei tanti richiami con i quali la Margiala era solita ricordarmi che la natura aveva voluto che fossi femmina e che, chioma lunga o corta, avrei dovuto abituarmi all'idea e oltretutto adattarmi.

«Stai seduta a tavola con la schiena diritta! Non appoggiare i gomiti alla tovaglia che così fanno solo i maschiacci e gli scansafatiche. Non masticare a bocca aperta, non sputare per terra – questo però lei lo faceva – non appendere le camicie per i colletti ma per gli orli, lavati sempre le mani prima di mangiare», e una lunga sequela noiosa di ammonimenti che a suo dire mi avrebbero permesso di diventare più grande e, cosa più importante, di assistere alla metamorfosi da ranocchia quale ero a bella fanciulla. Non che non ammirassi Cornelia e Rosetta. A loro sembrava che quelle cose venissero naturali, che fossero state messe al mondo con il preciso intento di profondere grazia. Che tenessero per caso nascosto, sotto le gonne, un qualche breviario da consultare alla bisogna, una sorta di manuale delle buone maniere?

Non saprei, ma l'impressione era che la loro schiena fosse sempre dritta, in modo naturale, e che la mia, invece, pendesse perennemente a destra, come quel cirro spostato dei miei capelli, dal cui vorticoso andare, a detta di mia madre, dipendeva tutto il mio subbuglio interiore.

Senza volerlo e senza metterci particolare cattiveria, infrangevo giornalmente decine delle sue regole e lei reagiva a ogni infrazione, sempre con la stessa aria frustrata e disorientata. Si infuriava, inveiva contro la mia natura, mi additava come maschiaccio, chiamava in causa la buon'anima di sua madre perché le venisse in soccorso, mi umiliava, ma in fondo si vedeva che, da un certo punto di vista, si era quasi arresa. Non che le sue regole fossero inapplicabili o talmente complicate da non piantarsi bene nella mia testa. Non era per puro sadismo che le mettevo ogni volta, involontariamente, in discussione. Per me era naturale.

In fondo, si trattava di cose di poco conto, che probabilmente non mi avrebbero permesso di diventare una persona diversa nella vita o non mi avrebbero fatto apprezzare di più dagli altri. A chi poteva importare se trascinavo i piedi con aria distratta o se appoggiavo i gomiti sul tavolo? La stessa Margiala doveva essere consapevole del fatto che le sue norme non fossero così importanti o determinanti nel segnare il mio futuro. Per lei, però, rappresentavano il suo modo per imporre la sua visione del mondo su di noi, gli strumenti senza i quali il suo controllo si sarebbe infranto come una bambolina di cristallo. Senza quelle regole, lei sarebbe diventata come noi, una povera vedova smarrita, un'orfana senza più guida.

Cornelia era china sul terreno, con i grandi occhi marroni sgranati.

«Vieni Diamante, guarda!», e allargò le braccia come un cerimoniere nell'atto di mostrare ai suoi ospiti le meraviglie con cui aveva apparecchiato la tavola.

Mi strofinai gli occhi ancora cisposi e mi chinai pure io sul terreno, con il muso intento a scrutare il prodigio.

Cinque piccolissime gemme erano affiorate dalla terra, a distanza simmetrica, come a disegnare un cerchio proprio intorno al grande buco scuro lasciato dall'oleandro che non c'era più.

«Ma è incredibile», borbottai, grattandomi la testa.

I capelli erano ricresciuti e, quasi per magia, i ciuffi arruffati e incolti si erano trasformati in riccioli perfetti. Senza volerlo la mamma aveva trasformato la mia chioma. Arrivavano ancora alle spalle, ma sembrava proprio che ogni boccolo avesse imparato finalmente a vorticare nel verso giusto.

«Già! Com'è successo? Bisogna dirlo alla mamma. L'oleandro ha dato vita a cinque piccole creaturine. Ehi, prova a pensarci Diamante, un oleandro per ciascuno di noi. Non può essere!».

«No che non può essere. C'eravamo tutti quando la mamma ha distrutto quel povero albero. Lo ha divelto alle radici. Non capisco».

Ci raggiunse anche Tommaso, con le vibrisse all'erta e il pelo ispido, come quando avvertiva qualcosa di strano nell'aria. Prese a miagolare con aria battagliera, increspando la schiena, sul punto di duellare con un fantomatico rivale.

«Bruto gattaccio, via con le zampe di qui», gli urlai contro, cacciandolo con il palmo della mano. Mi si strusciò un po' addosso, quasi addolorato per la scena, poi si mise a rincorrere una farfalla o forse una libellula, già dimentico della tenzone che avrebbe voluto ingaggiare.

Poco dopo vedemmo avanzare la mamma, con la zappa in mano, quella che usava sempre quando si metteva a sradicare le erbacce.

«Mamma, vieni a vedere».

«Non avete niente di meglio da fare, voi due, stamattina che ammirare il giardino?».

Si poggiò la zappa a una spalla e si sistemò il fazzoletto sulla testa. Lo indossava sempre quando lavorava in giardino, perché non voleva che la polvere e la terra le sporcassero i capelli. Diceva anche a noi di farlo, ma eravamo restie a mettere in pratica quel consiglio. Almeno in quello eravamo solidali!

«Ma che diavolo!», mormorò con gli occhi sgranati.

Poggiò la zappa per terra e si chinò a osservare meglio quei teneri germogli.

«Brutto figlio di puttana», si mise a gracchiare, incurante della nostra presenza e dei modi da signorina per bene che ci consigliava di usare.

Se solo io mi fossi fatta sentire a bisbigliare una cosa simile, i segni delle sue dita sulla mia faccia mi sarebbero rimasti impressi per almeno una settimana. Io e Cornelia ci guardammo e ci facemmo scappare dei sorrisini.

«Che avete da ridere voi due?», ci rimbeccò subito, riprendendo la zappa.

Si sollevò tenendosi per un ginocchio e si annodò un lembo della veste al grembiale, così da non sporcarsi gli orli di terreno. Poi si mise a sradicare l'erbaccia che si era formata intorno all'albero di limoni.

Per un attimo ebbi il terrore che volesse abbattere la sua ira anche contro quei teneri alberelli appena nati, ma dal suo sguardo capii che non c'era odio in quel momento. Forse anche la mamma aveva superato quella fase, forse era stanca di nutrire risentimento.

«Che mi venga un colpo. Brutto figlio di puttana», borbottava a voce bassa, mentre sradicava gramigne. Ogni tanto le scappava una risata sardonica, come se lei sapesse esattamente chi fosse l'artefice di quel prodigio.

«Mamma, ma come può essere?», domandò Cornelia, avvicinandosi a lei.

«Ah, per certe cose non c'è spiegazione. Certe cose succedono e basta, e bisogna accettarle, a volte come una dannazione, a volte come un dono».

Si asciugò il sudore dalla fronte e sradicò un altro ciuffo bello grande.

«Forza, adesso andate a lavorare. C'è da confezionare un bel po' di maglie che, lo sapete, le mamme vengono a comprarle in primavera ed estate per la prossima stagione fredda. Andate, su».

Mi allontanai fischiettando e pensai a come sarebbe stato felice papà di vedere che il suo oleandro aveva seminato i suoi figli. Sì, sarebbe stato proprio felice.

Pensai che avrei tanto voluto potesse assistere a quel prodigio, da qualsiasi parte del cielo si trovasse.

Ero anche sicura che, se ci avesse visto, avrebbe riso, con il suo solito modo beffardo e con uno stecchino o una sigaretta spenta tra le labbra semiaperte, da divo del cinema!

2

Dopo un po' che lavoravo a strigare le matasse per Cornelia, che si era fatta più svelta di me e che stava apprendendo in fretta da Rosetta, la mamma mi incaricò di andare alla fontana. Mi mostrò tre grosse brocche d'acqua.

«Sei capace di riportarle a casa tutte intere?».

Annuii decisa con il capo, perché quella domanda aveva il sapore di una sfida ed era sempre un piacere per me dimostrare alla Margiala che si sbagliava dubitando della mia affidabilità. Mi liberai con solerzia dai fili di lana che mi si erano attorcigliati intorno al braccio e lasciai Cornelia intenta a sferruzzare a capo chino. Stava confezionando un bel maglioncino per una bimba, a tinte rosa e arancio. Pensai che sarebbe stata una perfetta donna di casa lei, un vero orgoglio per la mamma.

L'inverno si stava già affacciando alle porte e l'aria era fredda. Mi accovacciai con la schiena dentro la grande sciarpa turchese che Rosetta aveva fatto apposta per me. Anche lei era una perfetta donna di casa. Non credo si potesse dire ancora lo stesso di me.

Era giorno di mercato e decisi di allungare il mio percorso passando per la piazza. Mi piaceva respirare gli odori e gli umori delle tante bancarelle assiepate lungo il contorno e dentro il grande ovale centrale. Le voci sguaiate dei venditori, le risate e gli ammicchi delle donne che esibivano sporte ricolme di prelibatezze.

Amavo persino girovagare per gli assali dei pescivendoli, da cui emanavano tanfi nauseabondi. Erano in assoluto i commercianti che gridavano di più, tanto che la mattinata di mercato pareva che si trasformasse per loro in una parata di vocalismi.

Mi feci largo a fatica, con tre brocche in mano, in mezzo a bancarelle di pomodori, cipolle e patate. Qualche rubizza signora dall'aria ancora spavalda ancheggiava con in mano sporte di pane fragrante, di friselle e taralli. Intenerita forse dalla mia fatica, una di loro mi offrì un tarallino e poiché non avevo mani libere per poterlo afferrare, me lo posò direttamente sulla lingua. Lo masticai con calma, per assaporarne meglio la fragranza di olio d'oliva.

Più in là c'erano altri contadini con i loro carretti stipati, assale contro assale, ai carretti di altri venditori. Ciascuno a guadagnarsi la sua giornata.

Verso la via delle Chianche un gruppo di vecchietti, con l'abito buono e con la bombetta in testa, stava discutendo animatamente, davanti al Caffè centrale. Dalla porta aperta si tuffava sulla strada un aroma inconfondibile di buon caffè appena tostato. Qualcuno se ne stava tranquillo a fumare appoggiato al muretto, ma altri sembravano avere il volto crucciato da qualche preoccupazione. Dovetti passare loro davanti, anche se mi imbarazzava sfilare in mezzo a così tanti uomini. Per l'età potevano essere tutti miei nonni, ma io ormai avevo già undici anni, quasi dodici, a dirla tutta. I miei fianchi, forse per i chili di troppo, apparivano già rotondetti, e per quanto ancora minuscoli, i miei seni avevano preso a staccarsi dalla pelle, in morbide e tenere protuberanze. Sapevo che oltre il vestito di lana e il cappotto non si sarebbe visto nulla, ma mi imbarazzava lo stesso sapere che il mio corpo si stava trasformando.

«Sembra proprio che Mussolini la farà questa guerra»,

sentii pronunciare da uno dei tanti, uno con un lungo naso adunco e un mento minuto minuto. Secco come un chiodo.

Quelle parole inevitabilmente mi rimbombarono nelle orecchie. A casa mia non si parlava molto spesso di quelle cose, né di politica, né del duce. Si sapeva che c'era e basta e che bisognava rigare dritto.

Quando papà era ancora in vita, di tanto in tanto gli scappava qualche tirata d'orecchie a Mussolini, ma la mamma lo redarguiva subito con gli occhi, come a dire che certe cose era meglio non farle sentire, soprattutto a noi bambine.

Ma quel vecchio là, col viso cavallino e la fronte bitorzoluta, aveva parlato di una guerra. Io non sapevo neanche che da qualche parte c'era una guerra. In Italia forse? Forse al nord?

Tirai dritto per la mia strada, ma decisi che, una volta a casa, avrei provato a chiedere spiegazioni alla mamma. Pensai anche che, se ci fosse stata una guerra, lei avrebbe voluto saperlo subito, per prepararsi all'evenienza.

Affrettai il passo, perché le mani mi dolevano tremendamente e intorno alle dita si erano già formati grandi cordoni rosso porpora. L'orologio del campanile segnava le undici. Avevo il fiatone, ma avrei dovuto percorrere ancora tutte le viuzze che si inerpicavano intorno al castello vecchio e poi tirare dritto per via Bonifacio, prima di raggiungere la piazzetta della fontana. Salutai con un cenno del capo il Vecchio scheggia, quindi passai davanti alla casupola bianca della vecchia Paolina. Notai che stranamente non era seduta sulla solita sedia sgangherata davanti all'ingresso della sua casa sgangherata e mi venne un tuffo al cuore al pensiero che magari, dall'ultima volta che ero stata da quelle parti, potesse essere morta.

Prima di arrivare alla fontana, un tipo grassoccio, vestito con una giacca di fustagno, avanzò barcollando verso di me. Aveva un viso rotondo, rosso, di uno che si fosse appena scolato un bicchiere di primitivo, un uomo che dall'aspetto appariva rozzo e privo di buone maniere. Cercai di spostarmi dall'altra parte della strada, ma quello si rimise sul mio percorso, parandomisi proprio davanti con le braccia conserte. Dovetti fermarmi, per evitare di cadere, e posai gli occhi sulle mani, sulle dita grasse come salsicce, sulle unghie nere e lunghe. Poteva fare il contadino a giudicare dall'aspetto e dalle gote rubiconde. O forse era solo un vagabondo.

Un tremito mi attraversò la schiena e strabuzzai gli occhi a destra e a sinistra, per sincerarmi che sulla strada ci fosse qualcuno.

«Sei tu Diamante?».

Come faceva a conoscermi? Io di certo non lo avevo mai visto. Lo avrei ricordato un tipo così trasandato.

«Sei la sorella di Rosetta?».

E che diavolo gli importava dei fatti miei? Notai che cercava di addolcire il tono della voce, mentre mi rivolgeva quelle domande, di adeguarla forse alla mia tenera età, per non spaventarmi. Forse era solo un amico di Rosetta, un brutto ceffo ma dal cuore gentile.

«Portale i saluti di mio fratello, Domenico», quindi si scostò e riprese il suo cammino.

Tirai un lungo sospiro di sollievo e poggiai le brocche a terra. Le mani erano livide e le dita parevano sul punto di scoppiare. Mi aveva provocato un certo turbamento ritrovarmi davanti un uomo. L'effetto che aveva avuto su di me era stato di ansia e disgusto. Pensai che non avrei mai potuto sposarmi.

Sbuffai, sudata nonostante il freddo. Non vedevo l'ora

di tornare a casa, piena com'ero di cose da raccontare, e non vedevo l'ora di togliermi di dosso quella sensazione sinistra che l'uomo dalle mani di salsiccia mi aveva provocato. Osservai la sua sagoma enorme allontanarsi, fino a scomparire insieme agli altri puntini scuri che animavano le viuzze a quell'ora del giorno. Solo quando non lo intravidi più, il mio respiro si fece di nuovo regolare. Allora imbracciai le mie brocche e raggiunsi la fontana.

3

«Che tipo era?», mi domandò Rosetta con aria preoccupata.

«Un tipo che faceva paura. Alto e grande, con due spalle enormi che parevano spropositate rispetto al resto del corpo. Mani come salsicce e gote rosse. Un tipaccio, ma aveva la voce gentile. Sì, insomma, non pareva cattivo».

La Margiala camminava avanti e indietro con i pesanti sandali per il corridoio dell'ingresso, il volto leggermente di sbieco, come faceva sempre quando si concentrava. Di tanto in tanto si grattava la fronte, proprio dove le correva quella vena bluastra, a sormontare la tempia e a disegnare un corso irregolare lungo l'attaccatura dei capelli, che si faceva palpitante quando inveiva contro qualcosa o qualcuno. Ora invece sembrava placidamente lenta nel suo fluire, piatta e molle come una corda afflosciata.

«Io non conosco un tipo così», ripeté due volte Rosetta, una volta per lei e una volta rivolgendosi alla mamma, immagino. Io scrollai le spalle, come a dire che il mio compito era solo riferire il fatto. Dopo un po' che la mamma ondeggiava qua e là, appoggiò il braccio alla credenza dei bicchieri e prese a massaggiarsi il mento.

«Deve essere Domenico "Occhi bianchi". Ne sono quasi sicura».

«Occhi bianchi?», domandai raccapricciata dall'immagine di un uomo che potesse essere definito in quel modo. «Ma che significa mamma?»

«Ma no Diamante, non vuol dire che questo Domenico abbia gli occhi bianchi. Suo nonno, pace all'anima sua, aveva avuto un brutto incidente cadendo da cavallo che lo aveva reso cieco a un occhio. Da quel giorno, tutti i maschi della sua famiglia, i figli così come i nipoti, hanno portato quell'orribile soprannome».

A volte dimenticavo l'abitudine assurda di etichettare le persone per poterle riconoscere meglio, di generazione in generazione. Un'eredità che si trasmetteva al posto di soldi e blasoni.

Ero contenta che papà fosse conosciuto come Valenti. Questo significava allora che anche Giuseppe e Francesco sarebbero stati identificati con quel soprannome. Non male, considerando i nomignoli orribili che si sentivano in giro.

E io? Come sarei stata citata dalle comari una volta diventata adulta? Meditai sul fatto che, per forza di cose, il ruolo di mia madre avrebbe influenzato la mia vita futura. La vita di tutte noi. Forse saremmo state solo le piccole margiale o le figlie della Margiala. Probabilmente saremmo passate del tutto inosservate senza la sua ombra nera a disegnare il corso dei nostri destini.

Non so perché, ma immaginai questo Domenico come un tipo orrendo, goffo e pesante come il fratello che avevo conosciuto, dai modi rozzi e dalla voce gentile.

«Domenico Occhi bianchi? Cosa mai può volere da me?».

Rosetta ebbe un moto di stizza e fece una smorfia con il naso, arricciandolo in un modo che mi faceva sorridere. Lo faceva sempre quando qualcosa la muoveva a indifferenza o, peggio ancora, a ribrezzo.

«Lo conosci?», domandai addentando degli acini d'uva. Parte del succo mi colò dai lati della bocca e me li ripulii con il braccio.

«Diamante, sei la solita», mi fulminò la mamma. Per una volta, però, i suoi improperi si fermarono lì, aveva altro per la mente che badare ai miei modi da maschiaccio.

«Sì, lo conosco, ma non mi interessa affatto», rispose incrociando le braccia sul petto e voltando la testa con la faccia da smorfiosa.

La Margiala riprese a percorrere la stanza. Ora aveva una mano appoggiata alla vita e con l'altra si grattava ancora il mento, pensierosa. Non so cosa avesse questo Domenico Occhi bianchi che proprio non la convinceva.

La faccenda mi aveva incuriosita e mi misi a frignare ai piedi di Rosetta, pregandola di descrivermelo.

«Cosa vuoi che ti dica? Ficcanaso. È un tipo normale, senz'arte né parte. Non di certo uno per cui io possa provare interesse».

Non aveva esaudito la mia curiosità, perché io volevo sapere se era alto, grasso o magro, con gli occhi chiari o scuri, con il viso grassoccio o smilzo. Mi sembrava che io non fossi stata così parca di particolari, quando avevo descritto il tipo del mio incontro. «Va bene, va bene», esplose a un certo punto la mamma, come stanca del suo girovagare tra i pensieri. Cominciò a gridare con voce stridula, rovesciando parole le une sulle altre, nell'intento forse di liberarsi di quel brutto cruccio. «Ah... Lasciamo stare questo Domenico e suo fratello. Magari si è trattato solo di uno scocciatore. Di uno stolto con la voglia di perdere tempo. Ce ne sono tanti di vagabondi scansafatiche al mondo. Troppi, davvero. Non pensiamoci più e torniamo alla nostre faccende. Cornelia sta ancora lavorando al maglione e ha bisogno di una mano. Il bambino dorme. Tu, Diamante, aiutami in cucina. Tuo fratello starà per arrivare e sarà affamato».

Stavo sbocconcellando ancora degli acini d'uva, con la testa persa nella strana faccia informe che immaginavo dovesse avere questo Occhi bianchi, quando mi resi conto di aver dimenticato di riferire la notizia più importante. Quella per la quale forse la Margiala mi sarebbe stata riconoscente.

«Ah, mamma», dissi tornando sui miei passi, «dei tipi al mercato», e la mamma mi scrutò di sottecchi, con gli occhi arrabbiati perché avevo allungato il mio giro passando per la piazza centrale, «hanno detto che forse ci sarà una guerra. Ho pensato che volessi saperlo».

Poi girai i tacchi e mi avviai verso la cucina, del tutto inconsapevole della bomba che avevo lanciato, nell'innocente inconsapevolezza che i bambini serbano anche davanti alle cose orribili.

Rosetta, invece, che l'età dell'innocenza l'aveva abbandonata da un pezzo, sbiancò, mentre si inerpicava su per la scala, per raggiungere Cornelia nel suo laboratorio tessile, in realtà la nostra camera da letto adattata per l'occasione a luogo di lavoro.

Me ne andai verso la cucina, continuando a masticare uva. La mamma rallentò appena il passo, quasi che il peso della notizia appena riferita le fosse piombato addosso all'improvviso, schiacciandola.

I pugni le si fecero serrati all'altezza dei fianchi e la vena sottile sulla tempia cominciò a palpitare visibilmente, ingrossandosi e contraendosi a gran velocità.

«Saranno solo dicerie», esclamò poi, ma mi pareva che la voce vibrasse. «Solo chiacchiere da mercato. Ma sì, che guerra...». Quindi riprese a camminare.

4

Io e la mamma preparammo cavoli stufati in un intingolo di carota, cipolla e sedano. Non mi piacevano i cavoli, ma era inutile dirlo alla Margiala. Oltretutto sapevo che faceva apposta a mettermi nel piatto quantità maggiori di quel che non gradivo, per sfidarmi forse, o per dimostrarmi semplicemente che era lei a comandare. Una pura manifestazione di predominio.

Quindi finsi di assaporare il buon aroma dello stufato. Sapevo già che avrei compensato la stizza per i cavoli con grandi quantità di pane da intingere nel brodo. L'appetito non mi mancava, nonostante mi piacessero poche cose. Mangiavo troppo pane, però, che era una delle poche cose che non mancava mai a casa nostra. A volte per puro divertimento o per passare il tempo, non effettivamente per saziare una mancanza fisica. Forse saziavo una mancanza interiore, colmavo qualcosa, da qualche parte, una voragine profonda e nera che mi si era aperta dentro, senza sapere il perché.

Questo mi aveva resa abbastanza sproporzionata. Avevo il sedere troppo grande per la mia età e le cosce, così come i polpacci, esageratamente prominenti. Non di certo la grazia affusolata di Rosetta o della Margiala e neanche la magrezza raffinata di Cornelia, una vera musa. Pareva però che fosse un problema solo mio, perché neppure la mamma, nonostante gongolasse nel procurare rammarico agli altri, mi faceva notare i miei chili di troppo.

Si trattava in effetti di una questione che si era fatta spinosa per me solo da qualche tempo, da quando mi ero resa conto di essere anch'io una donna o che meglio, un giorno, sarei diventata una donna, esattamente come la mamma o come Rosetta. E il pensiero mi disgustava e mi faceva paura. Imbruttendo il mio corpo, speravo di ritardare quel momento, tanto da non patire quel che si considerava connaturato all'essere femmina. Le fatiche come le umiliazioni e tutte le altre cose sgradevoli che da secoli e millenni ci venivano affibbiate addosso.

Volevo anche ritardare la crescita dei miei seni, così che rimanessero sempre come due bottoni nascosti sotto l'abito, l'ancheggiare dei miei fianchi, le angosce e le pene, ritardare il dolore.

Cornelia mi aveva spiegato che una volta al mese succedono delle cose al corpo di una donna. I seni si induriscono e si indolenziscono, vengono tremendi dolori alla pancia che a volte non ti permettono di sollevarti dal letto e, particolare ancora più terribile, ti sanguina quella parte "lì". Quando me lo aveva confessato io ero inorridita. La mamma non mi aveva mai parlato di quelle questioni.

«E tu come fai a saperlo?»

«Perché mi è già successo. La prima volta ho pianto tutta la notte, credevo di stare per morire. Il sangue mi imbrattava le mutandine e anche il letto e non si fermava mai, così come le fitte alla pancia, per giorni».

Avevo deglutito più volte e d'istinto ero corsa ad abbassarmi le mutandine e ad analizzarmi in mezzo alle cosce, tirando un sospiro di sollievo nel sincerarmi che per me il momento non era ancora arrivato.

«Ma come fai a sapere che succede a tutte? Sì, insomma sei sicura di non avere una malattia?»

«La mamma mi ha detto che è una cosa normale, che alla mia età succede a tutte. Poi Rosetta mi ha spiegato che quello vuol dire diventare donne, che da quel preciso istante bisogna stare attente e, non ci crederai mai, mi ha giurato che è proprio per quel sangue che le donne possono mettere al mondo dei figli».

«Ma stare attente a cosa?»

«Non lo so. Stare attente e basta».

L'avevo guardata con aria perplessa, perché il discorso si era fatto troppo complicato e non c'era verso di poter ottenere spiegazioni più accurate dalla Margiala. Mi ero ripromessa, però, che avrei approfondito la faccenda e che, se il mio corpo perdeva sangue, volevo essere ben informata del perché.

Rosetta. Avrei interrogato lei.

Ripulii per bene il piatto, come avevo previsto, con grandi quantità di pane, mentre Rosetta sbocconcellava piccoli pezzi, ancora turbata per l'incontro di cui le avevo raccontato. Di tanto in tanto sollevava lo sguardo e osservava la mamma, aspettando da lei una risposta che non sarebbe arrivata. La Margiala non poteva sapere tutto, era una verità con cui dovevamo abituarci a convivere.

«Si dice qualcosa in giro? Della guerra?», domandò la mamma a Giuseppe. La guerra era affare da uomini e lui l'avrebbe saputo se quelle voci si fossero diffuse con ragionevole certezza.

«Della guerra?», ingoiando un grosso pezzo di pane duro, «io non ho sentito niente. Perché me lo domandi?»

«Così. Tua sorella ha detto che alcuni uomini al mercato ne parlavano».

«E cosa dicevano?».

Provai a rispondergli, ma la Margiala mi zittì con un cenno della mano e continuò lei.

«Che forse anche l'Italia farà questa guerra».

«Da noi, al cantiere, gli uomini parlano d'altro», e guardò Rosetta strizzandole l'occhio. Poi rise di gusto. La mamma si quietò e pensò che finché gli uomini continuavano a parlare di gonnelle dietro cui sbavare e perdere il sonno, allora c'era ancora da vivere beati. Accantonò la questione e iniziò a sparecchiare. Non c'era altro da mangiare per quel giorno, ma sarebbe stato sufficiente fino a sera.

«Io devo uscire oggi pomeriggio» annunciò poi, mentre sistemava le posate nell'acquaio. «Comare Nenna ha la nuora con le doglie. Rosetta pensaci tu a dare indicazioni alle tue sorelle».

Poi si tolse il grembiale e uscì di corsa, aggiustandosi la crocchia con la punta delle dita.

«Va be', esco anch'io», fece Giuseppe, che non resisteva un minuto chiuso in quella casa, circondato da donne.

«E tu cresci in fretta», disse rivolto al piccolo che dormiva su un cuscino appoggiato a una delle sedie, «così ti faccio vedere il mondo».

Quella frase mi colpì come un fendente in piena faccia. Vedere il mondo! Che cosa voleva dire? Che aspetto aveva, attraverso gli occhi di un uomo? Quale senso di potenza era in grado di trasmettere?

Quelle domande mi si affastellavano nella mente così in fretta da farmi dolere le tempie. Il senso di frustrazione per quel che non mi era concesso mi ribolliva dentro e mi contorceva le budella, guastandomi il sapore del pane e dell'intingolo saporito. Un enorme senso di ingiustizia. Era quella la sensazione più opprimente che mi saliva al petto.

Io ero già fortunata per aver visto il mare, la Margiala si era ostinata a non voler ammirare nemmeno quello. Di che cosa aveva paura poi? Che non rispondesse alle sue aspettative?

Smisi di rimuginare e mi apprestai a lavare i piatti. Cornelia prese la scopa di saggina e ramazzò in cucina, mentre Rosetta riempì un secchio d'acqua.

«Vado a lavare fuori», ci avvisò.

Quelle turbolenze mentali erano come dinamite per me, mi creavano disagio e mi rendevano incredibilmente volubile. La Margiala, lei, doveva sapere bene quali pericoli fossero insiti nella mia natura. Doveva sapere pure che c'era un punto duro e implacabile dentro di me, che neanche lei riusciva a plasmare a suo piacimento. Oltrepassavo spesso i suoi limiti, e credo la facesse soffrire il fatto che, più o meno volutamente, infrangessi ogni sua regola.

5

Approfittando dell'assenza di Rosetta, sfidai Cornelia a chi resisteva di più con la faccia sott'acqua. Era un gioco che mi piaceva fare, per dimostrarle che in qualcosa ero più brava di lei.

«Così ci prepariamo all'estate», le dissi, dandole colpetti sul braccio.

«Sì, ma c'è da fare le maglie, lo sai», cercò di traccheggiare.

«Le prepareremo dopo. Dài, solo cinque minuti».

Riempimmo due tinozze di acqua dal pozzo, due di quelle piccole, che la mamma teneva per lavare fazzoletti e mutande. Le tinozze grandi le custodivamo accanto agli otri di olio, nel cortile su cui si affacciava la camera da letto. Le tenevamo coperte con panni di fustagno, perché non si utilizzavano fino alla primavera. Solo allora, quando l'aria si faceva calda e accogliente, la Margiala ci immergeva nell'acqua e ci strofinava con sapone grezzo di catrame, così forte che sentivamo gli strati di pelle staccarsi a ogni passata. Raschiava tanto che cumuli di schiuma grigiastra andavano a posarsi galleggiando sulla superficie dell'acqua e io e Cornelia dicevamo che quella era la nostra pelle staccatasi dal resto del corpo. Altre volte bastava solo la cenere, e quelli erano i bagni che preferivo.

D'inverno, invece, era sufficiente lavarsi con delle spugnature calde e passarsi un po' di olio di mandorle addosso, soprattutto su pancia e seno, per ammorbidire la pelle, e dell'olio di oliva invece, un paio di volte al mese, tra i capelli, per togliere il crespo. Cosa che con me non aveva mai funzionato, fino a quando la Margiala non mi aveva barbaramente rasata!

«Pronte, via!», fu il mio segnale a Cornelia.

Aveva raccolto i capelli ramati in una lunga treccia, mentre io mi ero legata un fazzoletto alla nuca. Tenevo gli occhi aperti, mentre stavo con il viso immerso nell'acqua, perché mi permetteva di sentire meglio le sensazioni del mio corpo, di percepire la respirazione.

Uno, due, tre: contavo mentalmente i secondi fino al mio trionfo. Ero arrivata a dieci, quando Cornelia mi richiamò a gran voce. Si sentiva, però, che non era solo per aver perso la nostra gara di apnea che il suo tono emanava tanta concitazione.

«Vieni fuori Diamante. Sbrigati, Diamante!».

Sollevai il capo e lasciai che le goccioline di acqua fredda mi scivolassero sul maglione, gongolando per la mia bravura.

«Rosetta. La senti?».

In breve la contentezza lasciò il posto alle varie espressioni della paura. Le urla di nostra sorella arrivavano nitide dalla strada. Non badai ad asciugarmi il viso, mentre ci precipitavamo dalla parte opposta della casa.

Forse richiamato dalle tante voci, anche il piccolo Francesco si svegliò e prese a piangere disperato per la fame.

«Abbi un po' di pazienza piccolino», gli dissi, stringendolo tra le braccia.

Lui fece qualche smorfia con il naso, al contatto con il mio maglione bagnato, ma sembrava che la cosa lo divertisse, perché smise quasi subito di frignare. Lo vidi in modo nitido. I capelli arruffati dal vento, il volto paonazzo, le grandi mani ruvide che cingevano con forza mia sorella per un braccio. Gli bastava una sola mano, a dirla tutta, perché l'altra era saldamente ancorata alle redini con cui teneva a bada i due cavalli. Dalla parte opposta sedeva un giovinastro smilzo, che indossava una giacchetta di velluto marrone, sotto la quale si intravedeva una maglia di lana grezza, una maglia intima, di fattura piuttosto scadente, che mai mia sorella avrebbe confezionato.

Aveva un viso ovale e un mento piccolo.

Non che fosse propriamente brutto, ma l'aria era di uno incapace di trasmettere emozioni. Anche lui stringeva Rosetta, ma in modo diverso, quasi come se avesse timore di farle male.

Doveva essere lui Domenico Occhi bianchi, insieme al brutto tipastro di suo fratello. Io e Cornelia lanciammo un urlo agghiacciante, mentre gli occhi chiari di Rosetta incontrarono i nostri sguardi. Anche il suo volto era terrorizzato.

Attratti dalle voci, diversi vicini si erano precipitati fuori.

«Dio mio, è Rosetta Diamante», gridava qualche comare.

«La stanno portando via. Chiamate la Margiala. Chiamate la Margiala!».

Cornelia scoppiò a piangere, mentre il calesse si allontanava a gran velocità, come se gli animali avessero presentito il terrore.

Il tipo che mi aveva fermato vicino alla fontana mi scrutò con gli occhi di pece. Non capii se in quello sguardo ci fosse rammarico o soddisfazione per la buona riuscita della loro impresa.

Mi strinsi a Cornelia e piangemmo insieme, perché allora, per la prima volta, avremmo capito quanto può essere amara la vita di una donna.

6

Il cuore mi si gonfiò in modo insopportabile e le lacrime non bastarono a contenere il dolore. Il senso profondo della perdita mi invase, lacerante, in modo diverso da quello che mi aveva assalito alla morte di Pietro o di papà. Sapevo che Rosetta era viva, che era la cattiveria degli uomini ad averla allontanata da me.

In quel momento sentii di odiare tutti gli uomini. Sentii anche freddo, tanto freddo e lasciai d'istinto Cornelia per inseguire quel carretto, ingoiando la polvere, ancora con il bambino tra le braccia. Ma la mia corsa durò poco, perché il calesse era troppo veloce per me.

«Rosetta», urlavo, mentre la sagoma scura scompariva tra vicoli stretti, mentre le lacrime mi scavavano canali bianchicci sulla pelle olivastra, mentre Francesco me li accarezzava e ci giochicchiava con le piccole dita, con le unghiette perfette simili a scaglie di cera, quasi a voler lenire le mie pene.

Le vicine si strinsero intorno a me e a Cornelia.

"Povere bambine", avrebbero voluto dire, lo so. Prima il padre, adesso la sorella...«Bisogna avvertire la Margiala», esclamò comare Nenna. Riportai il bambino in casa, anche perché cominciava davvero ad agitarsi per la fame. Preparai della mollica di pane, cotta in poca acqua. La mangiò a cucchiaiate, guardandosi intorno frastornato, alla ricerca delle solite cose e dei soliti volti. Era Rosetta che si occupava della sua nutrizione, molto più di quanto non facesse la mamma in realtà.

Mangiò contrariato. Forse non si fidava fino in fondo del cibo che gli stavo propinando io.

«Che diavolo?». Entrò sbatacchiando le scarpe contro la porta d'ingresso. La Margiala era arrivata ed era furibonda.

«Quel lurido bastardo. Avrei dovuto immaginarlo». Intanto si sciolse la crocchia. Aveva il viso tirato e stanco.

«Mamma, cosa succederà adesso a Rosetta?», e gli occhi di Cornelia erano ancora pieni di lacrime, mentre lo domandava.

«Cosa vuoi che le accada? Quello che tocca in sorte a tante donne, soprattutto se belle come vostra sorella. Ora dovrà accasarsi».

"Che diavoleria era mai quella?", pensai tra me. Trovavo ingiusto e doloroso costringere Rosetta a sposare quel brutto ceffo che l'aveva presa con la forza.

«Chissà dove la porteranno?», continuò la mamma, misurando a forza di passi il corridoio, paonazza dalla rabbia. «E quando sarà trascorsa la notte, il destino di vostra sorella sarà ormai segnato. Io non potrò farci più niente, nonostante sia sua madre. Sarà quel Domenico Occhi bianchi, quel fabbro da strapazzo, ad avere diritto di decidere sulla vita di Rosetta. Per non macchiare il suo onore dovrà sposarlo».

Non so se la mamma stesse rivolgendo quel discorso fuori di senno a noi o più a se stessa, per capacitarsi del fatto che le cose sarebbero andate esattamente così. Che era in quel modo che girava il mondo, che girava la vita delle donne.

Quella sera la Margiala si ritirò presto in camera, senza quasi toccare il cibo che io e Cornelia avevamo preparato. Nel frattempo, com'era consuetudine in quei casi, aveva ricevuto anche diverse comari in processione. Tutte alla ricerca spasmodica di notizie sulla sventurata figlia maggiore della Margiala.

Le voci arrivavano soffuse e attutite dalle forti raffiche di vento che sferzavano burbere nel cortile. Si udivano però alcune parole della mamma, prive di rammarico o di disperazione. Tremendamente fredde.

«In fondo non le va tanto male. Un fabbro guadagna bene. Non avrà a preoccuparsi», sentimmo dire da comare Nenna.

Io e Cornelia ci scrutammo, occhi negli occhi, senza dirci niente. Sarebbe successo anche a noi? Era quella la domanda che ci agitava, ne ero sicura.

Di certo era quello che avrei voluto chiedere io, ma non lo feci per timore che anche quella verità fosse già stata svelata a Cornelia, come la faccenda delle "regole" – così le aveva chiamate lei – delle perdite di sangue una volta al mese.

Non volevo che qualche rozzo sconosciuto venisse a rapirmi un bel giorno, per poi portarmi all'altare. Io non volevo neanche sposarmi, volevo vivere libera.

Per un po' me ne stetti vicino alla porta della camera padronale, accasciata alla parete come un mucchio di cenci logori. Ero sicura che la Margiala mi vedesse dalla posizione dov'era, seduta alla specchiera a osservare tristemente la sua immagine riflessa.

Ma non diceva nulla e io non dicevo nulla a lei.

In un certo senso mi sentivo un'intrusa, perché mi stavo intromettendo nella sua solitudine, ma lei aveva capito che avevo bisogno di stare là, semplicemente a osservarla, a cercare di scrutare il suo dolore.

E io avevo capito lei, il suo mutismo, la volontà di tenere tutto dentro.

Fu un evento positivo vedere la Margiala soffrire per la

sorte di Rosetta. Il dolore la rendeva più umana e amabile. Anche quella volta, avrei potuto andarle incontro e sciogliermi in un suo abbraccio. Ma non era così che si manifestavano i sentimenti, almeno nella mia famiglia, e non a quei tempi, poi. Le emozioni si tenevano chiuse dentro e si ingoiavano insieme a bocconi amari di solitudine e tristezza.

La Margiala si voltò una volta a guardarmi e quasi trasalì, come se stesse succhiando aria dai polmoni. Gli occhi erano acquosi anche se privi di lacrime. In quello sguardo ci fu più di un abbraccio, ne fui certa.

Dal canto suo Giuseppe prese la faccenda con la medesima disinvoltura di sempre. Quando la mamma gli spiegò quale sarebbe stata la sorte di nostra sorella, si fermò un istante solo a fissarla con un'espressione di sconcerto. Era in piedi, accanto alla tavola già apparecchiata per la cena. Sostò sugli occhi vacui e tristi della Margiala, poi guardò me e Cornelia. Quindi afferrò un pezzo di pane e lo mangiò avidamente. «In fondo è un brav'uomo. Non starà male», si limitò a dire, e la questione per lui era già chiusa.

PARTE SESTA
LA GUERRA

1

Un anno dopo...

Il primogenito di Rosetta venne al mondo in una serata funesta, che non prometteva niente di buono. Uno di quei violentissimi temporali che si scatenano ogni tanto in primavera, anticipato da cataste di cartacce e rovi trascinati dal vento e da un sibilo profondo e sordo, che risuona come un avvertimento a non uscire di casa.

«È il buon Dio che non voleva questo matrimonio», bofonchiava sottovoce la mamma, sputacchiando nell'acquaio la scorza dei lupini. Li mordicchiava in modo veloce, due, tre insieme, perché le scivolassero dolci e succosi tra le labbra, poi si disfaceva della buccia rimasta in bocca. Anche lei sembrava un maschiaccio quando si comportava così, e in questo mi pareva di assomigliarle davvero.

Le cose erano andate esattamente come la Margiala aveva previsto. Domenico Occhi bianchi si era presentato a casa nostra il giorno dopo il rapimento, accompagnato dal padre, il quale si era fatto garante delle buone intenzioni di suo figlio.

«È un ragazzo serio e lavoratore», aveva detto a gran voce, aggiustandosi la cintola dei pantaloni. «Vi assicuro, signora Anita, che non farà mancare niente a vostra figlia Rosetta».

La mamma aveva offerto delle frise bagnate in acqua e condite con pomodoro e origano, e un bicchiere di vino. Si era messa a sedere e aveva sorseggiato subito il vino, la schiena prostrata in avanti, quasi in posizione di sfida, e un braccio teso lungo la coscia, nell'atto di attaccare.

Il caro Occhi bianchi padre, però, era un tipo mansueto e non aveva nessuna intenzione di attaccar brighe o di avanzare richieste.

«Se anche la ragazza non avesse la dote, è cosa di poco conto per noi, la sua bellezza è un dono sufficiente per mio figlio», pronunciò poi a voce bassa, immaginando che una vedova con cinque figli non navigasse in buone acque. La mamma avvertì in quelle parole un affronto e il vino le fece avvampare il volto insieme alla rabbia.

«Mia figlia la dote ce l'ha eccome. Cosa crede, che il fatto che sia vedova mi rende una sprovveduta?»

«Ma no signora Anita, non volevo dire questo. È solo che, immaginavo che...». La frase gli si smorzò in gola, perché un pezzo duro di frisa gli impedì di deglutire e fu sul punto di strozzarlo. Pensai che la Margiala avesse inviato una delle sue maledizioni e che fosse andata proprio a segno.

Rosetta per tutto il tempo se ne stette in un angolo a piangere sommessamente, senza neanche provare a replicare all'oltraggio che aveva subito, stringendo i pugni per la rabbia e per l'umiliazione. Avrebbe perso la sua libertà e il diritto di sognare, ma avrebbe riguadagnato la dignità. Nessuno poteva mettere in dubbio la sua onestà, infatti, accettando il compromesso che Occhi bianchi aveva proposto. Se invece si fosse opposta al matrimonio, nessun uomo dabbene avrebbe più voluto in moglie una ragazza deflorata, e chissà che fine avrebbe poi potuto fare.

La Margiala sapeva che non c'erano alternative e che qualcun altro aveva deciso il destino di sua figlia. L'unica nota positiva era che Occhi bianchi aveva acconsentito che i coniugi andassero a vivere nella camera libera che papà aveva costruito proprio di fronte al frutteto. C'era solo una stanza da letto, adiacente a un minuscolo cucinino. Fu l'unica richiesta che la mamma fece, perché Rosetta si sentisse meno sola.

Durante l'anno trascorso dal "rapimento", avevo studiato mio cognato, Domenico. Un tipo francamente strano, taciturno e solitario. Credo di aver udito rare volte la sua voce e di aver sempre faticato poi a comprendere il senso di quel che dicesse, come se le parole gli finissero mangiucchiate tra i denti.

Le labbra erano mosce come gomma e, quando provava a dire qualcosa, ogni sillaba veniva anticipata da fiotti minuscoli di saliva che prorompevano dalla bocca, un divano pallido e disteso in mezzo a una faccia scura scura. A vederlo da vicino non era mal fatto, se non forse per l'eccessiva magrezza che contraddistingueva il volto e le gambe. Ma si vedeva da lontano che non era il tipo per Rosetta.

Lei altezzosa e fine, lui un moncone di pelle e ossa senza nerbo.

«Almeno è buono», le aveva detto una volta la Margiala, in una delle sfuriate di mia sorella.

«Non so cosa farmene della sua bontà. È freddo come un bicchiere di *grattamarianna*».

Il grattamarianna era una specialità che si gustava nelle rare occasioni in cui in paese era possibile vedere la neve. Cosa che succedeva assai di rado a Carbonara.

Si raccoglieva un bello strato di quella morbida e pulita, si rigirava in un bicchiere e si innaffiava a piacere con caffè, liquore o succo di amarene. Il mio preferito era quello con succo di amarene. La Margiala ne teneva sempre un vasetto in dispensa, da utilizzare per decorare i biscotti. Il liquido penetrava nel ghiaccio e lo rendeva caldo e gustoso.

A ogni buon conto, la sera del parto dal cielo cadevano chicchi di grandine grossi come ciliegie mature. La mamma masticò i suoi ultimi lupini, prese degli asciugamani puliti dal cassettone della camera da letto e avanzò a passi svelti verso il cortile.

«È tuo nipote. Lo vuoi vedere nascere o no?», mi domandò sulla porta.

«E tu anche lo vuoi vedere?», rivolgendosi a Cornelia.

Ci guardammo occhi negli occhi e sapevamo entrambe che avremmo detto di sì, mosse da una vorace curiosità. Affrontammo il tratto dal cortile alla porta della camera di Rosetta, coprendoci la testa con dei giornali vecchi.

Mia sorella era sdraiata sul letto della sua minuscola casa e ansimava già. Il marito, lungo e ombroso, navigava su e giù per la stanza, con un moto ondoso che mi faceva venire la nausea.

«Tu vai a fare un giro», gli intimò la Margiala.

Quello la guardò un istante, poi scrutò fuori della finestra il cielo nero e i chicchi grossi che sarebbero piovuti sulla sua testa. Provò a replicare qualcosa, simulando una smorfia con le labbra mollicce, proruppe in un fiotto di saliva e la mamma capì che era a disagio.

«Vai, ti ho detto, non c'è tempo da perdere qua», gli andò incontro la Margiala. Lui si prese il cappotto, si aggiustò la bombetta sulla testa e uscì lentamente, guardando una sola volta sua moglie distesa sul letto e annuendo piano con il capo. Quello era il suo modo per dirle "buona fortuna".

Grandi nuvoloni grigi scorrazzavano nel cielo spinti da forti raffiche di vento invernale e gettavano sulla terra violenti scrosci di pioggia e grandine. Sull'uscio sentimmo la voce di Giuseppe, accorso non appena era stato informato della notizia. Non so neanche chi glielo avesse riferito. Provò a entrare bagnato fradicio, ma la mamma infierì anche su di lui.

«E che diamine? Non avete altri posti dove andare voi due?»

«Va bene, non è aria», si limitò a dire rassegnato. Si avvicinò al letto e diede un buffetto sulla guancia a Rosetta, prima di sprofondare anche lui nel nero più nero.

A notte fonda nacque Vincenzo. Io e Cornelia ci eravamo assopite, rannicchiate su una poltrona cremisi davanti al letto. Infreddolite e stanche, risvegliate di tanto in tanto dalla voce della Margiala che imprecava contro il buon Dio o che chiedeva a gran voce di portarle altra acqua calda e pulita, e dalle grida ansimanti di Rosetta.

Il temporale si era quietato, nel frattempo, ma il cielo non aveva mutato la sua aria minacciosa e funesta. Quando correvo a riscaldare dell'acqua sentivo le voci di Giuseppe e Domenico provenire dal corridoio. Il vociare era andato avanti per qualche ora, poi anche là era calato il silenzio.

Pensai che mio cognato non doveva fare fatica a parlare con un uomo perché, in quelle occasioni, non balbettava neanche. Forse erano le donne a metterlo a disagio, e come biasimarlo, quando di mezzo c'era la Margiala?

Qualche mese prima della nascita di Vincenzo era iniziata la guerra. La chiacchiera da mercato si era trasformata in un'ombra nera che aleggiava sulle nostre teste. Ancora solo un'ombra, allora, destinata a prendere consistenze solide e farsi presenza viva.

Pochi giorni dopo la nascita di Vincenzo ci sarebbero state tante altre cose che avrebbero cambiato il corso degli eventi per sempre.

Tutto intorno a me stava assumendo nuove forme, e la scena della mia vita andava mutando i suoi figuranti. Rimanevo solo io a girare sulla giostra, a cercare di capire ancora da che parte sarei dovuta andare, ad aspettare le nuove giornate di sole.

È difficile scegliere da dove cominciare.

Dalla guerra, da Giuseppe, da Cornelia, da nostra madre, da me.

Da Giuseppe, partirò da lui.

2

Quando mio fratello le diede la notizia, la Margiala era in giardino a strappare le erbacce. Una figura alta e sottile, con i fianchi stretti e il viso che si andava con gli anni smagrendo. Il vestito era sollevato per un lembo e annodato al grembiale e lasciava intravedere le gambe esili ma muscolose, i piedi nudi ben piantati nella terra. Le labbra, anche quelle le si erano assottigliate con il tempo, percorse da piccole e sfacciate rughe che le correvano dal labbro superiore ai lati della bocca. Poiché era dimagrita, il naso appariva più puntuto e rivolto verso l'alto, ma si dice che il naso continui a crescere nel corso della vita e sia l'unica cosa ad allungarsi, a dispetto di tutto il resto che invece si accorcia inesorabilmente. Osservava con cura i cinque oleandri che avevano formato un cerchio di fronde verdeggianti. Ogni tanto scuoteva il capo come a sorridere di quel prodigio, e nei momenti di pausa lambiva con la zappa la spalla, tenendola su come fosse un fucile. Quando qualche erbaccia attirava la sua attenzione, allora si chinava con il busto e divaricava bene le gambe. Infilava la lama di ferro nel terreno e scuoteva il manico, stringendolo con entrambe le mani. La radice si sollevava e la Margiala tirava via con orgoglio l'erbaccia e la gettava in un canovaccio che aveva allargato sul terreno.

L'aria era calda e calma e la pacatezza del giardino mi trasmetteva una sensazione di quiete.

Nella mia testa di bambina, casa mia era in pace e semmai altrove ci fosse battaglia, sapevo che l'eco di quei gemiti di terrore non avevano ancora attraversato gli spessi muri che papà aveva costruito intorno a noi.

Di tanto in tanto la mamma si asciugava la fronte con il palmo della mano e con l'altra tirava indietro qualche capello che si era liberato dalla rigida crocchia. Quei sottili fili neri avevano preso a incanutirsi uno dopo l'altro. Era così difficile pensare che anche la Margiala stesse invecchiando, eppure tanti indizi potevano fornire il quadro di quel cambiamento. Non solo il colore dei capelli, ma anche le rughe sulle mani, la secchezza della pelle, squamata dal freddo e dal sole, le guance più smunte, la luce degli occhi chiari che si andava colorando di sfumature cangianti come il mare d'inverno, i seni divenuti cascanti e vuoti da quando aveva smesso di allattare Francesco.

Non che il bambino avesse rinunciato al latte, anche se era già cresciuto e mangiava come un ometto, ma la mamma era stufa di gemere dalla mattina alla sera, mentre i denti aguzzi di quel piccolo famelico le divoravano il capezzolo e rendevano le ragadi sanguinanti. Sfacciato com'era, quel furfante aveva intuito che la sua fame poteva essere saziata altrove e così Rosetta si occupava non solo di suo figlio Vincenzo, che era ancora una creatura, ma anche di quello sporcaccione del suo fratellino che non disdegnava le mammelle, grandi e ancora sode, della sorella maggiore.

«Sarai sciagurato come tuo nonno», sbraitava la mamma, imprecando contro l'indole sfacciata di quel furbastro che, a suo dire, sarebbe stata riprovevole come quella di suo suocero. Un donnaiolo impenitente, a dispetto di una moglie troppo presa dai pettegolezzi e dall'odio per tenere il marito lontano dalle gonnelle altrui.

«Fa un gran caldo oggi», esordì Giuseppe, masticando un fuscello d'erba tra i denti.

«Già», si limitò a dire la mamma.

Io mi stavo godendo pigramente il sole, seduta all'ombra dell'albero di limoni, intenta ad accarezzare Tommaso, di nuovo gravida.

«Com'è che non sei a lavorare tu?».

Mio fratello spostò qualche cumulo di terra con la punta delle scarpe, quasi imbarazzato. Masticò il filo d'erba e lo fece passare da una parte all'altra della bocca.

«Be', non hai più la lingua?»

«No, è che dovevo dirti una cosa».

«Non avrai perso il lavoro, vero?, che di guai ne abbiamo già abbastanza».

«Non è che l'ho perso. È che devo andare in un posto», e il cumulo di terra davanti ai piedi si faceva sempre più grande.

«Oh, ti decidi a parlare o devo prenderti a schiaffi?».

La Margiala aveva posato la zappa sul terreno e ora guardava suo figlio dritto negli occhi.

«È che mi sono arruolato. Vado a fare la guerra».

Il piede finalmente si fermò. Gli occhi della mamma si fecero umidi. Per un momento pensai che stesse per piangere, per urlare, per correre incontro a suo figlio e scongiurarlo di non partire.

Sarebbe stato più che naturale per una madre.

Invece non fece niente di tutto questo. Si umettò le labbra secche con la punta della lingua e fissò Giuseppe con lo sguardo vacuo, quasi a voler scolpire per bene la sua ultima immagine felice nella testa.

Lui si grattò la nuca e poi si mise le mani in tasca, conscio del dolore che stava procurando a sua madre. Avrebbe dovuto chiederle scusa in qualche modo per quella sua decisione. Dirle che gli dispiaceva che l'unico uomo rimasto in famiglia partisse per chi sa dove, a cercare di guadagnarsi un posto da eroe, ma... santo cielo, se era difficile spiegare le cose alla Margiala.

«E com'è fare la guerra?», gli domandai stupidamente.

«Non lo so ancora. Quando torno ti saprò spiegare».

In quel momento pensai che fosse naturale e ovvio che sarebbe rientrato incolume. Non immaginavo neanche che fosse contemplata la possibilità di non tornare più. Eppure avevo sentito le storie di quelli che avevano fatto la Grande Guerra. Alcuni non si erano più visti, come il nonno della mamma, disperso chissà dove.

Ma quella era un'altra faccenda. Non so come e perché, ma nella mia testa questa guerra era diversa e prevedeva un viaggio di andata e ritorno.

La Margiala osservò ancora per qualche istante Giuseppe che conversava con me, dandomi risposte di cui non era certo neanche lui. Si passò la mano sulla fronte e sugli occhi, per lenire il colpo, impugnò di nuovo la zappa e si rimise al lavoro.

Qualche giorno dopo Giuseppe partì. Era l'estate del 1941. Destinazione Taranto.

3

Il resto dell'estate trascorse secco e afoso. Si faticava a dormire la notte e mi capitava spesso di svegliarmi di soprassalto, mossa da un qualche oscuro presentimento, trasalendo per rumori immaginari. Mi quietavo quando mi rendevo conto di essere nella mia camera, insieme a Cornelia che dormiva, bellissima, accanto a me. Mi affacciavo alla finestra che dava sul cortile, sperando che qualche alito di vento smuovesse l'aria.

Erano poche, però, le notti in cui si riusciva a trovare un po' di refrigerio, e neanche gli alberi e le piante che continuavano a crescere rigogliosi in giardino avevano il potere di donare un po' di frescura.

Spcsso mi capitava di vedere la figura lunga e sottile della Margiala aggirarsi in piena notte tra le piante. Allora mi chinavo con i gomiti sul davanzale e la osservavo in silenzio. La vedevo insinuarsi furtiva tra zucchine lunghe e cetrioli, e chinarsi di tanto in tanto a strapparne qualcuno che poi riponeva nell'incavo della camiciola sottile. Avvolta in quel bianco candore sembrava più un fantasma che vagasse silenzioso alla ricerca di verdure. Ma io immaginavo che non riuscisse a quietare il suo spirito indomito, che la Margiala fosse sempre stata una creatura della notte, più simile a un lupo che a una donna. Immaginavo anche che il pensiero per le sorti di Giuseppe la corrodesse dentro, che fosse stanca di tribolare dalla mattina alla sera, in attesa solo di nuove sciagure.

Per quanto riguardava me, quella situazione aveva provocato una specie di nuova tregua nella mia battaglia personale con la mamma. In un certo senso provavo pena per la sua solitudine, una sorta di intenerimento davanti all'acuirsi delle sue debolezze. Riuscivo quasi a guardarla come si guarderebbe una madre, con lo sguardo addolcito dalla condivisione delle disgrazie. Come se l'amarezza e la colpa si fossero momentaneamente placate, non spente, ma sopite in qualche angolo del mio cuore, pronte a rintuzzarsi non appena se ne fosse presentata di nuovo l'occasione. Riuscivo a vedere nitidamente la smorfia contratta del suo viso, il modo innaturale con cui tirava energicamente i capelli indietro, gli occhi che si andavano trasformando in fredde biglie. Tutto l'insieme dava l'idea di un imminente languore. Come se la Margiala fosse sul punto di lasciar cadere la maschera, di svelare la donna segreta, la donna disperata dietro la facciata di fredda indifferenza.

I giorni passavano intanto e, nell'autunno di quello stesso anno, anche il marito di Rosetta partì per la guerra. Schivo e ombroso come sempre, salutò la moglie con le stesse parole con cui si accommiatava quando doveva andare in bottega, a lavorare come fabbro.

«Allora ci vediamo», le disse con il suo solito modo di atteggiare le labbra molli.

Mia sorella gli aveva preparato un fagotto nel quale aveva riposto qualcosa da mangiare, delle calze di lana – perché l'inverno si avvicinava – e delle maglie che ovviamente aveva confezionato con le sue mani.

«Queste ti terranno caldo», era stata la frase di saluto di Rosetta, mentre Vincenzo stringeva avidamente il capezzolo rosa tra i denti e succhiava rinvigorito.

Domenico Occhi bianchi posò i suoi occhi piccoli, allungati come due minuscole fessure ai lati della faccia, sulla scollatura della moglie, quasi a voler salutare anche quella, e se ne andò, chinando il capo in segno di addio o di arrivederci. Io e Cornelia lo osservammo a lungo, mentre si allontanava sul selciato insieme ad altri futuri eroi di guerra come lui.

«Non tornerà più», esclamò lei, tenendo le braccia penzoloni lungo i fianchi, mentre gli occhi le si riempivano di lacrime mute. Non credo che la sua commozione nascesse solo dalla vista di nostro cognato. Non era riuscito, il buon Domenico, a risvegliare molti sentimenti amorevoli nella mia famiglia e non già perché non fosse un brav'uomo ma, di indole troppo mite, passava quasi inosservato sulla terra, chiedendo quasi scusa per il solo fatto di esistere.

Era la vista di quella piccola mandria umana che si muoveva inconsapevole del proprio destino. C'era qualcosa di molto romantico e di infinitamente sensibile nell'animo di mia sorella, una punta di superiore percezione degli eventi che, ahimè, a me sarebbe sempre mancata.

Chissà cosa pensavano quei poveracci mentre lasciavano il piccolo paese nel quale si erano sentiti protetti fino ad allora, avvolti nella morbida bambagia dell'ignoranza e dell'inconsapevolezza?

La Margiala sostò qualche minuto sulla soglia, con la solita posizione di sfida, a gambe divaricate e con le braccia sui fianchi, mentre il piede destro in avanti batteva il tempo della sua indignazione.

«Ci manderanno tutti alla malora», sputacchiò fuori, lanciando un grosso fiotto di saliva per terra. «Puaff! La guerra, una porcheria».

Rosetta la scrutò di sottecchi, a redarguirla con lo sguardo che certe cose non si potevano esprimere a voce alta. Al massimo bisbigliarle e richiuderle dentro ben bene.

«Che c'è? Che venga Mussolini a dirmi di tacere», e sputacchiò ancora, lasciando che una sostanza scura e vischiosa andasse ad adagiarsi proprio a un palmo dal mio piede. Rosetta fece spallucce, tanto era inutile provare a discutere con la mamma.

Io non sapevo bene chi era questo Mussolini ma immaginavo che se tutti ne provavano timore e ne sussurravano il nome sempre a denti stretti, doveva essere un tipo che contava, uno importante. Per questo, quando mi capitava – di rado ormai – di andare a pescare al porticciolo, e qualche marmocchio mi importunava o mi dava della femminuccia dicendo che quello non era posto per me, io rispondevo di guardarsene bene dal dire certe cose proprio a me.

«Voi non sapete chi sono io?», dicevo spavalda, imitando una frase che dovevo aver sentito in qualche film al cinemobile.

«E chi saresti?», mi pungolavano quelli.

«Sono la nipote di Mussolini». Quindi mi cingevo i fianchi con entrambe le mani, come vedevo fare alla mamma quando era particolarmente contrariata. Quei fetenti scappavano a gambe levate, e così Mussolini era diventato mio amico, da tirare fuori dal cilindro all'occorrenza per difendermi da ogni possibile nemico.

Era iniziata una nuova fase per me, non più di lotta contro il mondo, un mondo che mi era parso per tanto tempo alla rovescia, e nel quale non ero riuscita mai a capire se il posto sbagliato era quello che spettava a me, o alla mamma o a tutti gli altri. Ora mi trovavo nel limbo adolescenziale in cui alla realtà si mescolavano storie fantasiose, in cui la vita di tutti i giorni veniva addobbata di pura invenzione, così fine e ben architettata che a volte faticavo io stessa a distinguere una parte dall'altra. Sogni camuffati da verità o fatti traviati e trasformati con la stessa sostanza dei sogni. Ero diventata esperta addirittura nel rievocare i morti, e nella mia testa c'era sempre posto per papà e Pietro. Alla mia destra vedevo il buon Agostino, mio padre, redarguirmi con gli occhi dolci quando ne combinavo una delle mie, alla mia sinistra il volto vispo di Pietro che mi invitava a non cedere alle fiacchezze delle femminucce. Non so se l'arte di parlare con i morti fosse un altro dei portentosi poteri da Margiala, ma alla mia età era un potente scudo contro quel che non andava nella mia vita. Se le giornate erano putride di pioggia e muffa io le trasformavo in radiosi pomeriggi d'estate, se lo specchio fumé mi diceva che le mie gambe erano tozze e grassocce, io le rivisitavo mentalmente e diventavano lunghe, sinuose e affusolate come quelle della Ferida.

Avevo anche cambiato acconciatura, perché a quell'età era troppo importante provare a piacersi. Mi ero tagliata i capelli fino alle spalle e mi ero fatta la frangetta che mi pareva esaltasse di più i miei grandi occhi marroni e tondi.

«Sembri Claudette Colbert», mi disse comare Antonietta la prima volta che feci sfoggio in pubblico della mia nuova pettinatura.

Frase che riuscì a strappare un timido sorriso anche alla Margiala. Le guardai entrambe, col volto smorfiosetto di una che stesse recuperando la stima in se stessa, pur non sapendo chi fosse quella Colbert. Se era una del cinema allora doveva essere bella. Per questo motivo, non mi separai per lunghi anni dalla mia frangia scomposta, grazie alla quale mi sentivo anch'io una diva del grande schermo.

«Diamante ha la sua bellezza», commentò invece la mamma, e nel suo sguardo lessi della complicità, persino del compiacimento. Anche lei, forse, attraversava una nuova fase della sua personale guerra contro qualcuna di noi. Aveva deposto le armi per qualche tempo e aveva capito che di gente che faceva la guerra in quel periodo ce n'era sin troppa, tanto valeva che lei vi rinunciasse.

Così né io né Cornelia fummo nel suo mirino per un po', e mi sembrava quasi di essere tornata la sua preferita, la sua Diamante, l'erede della Margiala!

4

Con l'arrivo dell'estate, Giuseppe fu mandato in licenza. Lo vedemmo arrivare ricurvo come un fagotto vuoto e ridotto a un mucchietto di pelle e ossa.

«Ma ti danno da mangiare?», fu la prima cosa che disse la mamma. Lui le sorrise, contento di essere tornato a casa. Era molto debole e si vedeva dagli occhi cerchiati di rosso che doveva essere febbricitante. Lo avevano rispedito a casa perché si rimettesse in sesto. Ridotto in quello stato, sarebbe finito morto chissà dove.

«Rosetta, raccogli delle mele renette dal giardino. E tu Diamante, delle foglie di alloro e menta. Tu Cornelia prendi il tino che abbiamo in cortile, ripuliscilo per bene che lo riempiamo di acqua fresca del pozzo».

Giuseppe era vestito di stracci laceri.

«Ma vi mandano così alla guerra?»

«Sì, mamma», si limitò a rispondere accasciandosi sulla sedia all'ingresso.

«Adesso togliamo questi cenci e ti rimettiamo a nuovo», esclamò soddisfatta, passandosi una mano sui capelli perfettamente composti e avvolgendosi le maniche della camiciola che portava rigorosamente lunghe anche in estate.

La Margiala preparò un decotto di mele renette e di foglie di alloro che fece cuocere per quindici minuti sul fuoco. Quando il liquido raggiunse un bel bollore, lo versò nella tazza, insieme a foglie di menta fresca.

«Bevilo caldo che ti rimette in sesto».

Giuseppe obbedì come un bambino e si appallottolò tutto vicino al tavolo, in procinto di cadere addormentato.

«E no. Prima di dormire facciamo scendere questa febbre». Ordinò a noi tre sorelle di andare ciascuna a fare le proprie faccende. Solo al piccolo Francesco venne dato il permesso di assistere. Quindi spogliò suo figlio, rivedendolo come non faceva da tempo, così come lo aveva fatto. Lui la lasciò fare, conscio che fosse unicamente per il suo bene.

Lei se ne stette qualche secondo immobile a contemplare come quei mesi avevano ridotto il corpo di suo figlio, forse a cercare una spiegazione per quelle guance emaciate e quel mento spigoloso, capaci da soli di spazzare via ogni frammento della bellezza di un tempo.

«Maledetta guerra e maledetto Mussolini».

«Mamma», fece lui preoccupato.

«Cosa vuoi, che ci sentano anche qua quegli sporchi fascisti? Nella mia casa?».

Lui scosse il capo e lasciò perdere, si calò tremolante nell'acqua fresca. Si rannicchiò livido per le convulsioni.

«Adesso fai l'uomo e resisti. Vedrai come la facciamo scendere la febbre. Domani sarai come nuovo», e prese a spugnare il corpo di Giuseppe con pezzuole imbevute di aceto. Quando il rito fu terminato, lo avvolse in un grande lenzuolo di lino e lo trascinò nella sua camera da letto. Avrebbe dormito lì, come il padrone di casa, accanto alla foto ormai sbiadita di nonna Diamante e a quella ancora pulsante di ricordi di papà Agostino, e accanto al cero perennemente acceso, come la memoria della Margiala che non perdeva mai un colpo.

Quella sera mi addormentai con una strana agitazione in fondo al cuore.

«Secondo te com'è la guerra?», domandai più volte a Cornelia, prima di lasciarmi andare al sonno.

Tutte le volte, però, la sua risposta non soddisfaceva le mie aspettative.

«Una porcheria», fece lei angustiata, quasi pigolando sotto le lenzuola.

«Questo lo dice sempre la mamma. Com'è secondo te?»

«Non lo so. Una cosa brutta immagino. Molto brutta».

«Sì, ma come sarà per Giuseppe? Star lì a dover combattere intendo. Dovrà uccidere altri soldati? Come sarà uccidere delle persone?»

«Ah, non dovresti pensare a queste cose. Non sono pensieri da donne».

«Solo perché le donne non fanno la guerra?», replicai alzando il tono di voce. «La mamma dice sempre che la guerra la facciamo tutti, chi a casa, chi al fronte», aggiunsi stizzita.

«Lo vedi che dovevo dirti solo che è una porcheria, anzi guarda, aggiungo una gran porcheria, così sei contenta». Fu la sua ultima risposta, prima di darmi le spalle, come a dire di non scocciarla più con le mie domande filosofiche.

L'argomento mi aveva resa inquieta, e non era solo per aver visto Giuseppe ridotto come una larva che qualcosa mi pungolava dentro, a dirmi che i conti non tornavano, che mi mancava qualche tassello in tutta la faccenda della guerra. Forse era una specie di senso di colpa, per via della mia parentela con Mussolini. Non lo avrei più tirato in ballo. Quello era certo.

Mi rizzai dal letto agitata e sudata e a piedi nudi percorsi a gran velocità le scale, rinfrancandomi al contatto della pelle con il marmo freddo. Dalla camera da letto della mamma proveniva una luce flebile che proiettava sulle pareti del corridoio ombre allungate, simili a spettri. La casa era stranamente silenziosa e persino Francesco dormiva beato.

Mi affacciai alla porta, per osservare il corpo inerte di mio fratello. Era così diverso dal giovane baldanzoso e schietto per cui avevo provato tante volte autentica invidia. Ora se ne stava accovacciato come un bambino che avesse appena ricevuto delle bastonate, provato dalla malattia e dalla sorte che lui stesso si era cucito addosso. Scostai lo sguardo verso il macabro altarino che mi incuteva sempre un po' di terrore e scrutai la sagoma della mamma. Non avevo notato che non era sdraiata accanto a Giuseppe. Anche lei rannicchiata, ma sulla poltrona che teneva ai piedi del letto. L'aveva spostata verso l'inginocchiatoio.

Indossava ancora l'abito nero, lungo, che aveva tenuto durante il giorno, con i risvolti della camicia sollevati ancora fino ai gomiti. Notai che teneva una mano sotto la coscia, come facevo sempre anch'io per dondolarmi prima di addormentarmi, e con l'altra si era portata al petto una foto. Spostai gli occhi verso l'altarino e notai che la foto sbiadita di nonna Diamante era lì a scrutarmi con le mani alla cintola e gli occhi guizzanti, come fossero vivi e potessero ancora lanciare sentenze e saette.

Teneva stretta la foto di papà. Una ciocca nera e argentata di capelli le scivolava su un seno e copriva parte della cornice. Di tanto in tanto le labbra erano scosse da movimenti brevi e rapidi, quasi bruschi nella loro intermittenza. Forse stava parlando nel sonno con qualcuno, forse con Agostino, forse andava a trovarla nei sogni.

Tra una parola e l'altra i denti torturavano il labbro inferiore, bianchissimi, lucenti sotto la luce flebile del cero acceso.

Provai tanta tenerezza per lei in quel momento. Nessuna rabbia, nessun odio, nessuna guerra personale perché non ero la signorina dabbene che lei si aspettava che fossi, perché non stendevo i panni per il verso che lei voleva, perché non lavavo i piatti nell'acquaio secondo il suo preciso rituale, sempre uguale. Nessun rancore per le regole assurde con cui faceva da reggitrice al suo piccolo mondo. Tra lei e me, in quel momento, correva solo un conflitto d'amore.

Non ho mai dimenticato quell'immagine di mia madre e neanche le lacrime sottili che presero a rigarmi il volto, senza che le volessi, mentre cercavo di ricacciarle indietro, nel punto preciso della gola da cui le sentivo risalire rapide. Avrei voluto vedere sulle spalle le sagome evanescenti dei miei due angeli morti, mentre mi sussurravano alle orecchie, l'uno a dirmi di essere forte e l'altro a raccontarmi qualcuna delle sue storie sul mare o a intonare un motivetto scanzonato. Controllai da una parte, poi dall'altra, alla ricerca della voce di Pietro e del papà, ma per quella volta anche loro erano stanchi di mentire.

5

Due giorni dopo Giuseppe si era rimesso perfettamente e, nonostante la magrezza eccessiva, il suo aspetto aveva già cambiato colori e sorti.

La Margiala era bravissima nel preparare unguenti e decotti dal potere salvifico. Mi aveva mandato solo un paio di volte dal droghiere, a cercare delle erbe per me dal suono impronunciabile: *cardam*, *cardamomo*, non ricordo più e non sono mai stata brava come lei in queste cose. Tutto il resto proveniva dal suo giardino speciale che ai miei occhi appariva come il fantastico chiostro officinale, l'*herbarium* magico di qualche sparuto convento del Seicento. La mamma mi aveva raccontato spesso che le suore erano brave in quelle cose e conosciute per le proprietà medicamentose delle loro erbe essiccate. Che un tempo guarivano le persone con le loro speciali mescite. In paese, però, erano in pochi quelli che usufruivano dei servigi delle suore del Sacro Cuore. La saggezza popolare portava a riporre maggiore fiducia in una del popolo, e la mamma si prestava benissimo allo scopo.

Quella mattina c'era un'incombenza seria da svolgere in casa, un impegno ai miei occhi odioso, e l'unica fortuna era che le regole della Margiala imponevano che si ottemperasse a quella mansione solo una volta l'anno, quando il sole era già tiepido e accogliente, ma non troppo da infuocare ogni cosa. Perciò quello era il periodo perfetto per la mamma, perché al mattino presto si poteva godere ancora di qualche rigenerante buffo di vento e la sera la pelle continuava a incresparsi sotto gli effetti della brezza che veniva dal mare. Il momento ideale per strigare, matassa dopo matassa, tutti i bioccoli di lana che riempivano guanciali e materassi della casa.

La Margiala andava fiera di quella lana, perché faceva parte del suo corredo, e suo padre aveva faticato sette camicie per dotarla di tutta quella gialla lanuggine.

Era un'operazione molto faticosa, per la quale occorrevano giorni e giorni di lavoro, e che ci costringeva a rimanere chine sul pavimento per ore interminabili.

Avrei preferito sferruzzare dalla mattina alla sera, perdendo la vista, piuttosto che piegarmi a un'angheria del genere, ma la mamma ci ripeteva sempre che si trattava di un'operazione importantissima, se si voleva evitare che la lana si rattrappisse tutta in grumi duri e dolorosi per il corpo.

Immagino che non fosse per puro sadismo che la Margiala tirasse fuori quella spiegazione, e probabilmente c'era davvero un fondo di verità in tutta la faccenda.

Fatto sta che la odiavo, nel modo più puro e semplice in cui si possa odiare qualcosa.

«Inizieremo dal mio materasso che è quello più grande», esordì annodandosi un fazzoletto nero alla nuca.

Rosetta aveva adagiato il bambino sul pavimento e, mentre il piccolo si lanciava nelle esplorazioni di quella strana stanza, lei poteva aiutarci con le sue braccia forti. A dirla tutta, quella che aveva le braccia più nerborute ero io, ma mi mancava la forza per fornire un contributo serio.

La Margiala aveva disposto sul pavimento tre grandi teli di cotone, nei quali avremmo dovuto raccogliere tutta la lana estratta. Era un'impresa tenere fermo Vincenzo e impedire che si rotolasse tra quelle lenzuola.

«Giuseppe, vieni a prendere il bambino», sbraitò la Margiala, già spazientita.

E così mio fratello, che si stava già occupando di Francesco, si allontanò dalla stanza con un altro marmocchio attaccato alle gambe, nel modo goffo con cui gli uomini inesperti maneggiano i bambini. Probabilmente maledisse la sua guarigione o il fatto di essere tornato a casa, ma doveva certo immaginare che la Margiala ne aveva per tutti e che a casa nostra l'ozio non era contemplato.

«Tu Rosetta, afferra un lembo, tu Cornelia l'altro, Diamante vieni dalla mia parte, al mio via solleviamolo tutte insieme».

Il telo era pesantemente ricurvo verso il pavimento e le mani dovevano appigliarsi forte ai lembi di stoffa per evitare il danno di far scivolare tutta la lana riposta nell'involto. Così pesante e ingombrante andava trasportato in terrazza, perché strigare la lana era un'operazione da fare all'aria aperta, non certo a casa, per non riempire ogni mobile e suppellettile di pulviscolo pruriginoso.

Uno dopo l'altro, trascinammo a forza cinque grandi teli ricolmi, prima di poterci riposare e sorseggiare una limonata che la mamma aveva spremuto al mattino e lasciato in cantina a rinfrescare. La bevemmo tutta d'un fiato, lasciando che rivoli di acqua e limone ci scivolassero lungo gli angoli della bocca, il collo e i vestiti, fino ai seni e alla pancia.

Fu in quel momento che lo sentii.

Una vampata di calore e un dolore acuto al ventre. Mi piegai con le braccia riposte sul pube, da dove sentivo nello stesso tempo qualcosa risalire e qualcosa scendere. Poi crampi, uno dopo l'altro, come se qualcuno si stesse divertendo a squartarmi le budella e ad attorcigliarle in miriadi di modi insopportabili.

«Cos'hai?», mi domandò Cornelia, preoccupata. Allargai la bocca in segno di dolore, incapace però di pronunciare ancora qualche sillaba, sopraffatta da una sensazione tutta fisica di dolore insopprimibile.

«Diamante, le cosce», fece Rosetta, e la mamma, china sul telo dall'altra parte della terrazza, quella vicina alla paratia, si voltò a scrutarmi, poi esplose in una risata chiassosa.

«Ah, anche la nostra piccola Diamante è diventata una donna».

Osservai schifata il sangue denso che scavava canali scuri nella mia pelle rosata, quindi allargai le gambe e con disgusto notai che la mutandina bianca era stata macchiata da un'unica grande chiazza di un colore rosso acceso.

«Ho avuto le mie regole», ansimai preoccupata.

«Niente di grave. Succede a tutte le donne», concluse la mamma.

Scambiai uno sguardo complice con Cornelia che mi aveva preparata a quel momento, e un senso di soddisfazione mi travolse perché quell'evento significava che a tredici anni avrei dovuto cominciare a pensare a me stessa come a una donna. Dall'altra, però, l'idea del dolore fisico mi paralizzava la mente e la testa, e mi sarebbe piaciuto capire meglio a che scopo eravamo state create così, a che scopo il dolore, a che scopo che il sangue fuoriuscisse proprio di lì.

Erano domande che non avrei potuto rivolgere alla Margiala. Per lei era un semplice momento di trapasso, e qualsiasi altra spiegazione sarebbe venuta dalla vita, con il tempo.

«Vai a lavarti, poi apri i cassettoni della mia camera e tira fuori quei grandi teli bianchi che trovi nel secondo cassetto, avvolgiteli intorno alla tua cosa e fermali con due spille da balia. Per sicurezza mettine due di teli, perché il primo ciclo è molto abbondante. Poi preparati un decotto caldo, con del prezzemolo, e stenditi da qualche parte, magari sotto il portico, che i materassi sono tutti in disuso».

Non ero sicura di avere appreso con sufficiente rapidità tutti i ragguagli della mamma, ma ero sicura del secondo cassetto, dove avrei trovato i teli di candido cotone. Quelli avrebbero fermato l'emorragia, credo, o forse non si sarebbe fermata affatto e quelli servivano solo a non sporcare ovunque.

Mentre scendevo le scale, con le mani che stringevano il vestito tra le cosce, mi vennero in mente decine di altre domande che avrei dovuto porre e che solo ora, dopo il frastuono dell'evento, mi stavano balenando in testa.

"Quanto tempo dovrò continuare a sanguinare come una cagna ferita? Come faccio a capire quando cambiare il telo assorbente? Come faccio a sapere quanto sangue ho perso? E ancora, quante volte dovrò aspettarmi questo supplizio?".

Scossi la testa, tanto il tempo per domandare a Rosetta lo avrei avuto più tardi. Intanto le mie regole mi avevano permesso di saltare il primo giorno di fatica e questo mi mosse al buon umore.

«Ah, la nostra Diamante si è fatta grande!», borbottò Giuseppe, intento a far scodinzolare in giardino i due marmocchi.

«Ah, ah, ah», gli risposi sghignazzando, punta dall'imbarazzo.

Quindi anche lui sapeva. E chi gliene aveva parlato? Anche gli uomini avevano le regole? Non potevo mostrami così sprovveduta davanti a lui e quindi finsi di sapere già tutto e di essere conscia di quel che mi fosse accaduto.

«Sai che vuol dire?», continuò poi con un sorriso beffardo.

«Certo che lo so!», ma avrei voluto rispondere tutto il contrario, spiegargli che la mamma e Cornelia si erano limitate a dirmi che quello era il traguardo dell'infanzia, che dopo quel giorno si diventava grandi. Ma neanche Cornelia sapeva molto più di questo. Avrei potuto domandare a lui, farmi spiegare ogni cosa, in fondo lui era già adulto, stava facendo anche la guerra.

«E sai anche cosa non dovrai mai fare da adesso in poi?».

Il suo sguardo si faceva sempre più ironico e pungente. Lui sapeva ogni cosa e stava ridendo di me, perché doveva essere perfettamente consapevole che io fossi all'oscuro di tutto.

«Certo che lo so. Cosa credi? Sono grande ormai».

Mentre gli parlavo, sentii il palmo della mano completamente bagnato. Dovetti abbandonare la conversazione, assalita dalla vergogna, mentre per il dolore mi mordevo l'interno della guancia. Lasciai mio fratello in giardino, intento a veder trotterellare i due piccoli tra una pianta e l'altra, di nuovo con l'aspetto radioso di un tempo, con il colorito rosato e gli occhi azzurri che gli scintillavano come tante squamette di pesce.

6

Il sorriso sardonico di Giuseppe mi perseguitò per altri due giorni, ma io ero troppo presa dai crampi lancinanti, dal dolore sordo che andava al di là di ogni mia immaginazione. Forse era proprio quella soglia acuta di sofferenza fisica, pensavo, a decretare il passaggio dalla fanciullezza all'età adulta.

Non riuscivo a smettere di frignare in silenzio, nonostante la voce di Pietro fosse tornata a spronarmi, a supplicarmi di reagire, mentre quella conciliante di papà mi sussurrava di abbandonarmi alle mie emozioni.

«Ho un favore da chiederti», esordì mio fratello alla terza mattina di sofferenza, mentre la Margiala e le altre erano chine, intente a strigare matasse, a rigirarle per bene al sole, prima di rimettere la lana esattamente nel posto da cui era stata estratta.

«A me?», chiesi dimenandomi su una sedia con le mani alla pancia, dolorante nonostante le tazze di decotto che mi ero già scolata.

«Devo darti questa», fece mostrandomi una lettera. «Dovresti consegnarla ad Anna».

Questa volta era il mio sguardo a essersi fatto beffardo.

«Dài, non rompere, fallo e basta. E bada che è chiusa. Non devi assolutamente leggerla».

Nei suoi occhi c'era il non so che dell'espressione del fratello maggiore, quell'espressione insieme di sfida e di supremazia, l'oltraggiosa strafottenza con cui lui dichiarava di essere l'assoluto dominatore su di me, per via del sesso, della sua età, perfino del fatto che era andato in guerra e che ci sarebbe tornato presto.

Quando strinsi la lettera tra le mani, lui scrollò le spalle, con un tipico gesto liquidatorio, da uomo, conscio che avrei fatto quel che mi aveva chiesto. Si allontanò ancora con lo stesso sorrisino sulle labbra e tornò alle sue mansioni da balia, panni nei quali evidentemente si era calato alla perfezione in quegli ultimi giorni, perché si gongolava beato al sole, soddisfatto del totale controllo che era riuscito a esercitare sui due monelli. Quei due furfanti pareva sapessero benissimo chi era destinato a comandare nella vita, poiché degnavano del minimo conto gli ammonimenti miei e di mia sorella, mentre invece pendevano dalle labbra di Giuseppe.

Avrebbero ammazzato per provare un suo cappello o indossare un suo scarpone, per finire carponi e procurarsi un bel bernoccolo. Giuseppe era già l'uomo da emulare, il bel ragazzo da cui trarre ispirazione.

Feci finta di aprire la busta, passandomi la lingua sulle labbra, come un gatto in procinto di agguantare un topo. Si voltò a osservarmi di sghimbescio, con un volto di sfida. «Provaci, provaci soltanto!», mi stava sussurrando con gli occhi, fino a quando non abbassai lo sguardo, come a dirgli che aveva vinto. Sapeva benissimo che sarei andata di filato a casa di Pietro, a consegnare la missiva a quella sua strana sorella dai capelli rossi, che ci sarei andata subito anche, tenendomi la pancia tra le mani, come fosse un budino in procinto di spappolarsi. Ma su una cosa si sbagliava: che non avrei aperto la busta. Avrei compiuto quel gesto orrendo, sì, forse per via di quella natura malvagia che di tanto in tanto prendeva il sopravvento su di me. Come quando avevo calpestato quell'innocua lucertola al canalone, o quando avevo provato a sbirciare attraverso gli scuri la mamma e il papà in camera da letto.

C'era sempre un punto duro in fondo al mio cuore, il germe di qualche gesto perfido o avventato, nonostante i riccioli ormai ordinati e irreggimentati e la frangia alla Colbert.

Io avevo frequentato la scuola fino alla seconda elementare e le mie conoscenze sulla lingua italiana erano sufficienti per decifrare la scrittura di mio fratello che, a differenza mia, era arrivato fino alla terza. Poi non ne aveva più voluto saperne di studiare e si era messo a lavorare con papà.

Sgattaiolai nella camera da letto padronale, dove sapevo che avrei avuto qualche momento di pace, alla flebile luce del cero acceso, sull'inginocchiatoio.

Mi piegai, mentre davanti a me le foto di nonna Diamante e di papà mi fissavano.

«Cos'hai da guardare?», bisbigliai alla caporalessa, che pareva sempre in procinto di trafiggere qualcuno con quegli occhi da vipera che immaginavo verdi come le ortiche. Mi voltai verso Agostino, sperando che lui almeno avrebbe commiserato la mia curiosità.

La grafia era piuttosto tremolante. Chissà quanto tempo aveva impiegato Giuseppe a intingere il pennino nell'inchiostro, a evitare di riempire di schizzi il foglio, a disegnare una lettera dopo l'altra, mentre con il pensiero si concentrava su quel che la testa o il cuore gli suggeriva di dire. Non avevo mai letto le parole che, immaginavo, gli innamorati dovessero scambiarsi e neanche riuscivo a pensare a mio fratello innamorato. Lui che portava addosso la perenne aria strafottente di Agostino Valenti, che incrociava le braccia, appoggiato al muretto di una casupola bassa, in piazza Umberto, mentre proiettavano un bel film, passandosi lo stecchino da un lato all'altro della bocca, imitando le medesime pose artistiche e finte che erano valse a papà l'appellativo del fascinoso Osvaldo.

Adesso era lui Giuseppe Valenti e non aveva bisogno di scrivere a una ragazza con il viso lentigginoso e la chioma che parlava da sola.

Non ero abituata a leggere frasi come "Ti penso sempre". "Vorrei stringerti a me", "Vorrei non partire più per la guerra".

Mi sentii avvampare, mentre sbirciavo in modo oltraggioso tra i sentimenti di mio fratello. Provai una strana invidia per la sorella di Pietro e mi domandai se mai un giorno un ragazzo avrebbe scritto quelle parole a me. "Me ne infischio", masticai poi a denti stretti. Avevo giurato di non sposarmi mai e, perdio, non mi sarei sciolta come un budino sfatto davanti a qualche parola mielosa.

"Vorrei non partire più per la guerra", era la frase che ricorreva di più.

Perché? Per non doversi più staccare da lei? O perché forse si era reso conto anche lui che la Margiala aveva sempre avuto ragione, che la guerra è solo una grande porcheria?

Riposi la lettera in fretta e tentai con la saliva di richiudere la busta, ma l'impresa non riuscì. Pensai che non aveva più importanza ormai, che tanto Anna non c'avrebbe neanche fatto caso, presa come sarebbe stata a riempire la pagina di sospiri e di lacrime. Raccolsi qualche limone maturo dal giardino e delle pesche. Preparai una sporta e salutai Giuseppe, incurante della cosa orribile che avevo appena fatto.

«Ho vinto io», avrei voluto bisbigliargli, mentre mi lanciava ancora quel suo sguardo di sfida e insieme di gratitudine.

«Torno subito. Vado dove sai tu», lo salutai con indifferenza.

Quella sera i materassi furono di nuovo ricolmi di lana, belli duri e imbottiti. Parevano più gonfi di due spanne quando la lana era stata strigata bene.

Il mattino dopo Giuseppe partì e la nostra vita piombò di nuovo in quella anomala monotonia che si era fatta incalzante in quell'ultimo anno, come se il tempo fosse sospeso a mezz'aria in una dimensione strana, che non pareva né di sogno né di realtà. La guerra arrivava alle nostre orecchie a sprazzi, perché la Margiala evitava di farci uscire e preferiva sempre fare lei le commissioni.

Era un modo per proteggere il suo mondo, per proteggere le sue regole, senza le quali non avrebbe più sentito di avere il controllo almeno sulla sua casa e sul suo giardino. Nel regno della Margiala imperava una sorta di beata indifferenza, mista alle quotidiane preghiere perché Giuseppe tornasse incolume.

Non so se anche Rosetta pregasse per suo marito e nessuna di noi osava domandarglielo. In fin dei conti non so neanche se si poteva provare rammarico o amore per un uomo che ti aveva sposata in quel modo. Forse, da un certo punto di vista, sperava persino che Domenico Occhi bianchi la guerra se lo portasse via, così avrebbe potuto descriverlo a suo figlio come un eroe, invece che come un rapitore di fanciulle.

Solo quando razionarono gli alimenti e la farina iniziò a scarseggiare, la guerra si fece per noi una nemica reale, subdola e portatrice di povertà. Fino ad allora l'avevo vista così lontana dalle nostre vite, quasi innocua.

Solo quando iniziò a toccarci la pancia, anch'io cominciai a odiarla, nel modo profondo in cui la odiava la Margiala, e smisi di chiamare in causa Mussolini quando avevo bisogno di parenti forti da tirare in ballo per difendermi.

7

Noi bambini vivevamo tutto come un gioco e, anche se i racconti dei vecchi sulla Grande Guerra avevano riempito spesso le nostre serate d'infanzia, erano rimasti sempre e solo quello per noi, racconti. Il nonno di Pietro ci aveva narrato tante volte la sua guerra, ma lo aveva fatto nel modo ironico che gli era congeniale. Si lamentava del pessimo cibo, dell'acqua contaminata che erano costretti a bere, della dissenteria e delle volte che dovevano farla con il didietro di fuori, esposto come macabro premio a mosche e zecche. Non c'era cenno, nelle sue storie, alle bombe, alla morte e all'ignominia che ogni guerra portava con sé. Quando io e Pietro, da piccoli, pensavamo alla guerra, ci immaginavamo una lunga fila di lune tonde e bianche, cosparse di punture di ogni genere di insetto. E ci veniva da ridere. Ridevamo di gusto, pensando alla guerra, innocentemente ignari di cosa nascondesse davvero dentro le sue lunghe spire.

Persino quando si seppe dei morti, la cosa non ci toccò più di tanto. Erano morti lontani, morti al fronte. L'idea che la morte si facesse viva nella mia casa, che colpisse Giuseppe, neanche mi sfiorava. In un certo senso poi, averla già incontrata così precocemente nella mia vita, mi aveva persuasa di esserne diventata immune.

“Mi ha già toccata, l'ho già guardata in faccia. Ne ho sentito il brivido lungo la schiena. Non mi toccherà più”. La morte si era trasformata essa stessa in un potente amuleto.

Io non ne sapevo niente di quella guerra. Non ne sapevano niente neanche Cornelia e Rosetta. E la Margiala, se ne sapeva di più, faceva a meno di discuterne con noi. Le donne non parlavano a quei tempi dei loro uomini al fronte. Le si vedeva sedute sull'uscio di casa a lavorare a maglia, a confezionare calze e maglie calde per il fronte, sciarpe e cappelli. Giorno dopo giorno, fino a quando non avrebbero dato la notizia della fine. Tutti stavano in silenzio però. Al mercato il chiassare scomposto si era trasformato in un sommesso rumore di voci appena sussurrate. I vecchi venditori sussurravano, perché erano tristi e stanchi, non avevano voglia, loro, di vederla quella nuova guerra. Le madri di famiglia sussurravano. Era il rispetto che le portava a farlo. Chi se n'era andato, non era certo che sarebbe tornato. E allora non c'era voglia di parlare, neanche di mercanteggiare. Si comprava il necessario. La merce scarseggiava, il cibo scarseggiava, ma non importava, era sempre meglio star là che al fronte, dicevano i vecchi e le massaie. Si parlava a bassa voce persino in casa, nel timore che ci fossero occhi e orecchie nemici a fissarci e ad ascoltarci. Quando comare Nenna, comare Antonietta e comare Nannina venivano a trovarci, di pomeriggio, ci sedevamo tutte all'ingresso, vicino al mobile color amaranto. Rosetta predisponeva a cerchio le sedie impagliate e io sedevo dalla parte che dava sulle scale, così da potermi alzare con maggiore facilità quando occorreva. Tutte tiravano fuori dalla borsa un lavoro a maglia da terminare.

Se Vecchia Scoreggia iniziava una delle sue storie sciagurate su qualche poveretto che aveva rimesso la vita al fronte, la Margiala alzava svelta la mano destra. In quel gesto c'era rabbia, l'aria stessa smetteva di volteggiare leggera davanti alla sua mano. I respiri si quietavano, persino le mani, svelte nello sferruzzare, si fermavano in quell'istante. Vecchia Scoreggia mi guardava, poi guardava tutte le altre e capiva di dover tacere. Che non era affare di donne parlare di quelle cose. In certi momenti, però, mi assaliva la curiosità di sapere, il gusto sadico di toccarla da vicino, quella sporca cosa che era la guerra, ma la Margiala me lo avrebbe sempre impedito. E se non con le parole, senz'altro con la forza del pensiero.

Gli anni della guerra, furono perciò per me gli anni della grande attesa, delle giornate a lavorare a maglia, delle corse al mercato taciturno e assorto, dei pomeriggi tra comari a parlare, se proprio si doveva, di tutt'altro. Si passava più tempo insieme. Questo lo ricordo bene. La gente aveva bisogno di sentirsi unita più che mai. Lo spirito del gregge accomunava donne, vecchi e bambini. Il gregge rendeva più forti. Niente avrebbe potuto farci del male se fossimo rimasti uniti. Ogni giorno, ogni mese, ogni anno poteva essere quello buono.

«La guerra è finita», sussurrava una voce nella mia testa, quando la mattina mi svegliavo. Perché anche se non la conoscevo da vicino volevo che finisse. Volevo che Giuseppe tornasse, che persino Domenico Occhi bianchi tornasse. «Perché non stamattina?», mi ripetevo e già mi immaginavo Vecchia Scoreggia correre all'impazzata per la strada a gridare a tutto il paese che le bombe non ci sarebbero più state, che i mariti, i figli, i nipoti sarebbero presto tornati. Allora il gregge si sarebbe messo in moto, si sarebbe rimboccato le maniche e avrebbe preso a lavorare gomito a gomito, per ricostruire tutto e per dimenticare la follia che aveva contagiato le menti dei ricchi e dei potenti. Noi, il gregge, potevamo solo aspettare. Aspettare e sperare che, al risveglio, quella fosse la mattina giusta.

PARTE SETTIMA
LA BALERA

1

Estate 1947

«Dài, aggiustami il fiocco».

«Il fiocco sta benissimo. Piuttosto, la gonna mi stringe troppo sui fianchi, vero?»

«Magari li avessi io i tuoi fianchi. Sono secca come un chiodo».

Guardai Cornelia in modo civettuolo, mentre ci ammiravamo al grande specchio fumé della camera padronale, io vezzeggiandomi per i miei fianchi rotondi e lei sollevandosi con le mani i seni piccoli.

«Ridammi qui la borsetta, brutto furfante», inveì a un certo punto contro quel diavolo di Francesco. Si era fatto tanto furbo quanto scellerato, quel nostro fratello minore. E se il suo aspetto non aveva del tutto abbandonato quello innocuo delle femminucce o degli angeli, non si poteva dire la stessa cosa del suo temperamento, cosa che trapelava da uno strano scintillio malefico dei suoi occhi, piccoli e duri come quelli di un animale selvatico. Aveva appreso presto a rubare. E se prima si trattava di un pomodoro o di una rapa, crescendo, la sua arte si era affinata e Francesco tornava a casa con tutto quel che gli capitava a tiro durante il suo vagabondare per il paese. Non c'era verso che la Margiala riuscisse a tenerlo fermo in casa, quel girovago senza patria e senza Dio – era così che lo chiamava la mamma – disperata che quell'ultimo frutto fosse nato così alla rovescia.

«Dovevo saperlo io da quando succhiavi le mammelle di tua sorella, che saresti stato uno sciagurato».

Una volta la mamma gli aveva lasciato il segno, riempiendolo di botte e procurandogli una cicatrice lunga e indelebile sulla fronte.

«Così te le ricordi, le zucche che hai rubato», inveiva su di lui, con la furia di cento uomini. Cosa dovesse farsene poi lui di quelle zucche, proprio non lo immaginavamo. Era questo che faceva impazzire ancora di più la Margiala, rubare non per necessità ma per il semplice gusto di farlo.

Un'altra volta, non contento delle botte che aveva ricevuto, si era presentato a casa con una bicicletta, più alta di lui di diverse spanne.

«E questa dove l'hai presa?»

«L'ho trovata», si giustificò con la faccia d'angelo, ancora con la cicatrice visibilmente rossa e fresca.

«E da quando in qua si trovano le bici?».

Lui fece spallucce, incurante della disperazione di sua madre.

«Bada di riportarla al padrone prima che te ne disegni un'altra di cicatrice, ancora più grossa», urlò brandendo un bastone, con la voce secca e precisa, dura come il becco di un picchio. Quando si indignava così tanto, gli occhi si allungavano ai lati della faccia e si tingevano di sfumature più scure, di pari passo con l'intorbidirsi della sua anima. Due puntine metalliche in un mare lattiginoso.

«Va be', se è quello che vuoi. Tonino il lungo, però, ce l'ha una bicicletta così», azzardò a mo' di replica.

«Non mi frega un fico secco di Tonino il lungo. Quello

là ha anche un padre che riempie la pancia a moglie e figli e che si può permettere anche di comprare una bicicletta».

«Non è colpa mia se io un padre non ce l'ho», replicò facendo ruzzolare un sasso con la punta sbiadita della scarpa. La risposta della Margiala fu secca e più sonora delle parole. Un ceffone tronfio, dritto sulle guance del suo faccia d'angelo.

«Bada di non nominare tuo padre che era un brav'uomo e sarebbe morto di crepacuore a vedere che razza di figlio aveva messo al mondo».

Le parole arrivarono dopo le mani, più meticolose e prive ormai di rabbia, perché quando la mamma colpiva con quella forza, pareva scaricasse tutta l'indignazione accumulata dentro, poi si afflosciava come un sacco ormai vuoto e recuperava la solita compostezza.

Francesco continuava a massaggiarsi con una mano la guancia dolente, mentre con l'altra riportava la bicicletta che aveva trovato – non si sa dove – al suo legittimo proprietario.

«Tonino il lungo ce l'ha una bicicletta così», mugugnava come un neonato, mentre si allontanava verso piazza Umberto. Era lì forse che l'aveva rubata, dalle bici che gli anziani lasciavano incustodite tra le aiuole, quando si intrattenevano per le loro ciance quotidiane, o quando entravano al bar di Riccardo a bere un buon caffè e a mordicchiare una pasta ripiena.

Quanto a Tonino il lungo, poi, si trattava del figlio del macellaio, un ragazzo alto e smilzo, pallido come la luna. Da piccolo aveva contratto la poliomelite e zoppicava da una gamba che era anche visibilmente più debole e smunta dell'altra.

Aveva due anni più di Francesco e anche qualche soldo

in più nei pantaloni, con il quale poteva almeno superare il senso di inferiorità per i marmocchi svelti e veloci come lepri nelle corse per strada. Lui poteva solo starli a guardare e tutt'al più fare l'arbitro, quando occorreva. Le corse lui poteva scordarsele per tutta la vita, al massimo si concedeva qualche svelta camminata strascicando la gamba smilza dietro il passo veloce dell'altra.

A sentire mio fratello, c'era sempre qualcuno che ne aveva più di lui: di soldi, di cose da mangiare, di vestiti, di scarpe, di aria da respirare.

Come diceva la Vecchia Scoreggia, era così che venivano su i bambini cresciuti senza un padre. Se avesse potuto, la Margiala si sarebbe scagliata anche su di lei con un sonoro ceffone, ché di problemi e grattacapi quel figlio gliene dava già abbastanza, con il pensiero spinoso che magari un giorno sarebbe finito a fare davvero il delinquente e a derubare la gente, e magari si sarebbe beccato una pallottola dritto in testa, per la sua dissennatezza.

Certe volte meditavo sul fatto che un qualche demiurgo con la mania del contrappasso avesse ordito per far mettere al mondo alla Margiala quel figlio alla rovescia. La prova vivente che anche nel regno di mia madre le cose non giravano sempre nel verso deciso da lei.

Quando Francesco riconsegnò la borsetta a Cornelia, l'aveva già svuotata di tutte le lire che tintinnavano dentro, con la sveltezza di una gazza ladra.

«Sei un piccolo delinquente tu», inveì infuriata mia sorella, «e di delinquenti è pieno il mondo. Sono ovunque, fastidiosi come la sporcizia».

Nulla però sembrava toccare o ferire il piccolo faccia d'angelo, cresciuto a modo suo, incurante delle regole che regnavano nella nostra casa. Come certi arbusti che, in mezzo ad altre decine tutte ritte, seguono un proprio corso, del tutto traviato da quello degli altri, pur nascendo dallo stesso identico seme, pur se innaffiati con la stessa cura, riscaldati dallo stesso sole e bagnati dalla medesima pioggia.

«Ci farai arrivare tardi», mugugnai io, mentre davo gli ultimi ritocchi all'acconciatura. Da un po' di tempo mi ero liberata della frangia alla Claudette Colbert, troppo sofisticata – mi ero detta – per la mia natura. I riccioli castano scuro mi lambivano le spalle e per mantenerli decorosamente rigidi li riempivo di brillantina.

La prima volta che ero uscita di casa per andare dal droghiere e poi alla fontana, il signor Aldo, il droghiere appunto, mi aveva detto che assomigliavo a Luisa Ferida.

«Sembri proprio Lucrezia», mi aveva detto, riferendosi alla contadina interpretata dalla Ferida nel *Salvator Rosa*. La cosa mi aveva riempito di orgoglio, perché se della Colbert non conoscevo neanche il volto – ma il nome mi faceva immaginare una bellezza sofisticata e secca – della Ferida sapevo tutto, e non perdevo occasione di andare a vedere un suo film, soprattutto da quando, dopo la guerra, proprio sulla strada di casa nostra era stato aperto il cinema Carella – una vera e propria rivoluzione nel mio paese – che si era sostituito ai cinemobili del regime e alle pellicole di vecchia data che ogni tanto proiettavano all'oratorio, e alle quali a me e a Cornelia era categoricamente proibito andare.

«Tutte scuse per toccare le cosce alle ragazze», sbraitava la mamma, quando ci provavamo. Al cinema Carella, invece, ci veniva anche la Margiala, e la Ferida piaceva pure a lei, così come le piaceva vedere Valenti che, ogni volta che ritrovava sullo schermo, le riempiva gli occhi di lacrime trattenute, perché le tornava alla mente la buon'anima di suo marito.

Cornelia indossava un abito rosa con le maniche a sbuffo, stretto in vita e un po' scollato sulla schiena. Io invece una camicia a pois e una gonna nera che metteva in risalto i miei fianchi, da contadina Lucrezia. Cornelia era rimasta secca come un chiodo, affusolata come una bellezza nordica, dalla carnagione chiara e rosata. Due labbra di pesca morbide e carnose erano l'unica parte pronunciata del suo corpo. Si lamentava dei seni piccoli e, ora che eravamo entrambe donne, aveva trovato lo stratagemma di infilare nel reggiseno dei mucchietti di cotone, così da dare più volume agli scolli.

Ovviamente di nascosto dalla Margiala.

Nessuno ci avrebbe scambiato per sorelle, ma sin da bambine io ero sempre stata l'unico neo della nostra famiglia e crescendo le cose non erano cambiate.

A diciotto anni non avevo perso i miei chili di troppo e neanche il gusto per il cibo. Avevo solo appreso che non sempre la rotondità è una cosa negativa, così, se non amavo moltissimo le mie gambe tornite e muscolose, trovavo molto piacevoli i miei seni morbidi e budinosi.

2

La taverna di comare Antonietta si prestava a svolgere l'allegra funzione di improvvisata balera ed era quanto di più eccitante potesse capitare a due giovani donne come me e Cornelia.

I motivi per festeggiare potevano essere tanti e il fatto che la gente si fosse tolta di dosso finalmente la puzza della guerra e forse della fame non era di certo il meno importante. In un certo senso l'atmosfera di gioia si respirava più forte rispetto a un anno prima, perché a poco a poco quelli che c'avevano rimesso un figlio, un marito o la casa cominciavano a rialzarsi.

Giuseppe era tornato da quella dannata guerra sano e salvo e così pure Domenico Occhi bianchi, per la felicità o meno di mia sorella. Mio fratello non era cambiato, né nell'aspetto né nel temperamento. Era solo contento di stare di nuovo a casa e di non parlare più di tutta quella maledetta faccenda. La Margiala, dal canto suo, non aveva chiesto nulla e d'altronde, una che amava i silenzi come lei, non poteva non mostrare rispetto per quelli altrui. Noi altre ci eravamo semplicemente adeguate al fatto che la vita andava avanti più o meno nello stesso modo. Per quanto riguardava poi il buon Domenico, non ci si accorgeva neanche che fosse al mondo. Due giorni dopo il rientro si era rimesso a lavorare alla bottega, insieme al fratello e al padre. La loro vita aveva ripreso il suo corso esattamente dal punto in cui era rimasta sospesa. Solo si era fatto ancora più secco, e tutta quella magrezza gli conferiva davvero l'aspetto di un gigante filiforme.

Era tornato pure il marito di comare Antonietta, dalla lontana America, e quello era di gran lunga il motivo più importante perché la Vecchia Scoreggia volesse festeggiare a dovere.

Dopo anni trascorsi a considerarsi vedova o cornuta, finalmente suo marito le sedeva di nuovo accanto. Non saprei dirvi quali spiegazioni avesse addotto il brav'uomo per il suo prolungato silenzio, per aver fatto sparire, per circa dieci anni, qualsiasi sua traccia. Forse la colpa era delle lettere che non arrivavano – si diceva sempre così – o del lavoro che lo assorbiva. Intanto il brav'uomo si era perso l'adolescenza dei suoi figli e la nascita dei primi nipoti, ma non pareva che la cosa gli fosse dispiaciuta più di tanto.

Nel frattempo sua moglie aveva ripreso a farsi leggere i fondi dei caffè dalla Margiala.

«Forse non ti conviene che lo facciamo», le aveva detto la mamma, la prima volta che si era ripresentata con quella richiesta.

«Ormai Tadino è tornato, non vorrai mica che parta di nuovo?», aveva replicato lei con la solita voce pigolante.

«Va bene, ma poi non dire che non te l'avevo detto. Credimi, certe cose è meglio che rimangano nei fondi delle tazze, belle e sepolte».

Comare Antonietta però si cibava quotidianamente di pettegolezzi e chiederle di mettere a tacere la sua curiosità era come chiedere a un elefante di avere tatto.

«Vedo una donna nera», aveva esordito la Margiala, e la Vecchia Scoreggia si era rizzata sulla sedia, allungando il lungo collo da tacchino fino alla tazzina che la mamma stringeva tra le mani.

«E dopo, dopo cosa vedi?».

La mamma l'aveva scrutata con il volto cipiglioso, gli occhi che le rifulgevano come gemme fredde, poi aveva sollevato il sedere dalla sedia ed era andata a svuotare l'ultimo residuo di caffè nell'acquaio.

«E poi vediamo alla prossima seduta. Ora è meglio che ti goda il rientro di tuo marito», aveva concluso frettolosa e secca, evitando di riferire alla comare che la donna nera lei l'aveva vista accanto a Tadino, circondata pure da un paio di marmocchi, di un nero più sbiadito. Comare Antonietta era uscita stringendo la borsetta al petto e mugugnando a bassa voce quelle tre parole: una-donna-nera, cercando di immaginare con la sua mente fantasiosa che cosa volesse da lei quella donna nera. Nera perché vestita di nero, o nera nel senso che aveva la pelle nera? Quando ebbe varcato la soglia che la Margiala le teneva aperta, fu sul punto di tornare a chiedere spiegazioni. Si voltò con gli occhi allampanati verso la mamma e mosse le labbra in un lieve sospiro, quasi pronta a osare. Poi, forse spinta da un barlume di assennatezza, ci ripensò e, continuando a bofonchiare sottovoce, si lasciò la casa della Margiala alle spalle.

La settimana dopo invitò tutto il paese, e non solo, ai festeggiamenti per il ritorno di Tadino.

Le balere erano una realtà già nota dalle mie parti, luoghi di ritrovo, spesso messi in piedi nelle taverne delle abitazioni, all'interno dei quali due erano gli ingredienti essenziali, e cioè la musica e una lunga fila di sedie impagliate. La prima serviva a diversi scopi, tra cui il ballo era probabilmente l'ultimo. Le note scioglievano la tensione e la lingua, e consentivano di superare un millenario sipario che separava il mondo maschile da quello femminile.

Le sedie poi non potevano mancare, perché costituivano il baldacchino sul quale le ragazze facevano bella mostra di sé, come i sottopiatti che reggono il servizio buono. L'una stretta all'altra, spesso mano nella mano, in attesa di uno sguardo, in attesa di un sogno, in attesa di un amore.

Per quanto riguardava me, poi, nonostante avessi un'età già da marito, risentivo ancora del fatto di aver pensato per tanti anni all'altro sesso non con l'attrazione civettuola tipica di una donna, ma con la frustrazione di chi è convinto di trovarsi nei panni sbagliati. I maschi avevano sempre rappresentato tutto ciò che io volevo essere, e per questo avevo finito quasi per provare stizza verso di loro. Il mio non si poteva considerare odio nel significato puro del termine, ma piuttosto insana e cocciuta invidia. E così, quando le ragazze alle balere sospiravano per un giovane dall'aria audace, sospiravo anch'io, ma non perché in quella visione ritrovavo fascino e intelligenza, ma per qualcosa dentro che mi prudeva e rodeva. Per la disinvolta aria di superiorità che a me mancava e che, neanche indossando un paio di pantaloni o montando in sella a una bicicletta, sarei riuscita a conquistare.

La Margiala aveva acconsentito a farci frequentare le balere solo dopo una lunga sequela di richieste e, inderogabilmente, a due condizioni: la prima era che Giuseppe ci accompagnasse sempre, la seconda che i ritrovi si svolgessero solo in case di persone conosciute e fidate.

«Non voglio mica che finiate nella taverna di qualche malintenzionato, insieme a gentaglia. Certe persone si sono messe in testa cose strane, dopo la guerra. Perché la guerra è una porcheria quando c'è, ma anche quando non c'è più. Uno pensa che gli sia permesso fare tutto, solo perché non si spara più».

In un certo senso la Margiala aveva ragione, perché era

convinzione condivisa che ci si potesse concedere qualche libertà in più ora che non solo la guerra era stata sepolta, ma anche Mussolini. Ci si sentiva autorizzati a fare delle pazzie, a superare i limiti, come quelli che scoprono di poter vivere ancora dopo che erano stati condannati alla morte.

Quella di una rinascita era di gran lunga la sensazione condivisa dai più. Non dalla Margiala ovviamente, che stava sempre con i piedi per terra e ben all'erta, perché di botte dal destino ne aveva avute già tante e forse era sempre pronta ad aspettarsene di nuove.

«Restituisci le monete a tua sorella», sbraitò contro la faccia d'angelo di Francesco.

«Era solo uno scherzo mamma».

«Sì, come quello della bicicletta, vero?», e gli lanciò uno scappellotto sulla nuca, non con rabbia, però. Forse anche la Margiala quel giorno era di buon umore.

Era la prima volta che veniva anche lei in una balera. Non aveva potuto sottrarsi, altrimenti la Vecchia Scoreggia le avrebbe negato il saluto.

L'unico vezzo che si concesse fu un filo di olio d'oliva sulle labbra, per il resto rimase rinchiusa nel bozzolo che indossava da una vita, nel lungo abito nero che le arrivava alle caviglie, le mani incrociate sul ventre e la crocchia tiratissima. La osservai per qualche istante, mentre lanciava un'occhiata di sfuggita alla propria immagine riflessa allo specchio.

Mi fece quasi tenerezza. Forse quel vestito era lo stesso da vent'anni, forse ne aveva solo due nell'armadio che teneva sempre chiuso a chiave, uno da lavare e l'altro da indossare. Viveva di così poco, mangiava così poco, concedeva così poco di sé, che a volte avrei tanto voluto si sciogliesse e si decidesse a vivere di nuovo come una donna.

Mi faceva uno strano effetto nutrire pensieri buoni su di lei, e strano era pure l'effetto che sortiva vederla uscire per qualcosa che potesse avere come scopo il puro divertimento. Gli svaghi erano talmente estranei alla vita della Margiala che pareva quasi sopraffatta dalla novità.

«Ecco le mie donne», fece Giuseppe entrando nella camera padronale. Si aggiustò il bavero della camicia e tirò l'orecchio a Francesco.

«Ahi, mi fai male», si lamentò quello strabuzzando gli occhi.

«Qualcosa avrai combinato anche oggi, quindi ti sta bene».

Diede poi un pizzicotto sulla guancia della mamma. Il fatto che l'avesse toccata, in un gesto di tenerezza, mi tolse il fiato. Lei piegò le labbra ormai sottili in una specie di debole sorriso. Credo fosse il massimo che potesse concedersi. In quel momento la vidi con le guance leggermente rosate, come fosse una giovinetta, e pensai anche che se le fosse imbellettate, ma mi parve un pensiero così strano per una come lei che lo scacciai subito con un gesto rapido della mano.

Osservai per un attimo Giuseppe, aspettandomi forse di ritrovare nei suoi occhi chiari la risposta ai miei affanni. La spontaneità con cui aveva compiuto quel gesto di tenerezza filiale mi aveva sbalordito. Immaginai di fare la stessa cosa, di accarezzare la guancia della Margiala o di cingerla per i fianchi. Anche quel pensiero, esattamente come quello delle sue guance rosate, mi parve così strano che lo allontanai con una mano. Un gesto di tenerezza tra me e la Margiala era impensabile, in un certo senso il solo contatto fisico tra noi mi sembrava quasi indecente.

«Francesco, tu resti con zio Domenico», ordinò Rosetta,

bellissima nel suo abito leggero a fiori. Aveva acconciato i capelli dietro la nuca, lasciando che due riccioli ordinati le scendessero ai lati delle guance. Indossava delle scarpe nere lucide, con un piccolo tacco che metteva in risalto la sua altezza e le gambe magre.

«Lo sai che a zio Domenico non piacciono le balere e tu sei troppo piccolo».

«Sempre così. Ai grandi il divertimento e a noi bambini le tirate di orecchio».

Se ne andò in cortile sgambettando come un ragno su un'asse traballante, con i calzoncini corti che rivelavano duc ginocchia con più graffi di una gazzella agguantata da un leone e un paio di calzini bianchi ormai tinti di fuliggine.

3

La casa di comare Antonietta aveva un bel giardino che dava sulla strada, circondato da un muretto basso di mattoni imbiancati. Diversi alberi invadevano con la loro chioma il passaggio. Il pesco, il corbezzolo, l'albero di susine, c'era da riempirsi le tasche del grembiale quando i rami pendevano di frutti fin sulla strada.

Il fruscio del lieve vento estivo tra gli alberi ricordava il suono ondoso del mare.

Da quanto tempo non vedevo il mare! Mi era persino passata la voglia di pescare, e mi sembravano anche così lontani i tempi in cui io e Pietro correvamo a perdifiato per il canalone, giocando a chi arrivava prima al porticciolo. Le sferzate di salsedine che ci colpivano in piena faccia nelle giornate di maestrale, man mano che il grande canale di verde e di secco si apriva un varco fino agli scogli. Le barche variopinte ormeggiate sulla spiaggetta bassa. Le mie preferite erano quelle rosse e blu, perché mi ricordavano insieme il mare e la terra. Gli spruzzi giocosi della schiuma bianca sugli scogli e il suono del vento che sferzava le onde, prima di infrangersi sui nostri visi.

Tutto aveva un sapore così poetico ora, sapeva di ricordi soffusi, di qualcosa di vagheggiato più che di realmente vissuto, come se Pietro fosse una figura immaginaria, come se la sua vita non ci fosse mai stata, se la sua morte non ci fosse mai stata.

La serata alla balera di comare Antonietta avrebbe cambiato la mia vita per sempre, nel bene e nel male, segnando come un punteruolo immaginario su una tavolozza immaginaria quel che ha contato davvero e quel che è stato solo di passaggio.

Prima di entrare, notai che Rosetta estraeva dalla borsa minuta un piccolo cilindro dorato, ne toglieva il cappuccio e si passava due strati di rosso vivo sulle labbra carnose. La mamma la fulminò con gli occhi e le diede di gomito.

«Sei una donna sposata, te lo ricordo».

Lei ripose il rossetto nella borsa e finse di obbedire alla Margiala, ma intanto la bocca si era fatta incandescente e sinuosa, un invito aperto. Cosa avrei dato per poter approfittare anch'io dell'effetto di quel magico prodigio. La Margiala mi avrebbe riempito di botte però e così dovetti accontentarmi dell'olio di oliva che, ogni tanto, mi entrava nella bocca e mi pungeva aspramente alla gola.

Quel rosso acceso faceva da contrasto al giallo ranuncolo del suo abitino leggero, lungo fino alle ginocchia e morbido sui fianchi e in vita. La gravidanza non l'aveva minimamente segnata e ai miei occhi Rosetta appariva sempre la più bella tra noi sorelle, quella che più di tutte somigliava alla mamma. Immaginavo che anche la Margiala da giovane dovesse essere stata bella come la sua primogenita, candida in quel viso di latte e così eterea con quegli occhi più limpidi del cielo d'estate. Peccato che ora fosse chiusa nel suo bozzolo nero e non avesse più voglia di uscire.

Nella taverna di comare Antonietta, che pareva in verità più una bettola di malaffare, eravamo già in troppi e la frescura che di solito caratterizzava quei luoghi sotterranei delle case si era trasformata in una fastidiosa umidità che segnava giri di sudore intorno al collo.

La mia camicia a pois si stava incollando alla pelle e ai seni, e più di una volta fui assalita dalla voglia di strapparmi di dosso quel tessuto asfissiante, indossare solo mutandine e reggiseno e lasciare tutti a bocca aperta. Non sopportavo di sentirmi fasciata in quella stoffa dura, non mi piaceva in nessun caso che mi si imbrigliasse con qualcosa di troppo rigido, negli abiti come nella vita.

Io e Cornelia prendemmo posto a sedere proprio a ridosso delle scale, sperando così di respirare un po' di aria salubre proveniente dall'esterno, ma anche per scrutare per prime ogni nuovo ospite si fosse presentato alla porta.

Accanto a noi c'erano le gemelle Laterza, figlie di uno dei due tappezzieri del mio paese, uno che sapeva fare il suo mestiere ma costretto a lunghi mesi di pausa a causa delle sue cagionevoli condizioni di salute. Dovevano avere l'età di Cornelia o poco più, ma il viso tradiva molti più anni, reso pesante dagli strati di trucco con cui si imbellettavano, alla ricerca di un buon partito.

Tuttavia, né le guance rosate né gli occhi rigati di nero, né i variopinti rossetti bastavano a rimediare a quel che la natura aveva già fatto. Le gemelle possedevano quel genere di bruttezza che nessun belletto, ahimè, riesce a mascherare. Forse per via del mento troppo pronunciato e del naso adunco che pareva lambire con il becco puntuto le labbra, ridotte a un filo sottile e sbiadito di pelle più rosata, erano state spesso da bambine lo zimbello di qualche monello senza peli sulla lingua, che non disdegnava di chiamarle già a quei tempi "befane".

Rosetta e la Margiala si erano posizionate invece a ridosso di una specie di lucernario ricoperto di ragnatele attraverso il quale entrava nella stanza una luce flebile e soffusa, ingigantita da una lampadina appesa al soffitto. I muri erano scrostati, grattati dall'umidità, e un odore di muffa e di stantio aleggiava nella stanza. Tuttavia pareva che ai presenti non importasse granché dell'aspetto di quella improvvisata balera. L'importante era che ci fossero conversazione, cibo decente e della musica.

Il buon Tadino era intento a intrattenere i maschi sposati, con un bicchiere di vino in una mano e una sigaretta – fortunatamente spenta – nell'altra. Mancava solo che si iniziasse a fumare quelle nazionali, pesanti come catrame, perché la bettola prendesse sempre più le sembianze di un ritrovo per gangster. Un giradischi andava lento, spandendo nell'aria note romantiche e malinconiche. Un pezzo che io non conoscevo, al contrario di Cornelia, che prese a canticchiarlo a denti stretti, guardandosi intorno.

«Hai una bella voce. Dovresti provare a cantare. La gente ha voglia di divertirsi adesso, potresti fare fortuna».

«Sì, come no», e giurerei che fosse persino arrossita a sentirmi lodare qualcuna delle sue doti, ma era troppo buio per poterlo dire con certezza.

I posti a sedere che correvano tutti intorno al perimetro della stanza erano quasi interamente occupati, ma erano per lo più le donne a rimanere sedute, ciascuna a discutere con la propria vicina. I maschi preferivano stare in piedi, sempre mossi da questioni più urgenti o gravose di cui parlare.

Le gemelle Laterza non erano delle interlocutrici con cui si faceva volentieri conversazione e così mi limitai a scambiare qualche battuta con mia sorella o a sbirciare attraverso le scale qualcuno su cui spettegolare.

L'occasione si presentò subito quando vidi avanzare verso di noi due uomini dall'aspetto di gran lunga differente da quello degli altri presenti. Uno, il più anziano, con una mano si portava un grosso sigaro alla bocca. L'altra la teneva in tasca e scendeva per le scale buie con notevole disinvoltura, come se l'oscurità non fosse un problema per lui. A occhio e croce il suo abito doveva essere di un pregiato tessuto di lino grigio e nel buio i suoi gemelli d'oro luccicavano come le squame di un pesce al sole.

L'altro, che lo seguiva, poteva essere l'esatta copia del primo, con vent'anni in meno. I due uomini si assomigliavano incredibilmente, se non per la capigliatura, quella del primo ormai in più punti striata di grigio. Il giovane alle sue spalle indossava il medesimo abito e i medesimi gemelli. Non aveva sigari in bocca e mostrava, in quell'oscurità, due labbra carnose e rosse che sarebbero potute appartenere a una donna.

I capelli erano chiari, sul dorato, pettinati con una riga al lato e ben lisciati, immagino con diverse passate di brillantina.

Comare Antonietta si precipitò dai suoi ospiti, spendendosi in fiumi di salamelecchi. Intanto qualche voce si stava già spargendo per la balera. «L'avvocato Loiacono», era quello che sussurravano.

Il più anziano si sporse a stringere la mano alla comare e a salutarla con cortesia. Anche Tadino abbandonò il capannello con il quale stava conversando, gettò la sigaretta non ancora accesa sul pavimento e si inchinò davanti ai suoi ospiti. Il ragazzo alle spalle dell'avvocato era veramente alto e l'abito ne affusolava ancora di più la figura. Quando le due sagome furono più vicine e rischiarate dalla pallida luce della lampadina, notai che quello giovane aveva una striscia di baffi sottili, chiari, che lo rendeva forse più grande della sua età. Gli occhi erano castani e grandi, le ciglia lunghe e vorticose. Anche quelle, come le dita affusolate e le mani che pareva non conoscessero neanche come impugnare una marra, tradivano dei tratti femminei e sofisticati.

«È l'avvocato Loiacono, uno dei più bravi di Bari, e quello è suo figlio, Lorenzo», si sentì in dovere di dirci una delle gemelle Laterza.

Cornelia annuì, scuotendo forte la testa, e io pure, ma in modo diverso da mia sorella, quasi con noncuranza. Gli altri maschi presenti si misero a seguire la scia del padrone di casa e a prostrarsi, come era giusto fare davanti a uno che si considerasse superiore in un'immaginaria scala sociale. Mi stavo domandando in realtà che cosa ci facessero due tipi così distinti in una bettola del genere, poiché immagino frequentassero ben altri salotti.

Una delle gemelle parve leggermi nel pensiero, perché fu subito prodiga di spiegazioni.

«Sembra che l'avvocato abbia risolto un affare di proprietà. Un terreno di Antonietta, venduto allo stato che vuole farci passare in mezzo una strada. Sembra che, grazie all'avvocato, l'affare le abbia fruttato un bel po' di soldi».

Dovevo immaginarlo che c'entravano i soldi e gli affari, perché raramente gente del genere si mescolava a noi altri pezzenti.

Presa com'ero dai racconti della gemella, non mi resi conto che, nel frattempo, intorno a me stava succedendo qualcosa. Era corsa una sottile linea di elettricità tra mia sorella e il bel Lorenzo.

Quando mi accorsi di loro, erano occhi negli occhi, persi in uno sguardo stranamente d'intesa. Cornelia, forse resa impavida dall'oscurità che non tradiva il rossore delle sue guance, e l'avvocato giovane, nato probabilmente già impavido, per via di una naturale sicurezza di cui l'agiatezza ti veste sin da quando sei in fasce.

4

Qualche settimana più tardi, quando l'immagine delle sorelle Laterza, dell'avvocato Loiacono, della bettola fumosa di comare Antonietta stava ormai diventando per me un ricordo sbiadito, qualcosa tornò a renderlo più che mai vivido. L'avvocato Loiacono si presentò a casa nostra insieme alla sua bella copia più giovane.

Era una giornata di quelle torride, e neanche l'ombra sul terrazzo riusciva a rendere il caldo più sopportabile. Una di quelle giornate in cui sarei volentieri corsa al mare e mi sarei lasciata cullare dallo sciabordio delle onde, invece che ascoltare il ticchettio metallico del filatoio e pensare a confezionare maglie pesanti per l'inverno.

Francesco era in giro da qualche parte, sotto il sole cocente, a cercare qualche zucchina o qualche rapa da mangiare a tradimento.

La settimana prima era rincasato con un brutto bernoccolo sulla testa che gli aveva guastato il gusto di una rapa.

«Il cancello era aperto, mamma», si era giustificato con la Margiala che, quando aveva saputo come mai si fosse ritrovato con quell'affare bitorzoluto ben in vista attraverso i riccioli neri, si era arrabbiata due volte e aveva finito di conciarlo per le feste.

Persino Rosetta se ne stava rintanata in quel suo tugurio, con il piccolo Vincenzo, per salvarlo dalle saette bollenti del sole. Era impresa difficile tenerlo lontano dai giardini, e allora Rosetta riempiva una piccola tinozza con l'acqua del pozzo e ce lo immergeva, lasciandolo in ammollo sotto il porticato antistante la sua camera.

Lo teneva sott'occhio dalla finestra, perché almeno lui si godesse un po' di fresco.

Il laboratorio dove io e Cornelia dovevamo lavorare a maglia era troppo angusto e le pareti troppo basse per consentire anche il minimo ricircolo d'aria. La finestra poi era un rosone che si apriva solo da un lato e che a malapena lasciava filtrare la luce. Tenevamo le gonne sollevate fino alle cosce per rinfrancarci, mentre i rigagnoli di sudore colavano dagli inguini e lasciavano la pelle rossastra.

«Ah, vorrei togliermi anche le mutande», ansimò Cornelia, asciugandosi il sudore con il palmo delle mani.

«E allora fallo. Chi vuoi che ti veda?».

Le scappò un sorriso e si tirò su il vestito fino alle mammelle, sventolandosele con il tessuto leggero.

«Come pensi che faccia la mamma a sopportarlo? Tutto questo caldo intendo. Fasciata in quel vestito scuro e imbrigliata in decine di grembiali grigi», domandai, e mi avvolsi in due, tre scialli, fingendomi la Margiala e camminando impettita per la stanza.

Anche per lei la vita aveva ripreso il suo solito corso. Quasi tediata dalla tregua che aveva imposto al suo odio, si era rimessa ad assordarci con le sue nenie martellanti, trattando di nuovo tutti con il suo sprezzo indifferente. Forse – ma questo pensiero arrivò tardi nella mia testa – la Margiala stava prendendo consapevolezza di come tutte noi fossimo cresciute. E se noi eravamo grandi, sode e con il ventre arrotondato, questo poteva significare solo una cosa: che lei stava inesorabilmente invecchiando. E quella certezza doveva mandarla proprio in bestia, una come lei che, se solo ne avesse avuto il potere, avrebbe ingaggiato una tenzone anche con Cristo.

«Cornelia, che le maglie siano confezionate alla perfezione... E tu Diamante bada che i piatti nell'acquaio siano messi ad asciugare tutti nello stesso verso. Bada di non dimenticarlo!», e scandiva bene quelle ultime parole, accompagnando la voce con un ticchettio delle mani sul tavolo. Un colpetto per ogni sillaba, quasi la sola voce non bastasse a redarguire quelle sue figlie distratte. In realtà le maglie di Cornelia andavano benissimo, e anch'io me la cavavo discretamente in cucina. Era spinta da un'ansiosa urgenza di conservare il suo ordine rigoroso, quasi avesse la percezione che qualcosa le stava lentamente scivolando tra le dita, in modo ineffabile e spietato.

Gli scampoli della giovinezza si facevano ricordi sempre più spenti e dolorosi, la lunga vedovanza silenziosa andava trasformando la maschera nella donna vera.

Faticava sempre di più a concederci momenti di libertà. Quando dispensava ordini, lo faceva con ossessiva ripetitività, intimandoci con il dito puntato di eseguire alla perfezione le nostre mansioni, nell'esatta successione scandita dalla sua voce. Si fermava, intenta a concentrarsi ancora su quanto aveva detto, poi ribadiva per l'ennesima volta quel che avremmo dovuto fare.

«Le maglie confezionate a dovere. Che la gente deve parlar bene del nostro lavoro», come se non lo avesse già detto abbastanza. Restia a lasciarci alle nostre mansioni, a concederci il gusto libertino di conversare senza di lei.

E mentre parlava, continuava la sua battaglia contro briciole invisibili sparse nella sua testa. Una delle sue tante manie, un gesto rituale ormai, anche quello compiuto in modo ossessivo. E anche se pareva concentrata mentre lo faceva, in realtà si vedeva che con la mente era altrove, che appariva sempre più vaga e distratta. Gli occhi che si erano assottigliati e fatti vacui, le linee d'argento sempre più visibili tra i capelli neri, le mani secche e nodose.

Mi divertivo a schernirla davanti a Cornelia, imitando il suo fare da caporalessa, la sua crocchia tiratissima, il suo incedere sfrontato.

Quando lo facevo, Cornelia rideva di gusto, ma spesso le sue risate si tramutavano in un ghigno di disappunto, in una tosse convulsa quando doveva avvertirmi, perché la Margiala, come gli spiriti dell'oltretomba, aveva il dono di apparire all'improvviso, beffarda e silenziosa.

E così, mentre mi prendevo burla di lei, avvolta in quegli scialli ingombranti, la vidi fare capolino dalla porta. Come avevo immaginato, era imbrigliata a dovere e non mostrava neanche una goccia di sudore sulla fronte.

Mi lanciò un'occhiata in tralice, ma lasciò correre per quella volta, perché aveva cose più importanti per la testa.

«Abbiamo visite», esordì rigida. Io e mia sorella ci scrutammo negli occhi. Avevo ancora i grembiali avvolti alla vita.

«C'è l'avvocato Loiacono con suo figlio. Rendetevi presentabili».

Avrei giurato che l'espressione dipinta sul volto della mamma fosse di imbarazzo. Imbarazzo perché un avvocato potesse vedere lo squallore della nostra casa, perché notasse le scale sbeccate o le tazze scurite. Imbarazzo per quella sua aria fuori moda, da strega di altri tempi.

Osservai sbigottita Cornelia, i suoi occhi fuori dalle orbite, la stessa espressione di incantato stupore che aleggia sul volto di un bambino davanti a un cesto di prelibatezze. Poteva quella scintilla tra due sguardi aver scatenato tutto quell'interesse?

Erano strane alchimie che ancora non potevo capire perché, nonostante i fianchi da donna e i seni budinosi, io ignoravo ancora la sensazione del cuore che corre come un tamburo, della saliva che si secca nella gola, quando incroci gli occhi di uno sconosciuto e qualcosa ti sussurra dentro che faresti di tutto per essere stretta tra le sue braccia. Così come non sapevo ancora che Cornelia non sarebbe stata mia per sempre, che la casa materna è un grembo che ti accoglie solo per breve tempo, e quel tempo a me sarebbe sembrato così poco.

Ci avrei scommesso sin da bambine, però, che Cornelia, con la sua bellezza fredda, aristocratica avrebbe destato l'interesse di un tipo altrettanto sofisticato.

La Margiala era accorsa a chiamare anche Rosetta. L'avevo vista avanzare dal pianerottolo, mentre trascinava il bambino per il braccio, i tacchi in bella vista a issare su un piedistallo le scarpette di cornice e i piccoli piedi affusolati. Ancora sulle labbra quella pittura rossa accesa e ancora lo sguardo ferale della mamma che la scrutava da capo a piedi, stentando a ritrovare in quella figura la figlia che conosceva.

Dal canto mio, non mi ero soffermata più di tanto a osservare mia sorella. Da quando si era sposata, per me si era rotto qualcosa, come se il legame tra noi avesse smesso di esistere al di fuori delle mura della nostra casa.

E così non mi ero neanche accorta di quanto fosse cambiata, di come nel suo sguardo celasse qualcosa di torbido e impronunciabile, di come si stesse trasformando in un'estranea per tutti noi.

«Madonna santa e adesso cosa mi metto?», ansimava Cornelia, a un passo dall'isteria.

«Calmati sorellina. Non devi fare altro che mostrare il tuo garbo. Vedrai che li conquisterai».

«Sì, ma guarda come sono conciata e poi sono sudata. Faccio schifo».

La tenni ben ferma per le spalle, mentre di sotto si udivano già le voci di Loiacono padre che si era lanciato in non so quali complimenti sulla bellezza del piccolo Vincenzo.

«Fai un bel respiro, apri l'armadio, tira fuori una camicia, quella bianca con i fiori rossi andrà benissimo, e la gonna rossa, quella a sbalzi che ti ha cucito la mamma. Scioglìti la crocchia e farai invidia a una diva del cinema».

«Ah, va bene», fece lei, sbuffando. «Se almeno avessi un po' di quel rossetto di Rosetta».

«Ah, lascia stare il rossetto. Non sono sicura che a te starebbe bene».

Si vestì in fretta, incespicando due, tre volte nella gonna, quasi sul punto di strappare l'orlo.

«Io vado e inizio a studiare la situazione intanto».

Nonostante cercassi di tranquillizzare Cornelia, sentivo che anche dentro di me qualcosa stava fremendo, e la sensazione che mi provocava non era del tutto positiva. Da una parte non potevo non gioire per il fatto che, forse, almeno Cornelia sarebbe riuscita a lasciarsi alle spalle le restrizioni cui la vita con la Margiala ci aveva abituate. Dall'altra, non potevo non considerare le conseguenze che quell'evento avrebbe avuto sulla mia vita. Un'ipotesi che non volevo ancora prendere in considerazione, in realtà, e che preferivo allontanare come si fa con i pensieri molesti.

La Margiala aveva fatto accomodare gli ospiti all'ingresso, sulle solite sedie impagliate che ogni pomeriggio accoglievano i morbidi sederoni delle comari in visita. Stava chiedendo a Rosetta di prendere dalla credenza i bicchierini buoni, quelli color amaranto bordati d'oro, e di recuperare anche il liquore al limone, che era una delle sue specialità. Il segreto era metterci dentro anche un peperoncino intero che rilasciava un aroma particolarmente intenso.

La mamma avrebbe usato ovunque il peperoncino, se avesse potuto, convinta delle sue proprietà benefiche sul sangue e sul cuore, e del suo potere di scacciare il raffreddore.

«Un sorso di questo e vi togliete la fatica di soffiarvi il naso», disse, mentre passava il bicchiere a Loiacono padre. Non era propriamente la frase con cui esordire in una conversazione da salotto, ma l'unico salotto che la mamma conosceva erano le sedie impagliate del suo ingresso ed era cosa nota che non aveva mai amato i convenevoli. L'avvocato lo bevve tutto d'un sorso, mugugnando per il piacere, mentre ne gustava il sapore dolce e aspro insieme.

«Delizioso, signora Anita, i miei complimenti».

La mamma quasi sorrise per l'imbarazzo. Non le capitava tutti i giorni di sentirsi chiamare "signora Anita", quasi non se lo ricordava più il suo nome, abituata a vestire i panni che tutti le avevano cucito addosso e che d'altronde lei non aveva nessuna intenzione di togliersi.

Osservai di sbieco Loiacono giovane, che vestiva abiti ben diversi da quelli della sera alla balera. Sia lui che suo padre indossavano pantaloni freschi di lino color ocra, un tessuto che pareva respirare solo al tatto e che mio padre neanche lavorando duramente un mese si sarebbe potuto permettere. La camicia era semplice, di tonalità pastello per entrambi, con le maniche arrotolate fino ai gomiti, e le scarpe, marrone, mostravano una fine cucitura in punta. Loiacono giovane teneva le gambe accavallate. Mi soffermai a osservare i calzini, di tessuto così prezioso che sembrava seta, e della medesima tonalità della camicia. Particolari che non potevano scivolare via inosservati e che di certo anche l'occhio fino della Margiala doveva aver notato. Mi sedetti di fronte a Lorenzo, scrutandolo da vicino, intanto lui mi lanciò un'occhiata sorridente, ma il suo sguardo tradiva l'accondiscendenza che si usa per guardare i bambini. Capii che in fondo per lui ero solo quello, la sorella minore, diciottenne, della donna fine e sofisticata che aveva rapito il suo sguardo. Nonostante desiderassi mostrarmi donna, e il mio corpo sembrava darmi ragione, c'era ancora qualcosa in me che mi catalogava tra le bambine, solo un po' cresciute.

Quel che Lorenzo però non poteva cogliere era l'acredine che si nascondeva bene nel mio sguardo da ragazza cresciuta. Un moto di compunta stizza non solo verso di lui, ma verso il genere maschile tutto. In quel momento, quel giovanotto ben vestito e dai modi gentili costituiva l'antagonista assoluto per me. Nella fantomatica gerarchia dell'odio che mi pulsava dentro, si era andato a posizionare persino davanti alla Margiala. E non era affare da poco per me.

Se avessi potuto, sarei andata anch'io – come faceva la mamma da giovane – a pararmi con le gambe divaricate in mezzo a qualche campagna desolata, con le mani a cingermi i fianchi e con gli occhi iniettati di sangue. Mi sarei schiarita la voce, arrochita dall'indignazione, e avrei gridato con quanto fiato avessi avuto in gola. Avrei gridato per i rimpianti e la costernazione che ancora non conoscevo. Avrei gridato per scacciare l'immagine del bel Lorenzo dalla testa. Un'immagine tremenda, di lui che si portava via Cornelia. L'unica sorella con la quale mi sembrava di aver vissuto in simbiosi fino ad allora. E se perdere Rosetta, quando Occhi bianchi l'aveva rapita sul calesse, mi aveva fatto provare un grande vuoto, perdere Cornelia sarebbe stato un dolore insopprimibile.

Vincenzo si mise a ruzzolare intorno alle sedie, attratto dagli abiti degli ospiti. Era grande da potersi esprimere bene a parole, ma faticava a parlare. In realtà ho sempre pensato che fosse una sua precisa e oculata scelta tardare a manifestarle, persuaso che fosse meglio covarle dentro il più possibile.

Dico questo perché, quando poi decise che era il momento, le sillabe e i suoni gli uscirono a frotte, senza interruzione, una catena ininterrotta di termini ed espressioni, persino troppo arguti per un bambino, che lui aveva meticolosamente incasellato, aspettando il momento giusto per sbandierarli al mondo.

In quella sua scelta si poteva già intravedere una certa anima meditabonda che avrebbe caratterizzato molte delle sue inclinazioni future.

«Non c'è da meravigliarsi, considerando il padre taciturno che ha», si giustificava Rosetta, scaricando la colpa di quel temperamento sul povero Domenico, che di fare conversazione non voleva proprio sentir parlare.

«È ammirevole per una donna sola portare avanti tutto questo», stava continuando l'avvocato, che evidentemente aveva scelto la via dell'adulazione per fare breccia nel cuore severo della Margiala.

«Si fa quel che si deve nella vita e, nella maggior parte dei casi, è la vita a scegliere per noi», replicò lei sorseggiando il liquore.

La mamma non poteva vantare un linguaggio forbito come un avvocato di tale taglia, ma nelle sue parole c'era una saggezza semplice che persino uno come Loiacono non poteva non riconoscere.

«Parole sante, signora Anita. Ho sempre pensato anch'io che di quel che siamo riusciti a costruire nella vita, dobbiamo sempre rendere grazie o incolpare qualcuno di più grande. È per questo che dico a mio figlio di stare con i piedi per terra, perché quel che oggi sembra una fortuna, domani può trasformarsi nella peggiore delle sciagure».

Loiacono giovane annuiva con pacatezza, come se le lezioni che suo padre stava elargendo fossero una prosa già imparata a memoria.

Poi notai che i suoi occhi si persero verso le scale e si fecero stranamente sognanti.

Cornelia stava scendendo rapidamente, mentre la gonna leggera la precedeva ondeggiando, ostentando una calma che, era chiaro a tutti, non aveva.

«Buongiorno signori», esordì da perfetta donna di casa. Rosetta le lanciò un'occhiata sgomenta, quasi infastidita dal suo candido splendore. I capelli ramati le scendevano morbidi sulle spalle, in ampie volute ondulate. Prima di andare a letto mia sorella faceva le trecce e ci dormiva tutta la notte. Al mattino, quando scioglieva i capelli, si gonfiavano in onde vaporose e sinuose fin quasi alle natiche.

Sembrava davvero una fata e in quell'istante la Ferida mi parve così volgare e selvaggia al confronto.

«Cara signora Anita, vi chiedo gentilmente di parlare in privato, da adulti. Lasciamo che i ragazzi conversino con leggerezza degli argomenti che si addicono di più alla loro giovane età».

Cornelia e Lorenzo si scrutarono a distanza, lei palesemente in imbarazzo, lui con un'aria rassicurante, che la sua posizione e i soldi nel portafogli potevano garantirgli.

«Di che cosa vi occupate Lorenzo?», intervenne Rosetta,

ma nel suo modo di irrompere sulla scena, pareva ci fosse più la volontà di rapire l'attenzione, di togliere il primato degli sguardi a sua sorella.

«Sto studiando giurisprudenza», rispose lui, dopo essersi schiarito la voce, «tra un anno dovrei laurearmi e poi vorrei seguire le orme di mio padre».

«Certo, deve essere bello poter studiare, poter conoscere il mondo. Sapete, Cornelia ha frequentato fino alla terza elementare», commentò con un tono falsamente dispiaciuto. La guardai con gli occhi infiammati di rabbia. Che motivo c'era di sbandierare in quel momento la scarsa istruzione di nostra sorella? Di tutte noi? Un gesto meschino che non mi sarei mai aspettata da lei. Ma quella era un'altra delle prove che Rosetta si stava trasformando in una persona diversa.

Cornelia arrossì e chinò lo sguardo, ma non ebbe il coraggio di replicare alla verità.

«Ci sono altre doti in una donna e poi la cultura non dipende dalla classe che si è frequentata. La cultura la si può alimentare tutta la vita», concluse Lorenzo, ostentando la stessa pacatezza di prima.

Apprezzai il suo intervento e la sua capacità di giocare con le parole, alla ricerca di quelle giuste alla situazione. Né troppe né poche, ma mirate esattamente al punto. Sentii un nodo alla gola, perché mi riusciva difficile continuare a provare indignazione per un giovane che mostrava un tale rispetto per le donne. Non ero abituata a uomini del genere. Non che mio padre non rispettasse la Margiala, tutt'altro, ma nel modo semplice che si addiceva a una persona semplice come lui, senza orchestrare con le parole alla ricerca di quelle più d'effetto. Senza darlo troppo a vedere, con discrezione, e con la convinzione contadina che ognuno occupasse il suo posto al mondo, gli uomini come le donne, e che certe cose neanche la modernità avrebbe potuto cambiarle.

«Bevi il tuo liquore», incalzai Rosetta, tronfia di soddisfazione per la vittoria che Lorenzo aveva segnato su di lei.

5

Un anno di fidanzamento. Poche visite alla settimana, rigorosamente a casa della Margiala, e poche uscite, per andare al cinema o a fare una passeggiata per piazza Umberto, a patto che a vigilare ci fosse Giuseppe.

Queste le condizioni dettate dalla mamma a Loiacono padre. Il matrimonio si sarebbe svolto non appena Lorenzo avesse conseguito la laurea, e Cornelia si sarebbe dovuta trasferire a Bari, nella casa dei Loiacono, abbastanza grande per ospitare due famiglie. Oltretutto l'avvocato era vedovo e una fanciulla così preziosa in casa – l'aveva definita in quei termini che la Margiala aveva ripetuto pedissequamente – sarebbe stata una vera benedizione.

Dunque era così che si faceva? Bastava una visitina in un'assolata giornata che ti toglie il fiato, un sorso di liquore, una breve passeggiata in giardino, a osservare l'oleandro e le spezie aromatiche, due battute scambiate tra adulti, una stretta di mano, e il destino di un figlio era segnato.

Mi sembrava tutto incredibilmente semplice e assurdo nella sua banalità. Di lì a qualche anno, quindi, un altro giovanotto si sarebbe presentato a casa nostra, tessendo le mie lodi, e chiedendo in cambio la mia vita? O avrei fatto la fine di Rosetta, rapita su un calesse e costretta dal pudore a sposare un uomo che non amavo? Mi stavano strette entrambe le possibilità. E pur non conoscendo l'amore, ero convinta che avrei voluto assaporarlo prima, sapere che emozioni dava, conoscere a fondo i significati dei palpiti del mio cuore. La faccenda del matrimonio sarebbe venuta alla fine.

A dirla tutta, non ero neanche convinta di volerlo trovare l'amore. Anzi, credevo di essere completamente refrattaria a qualsiasi strisciante sentimento che potesse avere quel nome. E se da una parte immaginavo tramonti davanti al mare, il fragore delle onde sugli scogli, la luce abbagliante del sole a infrangersi sulle rocce nere, parole bisbigliate al vento e promesse di unione eterna, dall'altra mi consideravo fredda e dura come la Margiala, incapace di provare vero, autentico amore.

La mia storia sarebbe stata diversa. Lo giurai a me stessa il giorno in cui Cornelia fu promessa in sposa al bell'avvocato.

La cosa che mi provocò più rabbia in tutta la faccenda del matrimonio di Cornelia, fu, ancora una volta – e come non aspettarselo – la reazione della Margiala. Che non le importasse un fico secco del fatto che avrebbe perso una figlia? Perché si fa presto a parlare di visite domenicali e di pranzi di riconciliazione. La verità era un'altra. Cornelia se ne sarebbe andata e, con il tempo, la sua presenza si sarebbe fatta rada, la sua mente sarebbe stata concentrata su altro e la sua sorellina sarebbe rimasta solo il maschiaccio delle scorribande da bambini, da rammentare nei giorni di festa, per far ridere tutti. Dopo la sua dipartita, la mia vita avrebbe preso una piega completamente diversa. Saremmo rimaste solo io e la Margiala e quel fatto destava in me profonde paure. La mamma, dal canto suo, ostentava una terrificante indifferenza. La sua freddezza era un fumo opaco e denso che riempiva la casa. Penetrava ovunque e si ritrovava nitidamente in tutto quel che faceva. La noncuranza con cui continuava a far bollire la crema per i tortelli di san Giuseppe, con cui farciva gli involtini di vitello da mettere nel sugo, con cui ultimava i capi della dote di Cornelia. Mai che mi avesse chiesto come mi sentivo, se fossi spaventata all'idea di perdere mia sorella.

In certi momenti la osservavo da lontano, gli occhi fissi come punte di spillo in mezzo a catrame. Quasi mi dolevano per la concentrazione. Niente, neanche un segno della sua debolezza. Neanche un accenno alla cosa. Il matrimonio di Cornelia passava inosservato al suo sguardo, e non le provocava neanche un fremito. Credo che il mio odio per la Margiala si sia rintuzzato proprio in quel periodo. In un certo senso quel punto duro che c'era in fondo alla mia anima la stava aspettando al varco.

E così ricominciai la mia battaglia contro di lei, sfruttando il mio giovane corpo scaltro, a dispetto del suo che andava inesorabilmente invecchiando.

Facevo apposta a invertire la rotta dei suoi ammonimenti. Se voleva i piatti disposti in pile regolari nell'acquaio e in ordine di grandezza, io li riponevo alla rinfusa. Se voleva le camicie appese alle corde del cortile per le maniche, io le stendevo per il bavero. Il coperchio del pozzo doveva essere rigorosamente chiuso con il lucchetto. Io lo lasciavo aperto. Cambiavo la disposizione delle pentole a mio piacimento e abbandonavo la crema sul fuoco, proprio quando aveva preso a bollire. Così il liquido caldo e appiccicaticcio fuoriusciva in un'esplosione di schiuma giallognola. Infrangevo, una dopo l'altra, tutte le sue disposizioni, convinta che in quella mia guerra personale ci fosse la punizione per la sua indifferenza.

Ogni volta, la Margiala, mai esausta di udire il suono della sua voce, reagiva con la stessa fermezza, con la medesima rabbia disorientata.

«Sei la solita, Diamante. Neanche gli anni la aggiustano, una come te». Ma si vedeva che la voce le si faceva tremula, che in un certo senso anche lei si rendeva conto di non avere altro potere su di me. Quasi sapesse che persino la sua indignata determinazione non mi avrebbe fermata.

Sembrava perdere il sonno per i miei due fratelli, ma la mia guerra non la scalfiva più di tanto.

Giuseppe era un'ombra evanescente che entrava e usciva, e di tanto in tanto faceva la sua apparizione, per sbocconcellare qualcosa. La mamma diceva che trascorreva il suo tempo libero a sperperare soldi nei bordelli e ormai ero abbastanza grande da poter ascoltare quella parola, anche se non immaginavo ancora che aspetto avessero quelle donne là.

Francesco poi faceva perdere il sonno a tutti, perché si stava trasformando in un delinquente, e rubare, per lui, era diventata una consuetudine e persino un divertimento. L'ultima volta era rientrato con un taglio profondo alla testa e per poco la mamma non era svenuta quando l'aveva visto. Se l'era procurato prendendosi una badilata sul cranio dal proprietario di un terreno, ai confini tra Carbonara e Ceglie. Un bel campo di ulivi e alberi di fichi, che, quando era la stagione, si facevano grandi come mele. Il terreno era recintato con muretti a secco e a mio fratello non era ancora chiaro il significato di proprietà.

Una bella mattina aveva deciso che quei fichi dovevano essere suoi, incurante delle conseguenze di ogni sua avventata azione. Si era arrampicato sull'albero più grande e nodoso e aveva iniziato a riempire i grembiali della mamma che si era portato da casa. Per il proprietario del terreno era stato uno scherzo beccarlo con le mani nel sacco. E non si trattava di un vecchietto sdentato, con le gambe troppo artritiche per poterlo rincorrere, ma di un giovane robusto, con due spalle grandi e forti. Cogliere in flagrante mio fratello era stato semplice come schiacciare uno scarafaggio, intento a zampettare su un grande ripiano di legno liscio. Un gioco da ragazzi. Quel contadino aveva ben chiaro il concetto di violazione della proprietà e non ci aveva pensato due volte a rovesciare il suo pesante badile sulla testolina riccioluta di Francesco.

«Ti farai ammazzare», aveva detto la Margiala, quasi con le lacrime agli occhi, «ma prima che succeda, ti ammazzo io con le mie mani».

Intanto gli aveva versato sulla testa dell'aceto, sentendosi impotente davanti a tutto quel sangue che mio fratello riversava sul pavimento grigio. La mamma invocava la Madonna e i santi, chiedendo loro una grazia per quel figlio disgraziato, ma Francesco pareva non imparare mai la lezione e ogni botta rinvigoriva il suo azzardato coraggio.

Invece la Margiala mi sembrava stanca, sempre più provata, rinsecchita, dietro il suo lungo forziere nero.

Era tornata di nuovo l'estate e mia sorella si sarebbe sposata i primi di luglio. La sua dote era pronta e lei ci aveva lavorato per un anno intero, riempiendo le lenzuola di orli a sbalzo e ricamando il nome suo e di suo marito sugli asciugamani. C'era un non so che di monacale nel modo in cui mia sorella confezionava la sua dote, con la stessa passione di una miniaturista, intenta al suo lavoro certosino, sempre china sull'ago e sulla tela, senza mai lamentarsi, senza mai emettere un gemito.

Durante quei mesi mi resi conto che avevo sempre considerato Cornelia la più debole tra noi, ma non avevo mai capito niente. In quel suo silenzio e nella sua apparente fragilità si nascondeva la sua forza, e forse era quello il motivo per cui la Margiala l'aveva sempre trattata peggio, per temprare la sua forza interiore. Sarebbe stata la più premiata dalla vita, mentre noi altre avremmo perso tanto di quel tempo a smarrire e a ritrovare la via. L'idea che Cornelia stesse per lasciare la nostra casa, mi metteva in grande agitazione e mi toglieva il sonno.

Fu in una di quelle sere perse a ramingare nel giardino, ad ascoltare i grilli e le cicale che frinivano incessantemente, a respirare la calma della sera, che notai la candela accesa nella camera da letto della mamma. Gli scuri erano appena socchiusi e con un po' di fortuna sarei riuscita a intravedere la sua sagoma.

Con la stessa mania per le azioni cattive di quando ero bambina, mi avvicinai alla finestra, con la precisa intenzione di coglierla in un momento di debolezza, incurante del fatto che stessi oltraggiando il suo mondo, spiando la sua intimità, quella fortezza scura che lei voleva rendere inviolabile.

«Sei una ragazza cattiva», mi sussurrai come quando ero piccola, ma la coscienza che non fosse giusto non mi impedì di farlo.

I capelli, pettinati così energicamente all'indietro da sembrare sul punto di staccare strati di cuoio capelluto, avevano lasciato il posto a una chioma scomposta, per lo più argentea, striata di nero. Gli occhi sfavillavano alla luce della candela, ma sembravano stanchi e immensamente tristi. La Margiala era nuda e si stava specchiando.

Le braccia erano penzoloni ai lati delle cosce e i seni in vista, ancora visibilmente sodi e rotondi, palpitanti, sotto l'imbragatura di grembiali grigi. Il ventre, un tempo sodo, ora era accasciato, in più linee afflosciate che le scendevano fino al pube, così come le natiche, appiattite e cadenti verso le anche. Solo le gambe mostravano ancora il vigore della donna lavoratrice, magre e muscolose, con le ginocchia ossute sporgenti.

Quasi mi mancava il fiato mentre la osservavo nella sua nudità. E paragonavo la linea asciutta dei suoi fianchi alla rotondità dei miei, il ventre segnato dalla vita e dagli anni, mentre il mio attendeva ancora vi crescesse un seme.

Sentiva forse gli anni scivolare via? I brandelli sfilacciati della giovinezza si intravedevano solo a sprazzi nelle linee del suo corpo, e la lunga vedovanza l'aveva resa china verso la vecchiaia e la solitudine.

Quando era stata giovane la Margiala? Quando era stata felice?

Sapevo che il mattino dopo, mi sarebbe comparsa davanti con la sua aria burbera e sferzante di sempre, di nuovo chiusa nella sua corazza di austerità. Ma in quel momento, ai miei occhi, appariva come una donna, incredibilmente fragile e sola.

Se solo si fosse lasciata toccare! Se si fosse abbandonata tra le braccia di una figlia, a compatire il proprio destino. Sapevo che io non lo avrei mai fatto, non sarei mai andata ad accoccolarmi ai suoi piedi e a condividere le nostre solitudini. Avrei continuato a vivere come se non avessi visto niente, sorvolando sul fatto che anche la Margiala fosse una donna, dietro quella facciata fredda e dura.

6

Una settimana dopo le nozze di Cornelia, fui assalita dal desiderio irrefrenabile di vedere mia sorella, di parlarle. Non mi ero mai resa conto veramente di quanto avessi bisogno della sua presenza, fino a quando non era venuta a mancare.

Una banalità, una questione semplice, quale punto utilizzare per la maglia che stavo confezionando per il nipote di comare Antonietta, quale gonna scegliere per andare alla balera. Questioni di poca importanza per le quali la sua voce pacata era una manna dal cielo.

Uscii di corsa, approfittando del fatto che la Margiala fosse fuori. Un'altra donna da far partorire. Mi sembrava incredibile che nascessero ogni giorno bambini in un paese tanto piccolo.

Indossai una camicia stretta che mi fasciava i seni e una gonna di raso nero. Evitai di guardare negli occhi quelli che incontravo per strada, quasi potessero scorgerla, dipinta sul mio viso, la colpa per quanto stavo per fare. Attraversai di corsa via Di Venere, in mezzo a lenzuola stese che ondeggiavano per strada, e assaporando gli aromi di sugo che le finestre aperte sprigionavano. C'era un caldo insopportabile anche solo per affrontare le strade, ma il mio era un buon motivo.

In pochi minuti mi ritrovai alla fermata del tram di piazza Umberto, tesa come la corda di un violino perché intorno a me c'erano solo uomini, eleganti in giacca e camicia.

Respiravo a fatica e qualcosa dentro mi faceva sentire come le donne dei bordelli che Giuseppe frequentava, con decine di occhi puntati addosso. Ero coperta dalle ginocchia fino al collo ed ero sicura che non si vedesse nulla del mio corpo, ma avevo la sensazione di essere nuda e inerme.

Fortunatamente, dopo qualche istante, il tram arrivò e mi sedetti su un sedile vuoto, accanto a una signora anziana ben vestita che mi fece sentire meno sola al mondo. Anche lei però mi scrutò con gli occhietti piccoli, interrogativi, e nel suo sguardo c'era un'espressione simile al disprezzo.

Voltai gli occhi nella direzione opposta, decisa a estraniarmi da tutto quel mondo di malpensanti, concentrata sull'indirizzo della casa di Cornelia, e speranzosa di riuscire a trovarlo da sola.

Bari appariva ai miei occhi un'autentica babele. La piazza della stazione era un andirivieni di persone intente a scorrazzare come api impazzite alla ricerca di miele. "Cosa avranno da correre tanto?", mi ritrovai a pensare, ubriacata dal frastuono di moto che correvano lungo la via dritta e lunga, dalla gazzarra di voci e rumori, dall'orologio della stazione che suonava dodici rintocchi. Mi voltai a indagare in ogni direzione ma, a perdita d'occhio, vedevo solo altra gente che vagava, ben diretta verso una meta, minuscoli puntini che si perdevano all'orizzonte e fui presa dal panico, perché lì non c'era alcuna comare a cui rivolgere le mie domande. Respirai a fondo e mi dissi che un avvocato famoso come Loiacono doveva pur essere conosciuto a Bari.

Un anziano mi passò davanti, annusando un sigaro.

«Scusatemi, sto cercando questo indirizzo», gli feci con aria dimessa, sbandierandogli sotto gli occhi il bigliettino stropicciato e sudato. Il vecchio dall'aria burbera mi scrutò da capo a piedi. D'istinto mi passai una mano dietro l'orecchio, a cercare protezione da tutto quell'imbarazzo. Gli occhi cisposi e viscidi dell'anziano per bene si posarono sul biglietto, poi scosse la testa in modo vigoroso e mi parlò con un tono untuoso: «Mi dispiace signorina non conosco il signore che state cercando». Poi mi salutò ammiccando.

Scelsi altri due, tre passanti, mentre avanzavo su quell'enorme strada di cui ignoravo il nome e che a me pareva infinita. Da tutti ottenni la stessa risposta.

Mi accasciai contro la parete di un grande palazzo in stile fascista, che correva quadrangolare fino agli angoli della strada.

Notai che alle mie spalle c'era la vetrina di un caffè, con le tendine plissettate di rosa e ghirlande di fiori appese alla vetrata. Mi coprii gli occhi con la mano, per farmi scudo dal sole, e sbirciai all'interno. Non ero mai stata in un caffè e tantomeno in uno così elegante.

Mi resi conto che a soli pochi chilometri da casa mia c'era un mondo così diverso a portata di mano. La modernità a due passi, e provai quasi rabbia sapendo che a noi era negata.

In quel momento la vidi. E fu come una folgorazione malvagia. La mano stretta in quella di lui, le labbra ammiccanti che ondeggiavano in parole che dovevano essere mielose e falsamente romantiche. Una gamba accavallata all'altra, a mostrare il tacchetto fino. Ogni suo gesto tradiva cattive intenzioni, ogni mimica pareva studiata, calcolata meticolosamente, voluttuosa e lasciva, come quella di mestieranti di bordello. Mi sforzai per oltrepassare quella vetrata, per sentire quel che si stavano dicendo, in mezzo a sorrisini complici che ondeggiavano da una parte all'altra del tavolino tondo, come tante scariche elettriche. Lui aveva l'aspetto di un ragazzone un po' cresciuto, con le guance tonde e rosate e una minuscola linea di baffi scura sulle labbra carnose. Capelli neri, lucidi e tiratissimi, che mi facevano pensare a un damerino, in tinta con le scarpe di vernice. C'era qualcosa nella sua aria spavalda che richiamava un attore del cinema o del teatro e non c'era da meravigliarsi che Rosetta avesse perso la testa e il pudore dietro qualche squattrinato e fascinoso uomo di spettacolo. Anche lei portava i capelli tiratissimi sulla fronte, fermati in una specie di crocchia che le scendeva di lato. Un fermaglio scintillante che la mamma non le avrebbe mai permesso di indossare. Il viso candido sembrava burro, in contrasto con le labbra infuocate. Anche lei nell'aspetto richiamava una di quelle donne di teatro, quelle donne fatali che sanno come far cadere un uomo ai propri piedi.

"Dov'è il bambino?", mi sorpresi a pensare. A un certo punto lui le sollevò la manina che teneva stretta e se la portò alla bocca. La baciò in modo languido, con due occhi che tradivano ben altre brame. Lei rispose allo sguardo con un'espressione che voleva dire sì. Come se si fossero scambiati un segnale di intesa, vidi che si alzarono entrambi, con la fretta di abbandonare chiacchiere e convenevoli. Mi schiacciai con la schiena contro la vetrata, per rendermi invisibile, mentre uscivano a passi affrettati dal caffè. Lei sottobraccio al suo amante, ancheggiando come un'attricetta da strapazzo e spostando l'aria con la mano in modo frivolo. Conversavano come due vecchi innamorati, e su di lei non aleggiava affatto la colpa dell'adulterio.

Li vidi scomparire all'angolo della strada e, lì per lì, fui tentata di seguirli, di scovare dove avrebbero consumato il loro peccato. La immaginai avvinghiata a lui, a gemere di piacere, ma rigettai con ribrezzo il pensiero, sostituendolo con la visione del piccolo Vincenzo che con i suoi mutismi nascondeva chissà quali verità, e persino con la visione del volto inerme di Domenico Occhi bianchi, che si spaccava la schiena dalla mattina alla sera e che non era mai riuscito a conquistare il cuore di sua moglie.

Provai un senso di pietà e miseria per lui, ma non ero certa di quel che sentivo per mia sorella. In fondo non c'era felicità nel suo matrimonio. Era una colpa cercarla altrove?

Fui assalita dai capogiri e quel mondo mi parve troppo diverso dal mio, pieno di insidie e di tentazioni. Riposi il bigliettino nella borsa e mi avviai di nuovo alla fermata del tram, tramortita e stanca.

Pensai a Cornelia nella sua bella casa di città e sperai che almeno lei fosse felice.

PARTE OTTAVA
L'AMORE

1

Estate 1950

Erano passati quasi due anni dal matrimonio di Cornelia e poco meno da quando avevo scoperto che Rosetta aveva un'altra vita, tra i palazzoni della Bari bene. Piano piano avevo accettato l'idea che le nostre esistenze avessero preso strade diverse e che essere sorelle non prevedeva la condivisione di tutto, tanto meno di sordidi segreti. Mi ero chiesta più volte se, messa alle strette, mia sorella avrebbe confessato i suoi peccati o si sarebbe limitata a fare spallucce e dirmi di pensare agli affari miei.

La domenica, durante la messa, la osservavo ingrigita nel suo abito scuro e accollato, mentre sedeva accanto al marito e al figlio. Il volto vestito di santità e le mani in prece. Mi domandavo quali fossero i suoi pensieri mentre pregava, mentre salutava al mattino il marito, prima di correre dal suo amante. Quante volte al giorno pensasse al fascinoso ragazzone del caffè. Mi scoprivo in continuazione a indagare i suoi pensieri, prima di indugiare sul volto della Margiala, a immaginare quale dolore avrebbe provato se solo le avessi rivelato quali segreti la sua figlia maggiore custodisse.

Con una punta di cattiveria, ritenevo che quel legame silenzioso tra noi avrebbe rappresentato un'arma di ricatto, se mai si fosse reso necessario smascherarla davanti alla mamma.

La Margiala, dal canto suo, forse per il peso degli anni che passavano e che lei non riusciva a fermare, si era fatta più dura del solito. Parlava di rado e quasi sempre le sue parole si riducevano a rimbrotti severi, concentrata com'era sul lavoro, sul tirare avanti – come diceva lei – per non farsi sopraffare dalla miseria.

Cornelia aveva avuto una figlia, una meravigliosa bambina dai riccioli biondi e dalla pelle candida come la sua. Quando passava a trovarci, avevo come l'impressione che la mamma si sciogliesse davanti a quel fagottino rosa, ritrovando la voglia di sorridere.

«Assomiglia a te, quando eri bambina», e nella naturalezza di quelle parole venivano meno i lunghi anni che la Margiala aveva speso in rimproveri e battute arcigne, allo scopo di far sentire Cornelia sempre l'ultima ruota del carro. Come se non avesse mai fatto apposta ad accanirsi un po' contro l'una, un po' contro l'altra. Era la convivenza stessa a costringerla a farlo.

«Fermati a mangiare da noi oggi. Sto preparando la carne con il sugo che ti piace tanto», diceva altre volte, quasi a voler accorciare le distanze da lei.

«Non posso mamma. Devo tornare a casa», rispondeva tutte le volte con garbo Cornelia, ma nelle sue parole c'era più un desiderio di fuga.

Mi osservava con il solito sguardo dolce, nell'atto quasi di chiedere scusa se la sua vita ormai era altrove, se quella casa e quel giardino erano rimasti relegati in qualche angolo nascosto della sua memoria, frammenti di una vita da tirare fuori con cautela, perché troppo diversa da quella che conduceva adesso.

La Margiala si rimetteva a mescolare i pezzi di carne nel sugo, per staccarli dal fondo della pentola, perché non si bruciassero. In fondo conosceva già la risposta.

Di fatto in quella casa eravamo rimaste io e lei, a condividere il veleno per le bravate di Francesco. Ma la Margiala aveva imparato a trattenere sia la rabbia, sia la disperazione per quel figlio scellerato. Si era fatta addirittura più distante da lui che da tutti noi. Evitava il contatto fisico, e anche le parole erano rare. Sapeva che poteva aspettarsi da un momento all'altro di vederlo entrare con un buco in testa o con il corpo sconquassato dal colpo di qualche verga. Peggio ancora, si aspettava pure che un giorno o l'altro sarebbe finito ammazzato e il suo corpo gettato in mare, come succedeva a tanti vagabondi e ladruncoli di strada.

O se lo immaginava stramazzato al suolo, sull'erba ispida del canalone, come lauto pasto per i cani randagi.

«Fortuna che suo padre non ha potuto vederlo», si limitava a dire qualche volta, tra una preghiera e l'altra.

A dodici anni si poteva essere considerati già delinquenti incalliti, e la vita per strada ti abituava in fretta a crescere. Io, come al solito, ero troppo presa dalla cantilena altalenante delle mie giornate, per domandarmi che cosa stesse succedendo alla mia famiglia. Mi sentivo chiusa in una morsa, l'ultimogenita di una madre vedova. Agli occhi di tutti avrei dovuto prendermi cura di lei, badare alla sua vecchiaia, occuparmi della casa, ostinatamente e silenziosamente, ogni giorno della mia vita.

La Margiala non diceva niente, ma io le avevo ascoltate le lingue delle comari insinuare che cosa avrei dovuto fare del mio destino: dargli un bel calcio nel sedere e ottemperare ai miei doveri.

«Certo, se Diamante non si sposasse, per te sarebbe anche meglio. In questa grande casa, tutta sola», blaterava comare Antonietta, tra un chicco d'uva e l'altro.

«Già, la solitudine è una cattiva compagna. Io la conosco bene», sussurrava a denti stretti comare Nenna.

Io ascoltavo le loro congetture, mentre lavoravo a capo chino sul telaio. Mi tappavo le orecchie per l'indignazione, ripetendo a me stessa che mai avrei accettato un destino del genere, che non mi sarei ridotta a morire lentamente tra quelle mura.

La mamma, dal canto suo, non replicava mai. Non annuiva e neanche contraddiceva le comari. Continuava a fare la sua vita e quelle parole le scivolavano addosso.

2

Come sempre facevo, quando sentivo incombere il peso di troppe pressioni, reagii cambiando prospettiva e aspetto. Avevo deciso che la Ferida non mi andava più bene, perché in fondo rappresentava il modello di donna che tutti si aspettavano, passionale ma fragile al tempo stesso. Dai sentimenti quasi selvaggi, per la loro foga, in balia delle decisioni di uomini più potenti di lei. Io volevo essere padrona del mio destino e non permettere a nessuno di scegliere al mio posto. Così, l'indole da maschiaccio, di tanto in tanto tornava prepotentemente fuori. Il primo cambiamento fu modificare la mia pettinatura. C'è sempre stato qualcosa nei miei capelli che mutava il corso dei miei umori, la bussola capace di direzionare le vele della mia vita.

Una bella mattina rincasai con i capelli corti. Miriadi di boccoli che mi lambivano la fronte e le guance.

«Ehi, Betty Boop», fu il commento di Rosetta, quando si presentò in cucina a ritirare le sue pagnotte di pane fragrante.

La Margiala mi osservò con un'espressione strana, quasi di resa, ma neanche un filo di voce uscì dalla sua bocca.

Sollevai le spalle e allargai le braccia, guardando mia sorella, in un gesto che esprimeva disinteresse per la mancanza di commenti da parte della mamma.

Sì, Betty Boop mi piaceva, tanto fascinosa e ribelle da meritare di venire radiata, censurata dalle menti dei benpensanti. Mascolina ma assolutamente femmina. L'idea calzava a pennello.

«La Ferida mi aveva stancato», commentai addentando della crosta dura.

«Se ogni tanto volessi assomigliare solo a te stessa, forse sarebbe meglio».

Il commento della Margiala era arrivato, tagliente e sagace come sempre. C'era un tono perverso e compiaciuto nella sua voce, quando elargiva moniti a noi ragazze, quell'aria di altezzosa superiorità che le veniva dall'austerità. Forse aveva ragione, forse c'era sempre una tensione verso l'altro nel mio modo di fare, una sorta di incongruenza con me stessa che non riuscivo ancora a rimarginare.

Avevo ben chiaro chi era Cornelia, una donna sofisticata nella sua candida semplicità, una moglie e una madre esemplare, innamorata di suo marito Lorenzo.

Avevo anche ben chiaro, adesso, il ritratto di mia sorella Rosetta, moderna ed emancipata, incurante dei suoi doveri, appassionata e alla ricerca di brividi.

Ma io, Diamante, chi ero? Che cosa volevo? La Colbert, la Ferida, Betty Boop. Ero passata attraverso tante immagini di un io sconosciuto, scambiando la vita per la finzione come nelle scene di un film.

Forse ero solo quello che la Margiala voleva, in fondo, una strega dall'aspetto cangiante e multiforme, una margiala io stessa, condannata alla medesima vita di austerità e solitudine.

«Io esco», dissi, perché quei pensieri pungenti mi avevano resa nervosa. Per una volta la mamma non provò a replicare.

Me ne andai con il naso all'insù, a fiutare l'aria, assaporando la leggerezza della mia chioma e sistemandomi la gonna leggera che svolazzava al vento.

Il suono del mare era un richiamo fortissimo per me. Ovviamente non era reale, visto che mancavano ancora alcuni chilometri perché potessi davvero percepirlo, ma era dentro di me, forte come una sensazione viva.

Quando il suono immaginario e quello reale si composero in un unico sussurro, non mi ero neanche resa conto di aver raggiunto gli scogli. Ondeggiavo sulle mie gambe molli, lasciando che la gonna ondeggiasse con me, ancora con il naso all'insù, a osservare quel pezzo di cielo.

Non mi resi neanche conto, piroettando come una bambina che danzasse, di aver urtato la schiena di uno sconosciuto.

«Vi chiedo scusa signorina», si giustificò lui, ma ero ancora voltata, in attesa che dietro quella voce si materializzasse una figura umana.

Io gli sorrisi, senza replicare, e abbassai lo sguardo. Probabilmente arrossii pure, lui incespicò, poi recuperò l'equilibrio, ma per farlo si sporse con il corpo e le braccia in avanti e io, senza pensarci, allungai la mano per afferrarlo. Un contatto lieve, una scarica elettrica, come quella che era corsa tra gli sguardi di Cornelia e Lorenzo quella sera nella balera di comare Antonietta.

Ne ero sicura, doveva trattarsi della stessa sensazione, ma la rigettai con forza come si rigettano i fardelli più grandi di noi, quando stanno per colpirci in piena faccia.

Lo sconosciuto sorrise, in un modo che mi ricordava il sorriso di mio padre, compiacente e sereno. Ritrassi la mano all'istante, quasi scottata. Gli voltai le spalle e mi diressi verso l'acqua, mentre la brezza marina mi solleticava i piedi e le caviglie e mi faceva sentire pericolosamente libera. Sbirciai dietro di me con la coda dell'occhio, fingendo indifferenza, ma sperando che lo sconosciuto mi stesse ancora osservando.

La pelle era scura e segnata dal sole e due grandi occhi neri brillavano come i sassi sul fondo del mare.

Mi sentii avvampare. Una sensazione spiacevole ma che speravo non mi abbandonasse più.

«Venite spesso qui? Da sola intendo». La sua voce ora era più vicina, potevo quasi sentirla sul collo e dietro le orecchie nude.

«Qualche volta», risposi, lottando per ostentare compostezza.

«Io ci vengo tutti i giorni, a osservare il mare. Da questa parte di spiaggia si arriva a vedere fino a Polignano, sapete. Mentre dall'altra parte è possibile sbirciare le barche dei pescatori che ondeggiano pigre, aspettando che qualcuno le faccia sentire ancora vive, sulla cresta dell'onda». Mi parlava come se fossi una forestiera, come se quel posto gli appartenesse e volesse condividerlo con una straniera. Stetti al gioco e finsi di farmi condurre da lui, all'esplorazione dell'anfratto di mare e di terra che amavo e odiavo di più, dove Pietro, un tempo lontano, aveva perso la vita. Da allora si era creato un legame unico con quel posto, la stessa perversa attrazione per le cose malvagie e al tempo stesso perfette. In un certo senso io ero in debito con quel pezzo di mare, perché mi aveva risparmiato.

Quel tipo di legame non può dissolversi col tempo. Ti rimane addosso come un pegno e una condanna.

Avevo come la sensazione che le parti del mio corpo fossero in lotta tra loro: le gambe erano molli a tal punto che le sentivo premere l'una sull'altra alla ricerca di sostegno, i denti tormentavano il labbro inferiore, alla ricerca di qualcosa da mordere, e il bizzarro groviglio nel ventre si faceva un dolore sempre più percepibile e meraviglioso al tempo stesso.

Il ricordo vivido di quel breve contatto con la pelle dello sconosciuto bruciava più del cocente sole d'agosto. Mi ripassavo le dita sul palmo, nel punto che lui aveva toccato. Indugiai poi sulla sua voce, non una voce da ragazzo ma da uomo.

Quanti anni poteva avere? Forse trenta, forse più. Una voce roca e suadente al tempo stesso. Forse era un marinaio, esperto conoscitore di ogni grotta del luogo, forse un pescatore e per quello amava osservare le barche ondeggiare sinuose come i fianchi di una donna al sole.

Mi piaceva la sensazione che quell'incontro mi aveva scatenato dentro, una specie di appetito molesto e desiderabile, un appetito che solo la vista di quegli occhi e di quelle labbra avrebbe potuto di nuovo saziare. Eppure ne ero sconvolta, perché non erano quelle le sensazioni che avrei voluto ritrovare in fondo al mio cuore. Piuttosto il medesimo astio che mi aveva mosso la prima volta a provare sprezzo per il bel Lorenzo, quando avevo intuito che si sarebbe insinuato nel normale corso delle nostre vite a sconvolgerlo. O l'invidia stizzita che da piccola mi aveva fatto tante volte ingarbugliare le budella, alla vista di Giuseppe che si beava al sole.

Mi ero sempre detta che ero nata per odiare il genere maschile. Mi ero detta anche che avrei serbato solo due uomini nel cuore, mio padre e Pietro, che solo loro avrebbero rappresentato per me quanto di buono può esserci in un maschio.

Mi voltai verso lo sconosciuto, per osservarlo. I suoi occhi, persi verso il mare, fissavano un punto non ben definito all'orizzonte e dentro vi era una specie di baluginio acquoso, qualcosa di vagamente somigliante a una lacrima trattenuta.

"Che sciocca", mi dissi.

Forse si trattava invece di un uomo sposato, un solitario amante del mare, che aveva solo scambiato due chiacchiere con una sconosciuta. Mi terrorizzò l'idea di poter perdere il sogno, di vederlo infrangersi contro quel che la realtà avrebbe potuto rivelarmi. E nello stesso tempo mi terrorizzò l'idea che il sogno potesse materializzarsi. Non mi ero mai sentita così, travolta dal flusso dei miei stessi pensieri, priva di controllo.

Per un attimo il pensiero corse alla Margiala. Così doveva sentirsi la mamma, in certi momenti, quando aveva la percezione fortissima che qualcosa sfuggisse al suo assenso. In quel momento anch'io provai la perversa, eccitante sensazione di dissentire con i miei stessi sentimenti.

Dovevo andarmene subito, per custodire quel momento perfetto, il mio momento perfetto, prima che ogni parola aggiunta lo rendesse privo di unicità. Così avrei potuto immaginare quello sconosciuto nel modo esatto che piaceva a me, alimentando di fantasie ogni istante in cui l'avrei ricordato. Sarebbe rimasto astratto, un pensiero fatto della consistenza dei sogni, e avrei potuto manipolarlo a mio piacimento, così come la mia mente manipolava le parole sussurrate da Pietro e Agostino.

«Devo andare», ruppi il silenzio.

«Ah sì certo», si limitò a dire, scrutandomi ancora un poco. Sollevai lo sguardo un'ultima volta verso il mare, poi mi voltai e andai via. Lo sconosciuto ancora fermo dietro di me.

«Ah, signorina», e la sua voce mi fece sobbalzare, «mi chiamo Antonio».

Antonio. Lo sconosciuto si chiamava Antonio.

«Io Diamante», dissi senza voltarmi a incrociare i suoi occhi. Mi affrettai per il canalone, ripercorrendo con la mente ogni momento di quei pochi istanti, con la stessa nostalgia con cui nelle fredde sere d'inverno si ripercorre il tedio estivo. Ridendo del suo sguardo, rabbrividendo per il contatto con la sua pelle scura, accarezzando il punto preciso in cui le nostre mani si erano toccate.

Il primo e unico amore della mia vita sarebbe partito da quella mano...

3

«Adesso che hai provato la tua nuova pettinatura, c'è da caricare i secchi d'acqua dal pozzo. Due grandi servono per preparare da mangiare e quelli più piccoli per lavare i panni. Fatti aiutare da Francesco a reggere il secchio. Poi c'è da lucidare le pentole di rame che sono annerite un bel po' e oliare tutte le teglie per le focacce. Hai due maglioni da finire ai ferri e qualche maglietta intima che ti è stata commissionata dalla moglie del tappezziere, per i nipoti che vengono a trovarlo dall'America, ha detto».

Quell'elenco di mansioni era la vendetta della Margiala per essermi presa qualche ora di libertà dalla mia vita.

Domenico Occhi bianchi se ne stava seduto sui gradini di casa sua, intento a passarsi una sigaretta spenta da un lato all'altro della bocca. Si stava godendo il suo momento di riposo del primo pomeriggio, la pausa prima di tornare al lavoro. Indossava una maglia lisa intorno alle ascelle e un paio di pantaloni marroni alzati fino alle ginocchia. Le braccia secche penzolavano in avanti, di tanto in tanto le mani si incrociavano o si alzavano a mezz'aria a scacciare qualche mosca. Mi salutò con un silenzioso cenno del capo.

Francesco gli schioccò uno schiaffo sul braccio, così, all'improvviso.

«È che c'era una mosca. Una di quelle grandi e verdi».

Lui ricambiò allo schiaffo con un sorriso e con un buffetto sulla guancia.

«Avanti, monello, reggi questo secchio», gli chiesi lanciandogli uno sguardo sornione.

La tovaglia era ancora apparecchiata. Qualche briciola di pane sparsa qua e là e la bottiglia di vino quasi vuota. Nessun piatto per me. La mamma aveva servito il pranzo alla stessa ora di sempre, aveva fatto mangiare i suoi figli maschi e forse anche Rosetta, Vincenzo e Domenico, ma non mi aveva aspettato.

Farmi saltare il pranzo era un altro modo per punirmi della mia assenza. Nessuna parola di rimprovero ma tanti gesti che messi insieme suonavano come uno schiaffo. Non mi sarei piegata ai suoi giochetti né mi sarei mostrata affamata, non nella mia giornata. La Margiala non sarebbe riuscita a rovinare quel momento.

«La mamma ha preparato lo stufato di carne, con patate e pomodori», fece Francesco, leccandosi i baffi che ancora non aveva. Gli lanciai un'occhiata ferale. Neanche quella piccola peste sarebbe riuscita a mettermi di cattivo umore. Tirai la pompa fischiettando, come si addiceva a una vera Betty Boop, mostrandomi indifferente alle loro provocazioni.

«Era buonissimo», continuò, non pago della sua cattiveria, «ne ho mangiate due porzioni».

«Già, la mia e la tua», gli risposi ridendo. La Margiala scodinzolava intorno al tavolo, lentamente, sparecchiando con pigrizia, come se stesse meticolosamente ritardando ogni faccenda, perché il tempo si accorciasse e i miei doveri aumentassero. Aveva uno strano umore. Non era arrabbiata e neanche austera, più che altro si comportava come se volesse estraniarsi da tutto il resto, persa in chissà quali vaniloqui che la aiutavano a tenersi distante da noi. Di tanto in tanto pareva ricordarsi della sua mansione di castigatrice e si avvicinava al pozzo, come un gatto sospettoso, furtiva, sempre nell'atto di criticare.

«Tira piano o fai cadere l'acqua per terra. Ricordati di metterci il limone sul fondo delle padelle. Strofina di gomito o il bruciato non viene via». Non protestavo e non davo segni di insofferenza, intenta com'ero a fischiettare un motivetto inventato. Non volevo urtarla, ma essermi sentita donna, per la prima volta nella mia vita, mi rendeva più forte anche davanti a lei. Quella penosa guerra mi solleticava come un insetto molesto. Niente di più.

Stavo ancora ripercorrendo mentalmente ogni momento di quell'incontro, cercando di cogliere i dettagli che lo avessero reso unico. Non era per qualcosa di particolare nel suo aspetto. Poteva essere bello come tanti altri. Neanche per una sfumatura nella sua voce o nei suoi occhi. La verità era che non esisteva una ragione concreta per cui mi era rimasto così attaccato addosso.

«Vengo qui ogni giorno», aveva detto. C'era forse il sapore di un invito in quella affermazione? Un modo come un altro per dirmi che mi avrebbe aspettata, intento a scrutare un punto non ben definito dell'orizzonte.

Ogni volta che quei pensieri riaffioravano, cercavo di scacciarli scuotendo il capo e sperando così di quietare la frenesia che mi ribolliva dentro. Mi sentivo però esattamente come un sassolino che rotola giù da una montagna. Una specie di ansia strisciante, di formicolio al ventre, una sensazione nuova, potente, che mi rendeva distratta verso tutto il resto. Come avrei dovuto chiamarla quella sensazione là?

Avevo paura a pronunciare il nome che le si addiceva di più. Infatuazione, attrazione? Quel garbuglio di nuove emozioni mi provocava il capogiro. E la cosa che mi faceva impazzire era che, tanto più il malessere fisico per quel nuovo appetito aumentava, più correvo con il pensiero a ripercorrerlo, compiaciuta del mio stesso soffrire.

Avevo deciso che dovevo rivederlo. Mentendo a me stessa e convincendomi che la cosa avesse solo una valenza quasi scientifica: verificare che cosa avrebbe scatenato in me ritrovarmi davanti quegli occhi di pece.

La realtà era che morivo dal bruciante desiderio di vederlo ancora, ma era difficile, difficile ammetterlo.

Passarono diversi giorni prima che la mia nuova fuga potesse attuarsi. Stavo diventando nervosa e irascibile, perché temevo che alla lunga Antonio si sarebbe stancato di aspettare.

Quella mattina la mamma mi aveva ordinato di preparare delle focacce, per noi e per comare Nenna, che sarebbe venuta a ritirarle nel pomeriggio. Alimentai il vecchio forno a carbone e probabilmente di carbone ne misi troppo o non lasciai che la fiamma si facesse dolce e domabile, perché diverse forme di focaccia si cossero troppo tutt'intorno, spandendo per la cucina un odore di bruciacchiato che faceva sembrare il danno più grande di quanto non fosse in realtà.

«Hai fatto un guaio», sbraitò la Margiala, staccando frammenti di pizzo nero carbonizzato.

«Come pensi di diventare una buona moglie se non sei buona a cucinare?»

«Non penso di diventarlo. Punto e basta». Le parole furono sputate fuori prima che avessi il tempo di organizzarle. Se solo mi fossi fermata a riflettere, forse non le avrei pronunciate, avrei lasciato perdere, così che la Margiala sbollisse la sua rabbia e gongolasse nella sua superiorità.

Lei invece mi osservò perplessa, con uno strano scintillio negli occhi, poi alzò il braccio a mezz'aria nell'atto di colpirmi. Tenne il gesto sospeso per qualche secondo, come a volerlo caricare di pathos. Per un attimo pensai "Non lo farà, non ha mai alzato un dito su di me", poi invece la sua mano si fiondò sulla mia guancia, ruvida e callosa, secca come quella di una morta.

«Così impari a rispondere a tua madre».

La sua voce tremava per l'indignazione, ma continuai a fissarla in quei suoi occhi vitrei, freddi come il ghiaccio del grattamarianna, sfidando la sua rabbia.

«Ricordati che qui ci sono le mie regole», e chinò lo sguardo a sbriciolare ancora pezzi bruciacchiati, a rovesciarli sul tagliere, a girarli e rigirarli, come fossero al centro dei suoi pensieri. Capii allora che scontavo ancora la punizione per la mia assenza di qualche giorno prima, che la Margiala non dimenticava ma serbava il rancore con la stessa parsimonia con cui io conservavo le marmellate d'inverno. Che il suo rancore andava al di là della mia assenza. Mi stava punendo perché ero diventata anch'io una donna!

«Questa è casa mia e comando io», continuò poi, con lo sguardo sempre rivolto verso le focacce, rompendo a tratti il silenzio con qualche esclamazione stizzosa, colma di indignazione. Rimase con le dita affusolate sui pezzi di carbone, inerte per qualche secondo.

Non saprei dire cosa stesse facendo. Io continuavo a massaggiarmi la faccia, nel punto in cui le mani fredde avevano lasciato il segno. Pochi secondi dopo alzò lo sguardo e mi fissò. Fu quasi sul punto di dire qualcosa, poi le parole le morirono in gola. Rimanemmo a guardarci per qualche istante, occhi negli occhi, come due gatti randagi che si studiano accorti, poi si mosse di nuovo verso le focacce sul tagliere, con un gesto brusco, conclusivo, con le mascelle contratte, e gettò tutto nella spazzatura.

Forse la Margiala aveva intuito qualcosa. D'altronde era o no una strega? Doveva aver messo insieme qualche indizio e letto attraverso lo strano scintillio dei miei occhi.

L'idea che fossi felice le ripugnava a tal punto?

Capii che la guerra era ricominciata. Per tutto il resto della giornata non disse più niente, non si pronunciò più su quel che era successo. Rifece da capo il procedimento per le focacce e ovviamente le vennero benissimo.

Intanto io aspettavo con ansia il mattino dopo. Una donna da curare, febbre alta e dolori addominali, ne avrebbe avuto per qualche ora.

E già assaporavo il mio nuovo momento di libertà.

4

Distesa sul letto, nella mia camera solitaria, attendevo solo che le lancette dell'orologio girassero svelte, per portarmi come d'incanto al momento preciso in cui sarei stata di nuovo là, davanti a quei profondi occhi neri.

Chiudevo e aprivo le palpebre a più riprese, gettando aria dai polmoni, con il petto che mi faceva male per l'emozione. Con l'adrenalina che mi circolava nelle vene e mi annebbiava la vista, conferendo un'immagine diversa alla realtà, a tutta la mia vita.

Cosa mi tamburellava nella testa? Mi sarebbe piaciuto andare a fondo dei miei pensieri, capire verso quali tortuosi e intricati labirinti mi stavano conducendo. Non ero abituata a sentirmi all'improvviso priva di difese. Un maschio impenitente e cocciuto, questo mi ero sempre considerata. Questo la Margiala aveva sempre pensato di me. Non potevo essere capace, io, di dispensare amore come Cornelia, neanche di adorare un uomo con gli occhi civettuoli di Rosetta. Il nocciolo duro in fondo al mio cuore non me lo avrebbe permesso. Nera e inattaccabile come la Margiala.

Il tempo trascorso a meditare su quell'incontro mi rendeva inquieta. Il pensiero di lui si era fatto assordante e percussivo e aveva fagocitato tutto il resto. E quel pensiero mi riportava a uno sguardo, a degli occhi, a delle mani ruvide e annerite dal sole d'estate. Quel pensiero mi riportava a una voce, roca e profonda. Quell'unico pensiero si era intrufolato dentro Diamante, aveva perforato il nocciolo duro che c'era dentro me, lo avevo sciolto e amalgamato al succoso frutto, addolcito come miele.

E mi faceva male il petto, tanto forte era l'emozione che provavo. Distolsi il pensiero dallo sconosciuto per qualche istante, a osservare la mia stanza. Mancava sempre qualcosa da quando Cornelia se n'era andata, mi sentivo intrappolata da quelle pareti scrostate, come se potessero anche loro fagocitarmi.

Quando i primi barbagli di luce iniziarono a rimbalzare sulle lenzuola attraverso il lucernario chiuso, si sentivano già i rumori delle galline che ruzzolavano nel cortile, pigolando come tante comari assetate di chiacchiere.

La Margiala allora si era già svegliata, perché all'alba lasciava che le galline girovagassero libere per il cortile, prima di rinchiuderle nel recinto, sul retro della casa di Rosetta. Diceva che con quell'accortezza le uova venivano meglio. Sentivo i suoi passi svelti attraversare il corridoio e poi dirigersi fuori, per poi ritornare esattamente al punto in cui i suoni erano partiti. Poi il tintinnio di due tazze: Giuseppe che andava al lavoro e che beveva il suo caffè, quindi il rumore del chiavistello. Lei stava armeggiando ancora in cucina adesso, forse intenta a preparare gli intrugli da portare alla povera donna. Il giorno prima aveva raccolto dal giardino alloro e malva, per farci dei decotti. Il baccano delle galline si faceva presto insostenibile. Difficile pensare che Francesco, dall'altra parte del mezzanino, riuscisse ancora a dormire. Ma quel bambino sembrava non fosse scalfito da niente.

Cominciavo a innervosirmi, sdraiata in quel caldo infernale, ma non volevo incrociare il suo sguardo e tantomeno mi sentivo pronta a qualcuno dei suoi rimbrotti acidi.

Avrebbe iniziato a elencarmi tutta una serie di mansioni già ben catalogate nella sua testa, con le quali la giornata sarebbe volata via dall'alba al tramonto, in un soffio.

Mi sdraiai supina e incrociai le braccia dietro la nuca, nel tentativo di recuperare un po' di calma. Mi dissi che era solo questione di minuti, poi l'avrei sentita sbattere lo stipite della credenza per prendere la sua borsetta e uscire di gran lena.

Camminavo svelta per il canalone deserto, con il cuore gonfio di agitazione. Mi sentivo come un carcerato in fuga. Assaporavo la mia evasione, nella totale noncuranza di quel che mi ero lasciata alle spalle: Francesco ancora addormentato dall'altra parte delle scale, mia sorella che si sarebbe chiesta dove fossi finita e, imprevisto peggiore di tutti, il rientro della Margiala, prima del mio.

Avevo indossato al volo un vestito viola di voile, che la mamma mi aveva confezionato per i funerali di compare Uberto, il proprietario del vecchio fico.

«Non c'è bisogno che tu tenga il lutto stretto, sei così giovane. In fondo era solo un vecchio brontolone che prendeva a nerbate quel povero fico. Si sarà vendicato».

E infatti il vecchio era morto cadendo rovinosamente da una scala, mentre raccoglieva, manco a dirlo, dei fichi. Lo aveva fatto innumerevoli volte nella sua lunga vita, ma il destino aveva deciso che quella sarebbe stata l'ultima.

Il vento attraversava la stoffa leggera e colpiva la pelle delle gambe e dell'inguine, nel punto esatto in cui sentivo uno strano calore che risaliva fino alla pancia. Cosa avrei detto? Sarei stata audace o avrei finto indifferenza? Scuotevo il capo, seguendo l'oscillazione del vento, per scacciare i pensieri contorti che mi sussurravano di lasciar perdere, di non fare colpi di testa, che forse quella vibrazione strana l'avevo sentita solo io, era nella mia testa e anche nella mia pancia.

Al porticciolo non c'era nessuno se non qualche sparuto pescatore solitario, già rientrato dalla battuta di pesca, intento a risistemare le reti per il giorno dopo o a raccogliere il pesce da portare al mercato lì vicino. Sbirciai attraverso la spessa cortina di luce che mi impediva la vista, per scorgerlo magari chino su una di quelle barchette multicolore o ad armeggiare con qualche rete fabbricata a mano.

«Credevo non sarebbe più venuta».

La voce proveniva dalle mie spalle, roca e suadente come ricordavo. Socchiusi gli occhi, per prendere coraggio, e deglutii un paio di volte, con la bocca arsa e la testa leggera.

«Ho avuto da fare», replicai scioccamente. Non potevo certo confessargli che mi era impossibile sgattaiolare impunita, con quell'aguzzino di mia madre a tenermi stretta per la gonnella. Quando mi voltai a guardarlo, ripercorsi ogni momento del nostro primo incontro. Avrei voluto chiedergli se mi avesse aspettata, tutti i giorni, chino a fissare la spuma del mare, così come io avevo atteso quel momento, per ogni istante.

Il mare era tranquillo, silenzioso, in pace con il resto degli elementi. Avrei potuto abbandonare tutto e vivere là per sempre, beandomi della vista di quegli occhi scuri. Il riverbero della luce mi colpiva in piena faccia e dovetti coprirmi la fronte con la mano, per poterlo osservare meglio.

Il vento fischiava come l'audace richiamo di una sirena, ma riusciva a malapena a increspare la superficie dell'acqua, sollevando un odore pungente di salsedine. Cosa avrei dato per spogliarmi di tutto e gettarmi tra quelle acque!

«Facciamo una passeggiata? Io abito da quella parte, dietro il castello svevo». E mi indicò il punto esatto con un dito, rivolgendosi a me ancora come se fossi una straniera. «Per me arrivare qui è questione di minuti. Quando apro la finestra della mia cucina, al mattino, sento sulla faccia lo schiaffo del mare. È il mio risveglio. Non lo cambierei con niente al mondo».

Nessun accenno a un noi. Aveva una moglie, una famiglia o era solo al mondo?

Stavo muovendo i primi passi insieme a un perfetto sconosciuto.

«Se togliete le scarpe, vi riesce più facile», mi disse, sorridendo ancora nel modo meraviglioso della prima volta. Di tanto in tanto qualche lieve spruzzo giocoso si infrangeva sui sassi più grandi, creando armoniosi giochi d'acqua. Gli schizzi mi lambivano la pelle, come danzassero intorno a me.

Antonio guardava il mare, poi me, poi di nuovo il mare, ma il suo sguardo nascondeva qualcosa, ostentava una sicurezza nell'evolversi del nostro incontro.

Le nostre anche si sfioravano a ogni passo, per poi riallontanarsi, in un balletto che mi faceva cavalcare il petto.

«Allora Diamante, ditemi qualcosa di voi. Da dove venite?»

«Ah, vivo a pochi chilometri da qui. Ci venivo spesso da bambina, a pescare insieme a un mio amico».

«A un amico?», domandò insinuando qualcosa che – non poteva sapere – non sarebbe più stata possibile.

«Pietro. Si chiamava Pietro. È morto, ingoiato dal mare».

«Mi dispiace. Non avrei dovuto».

«No, non fa niente, eravamo solo due bambini. È successo tanto tempo fa».

«I vostri occhi dicono che vi fa ancora male, però».

«Forse sì. Non saprei. Forse perché mi sento in colpa. I bambini hanno uno strano modo di vivere i lutti».

«Già. A volte anche gli adulti».

I suoi occhi si erano spinti di nuovo verso il mare, come se quell'ultima frase avesse risvegliato qualcosa di sopito in lui. Oh, Dio, com'era difficile farsi un'idea di una persona solo da qualche battuta! Mi faceva star male pensare di sentirmi attratta da lui, senza sapere assolutamente nulla della sua vita.

«Allora, cosa fate nella vita?», chiese riprendendo un tono scanzonato.

«Poche cose».

Avrei dovuto mentire? O dirgli esattamente la verità? Optai per una parziale verità.

«Faccio maglie», risposi sollevando uno schizzo d'acqua con i piedi. «Mia sorella Rosetta fa maglie e mia sorella Cornelia faceva maglie prima di sposarsi».

«Ah, tre sorelle. E le vostre sorelle sono belle quanto voi?». Aveva sferrato il primo colpo, con leggerezza e noncuranza. Questo avrebbe dovuto indurmi a pensare che sapeva come trattare una donna, che conosceva l'arte di adulare, ma invece mi piacque che la sua voce me lo dicesse. Lo guardai sorridendo, senza rispondere. Subito dopo mi diedi della sciocca e oscillai con il capo, per recuperare il controllo di me stessa.

«Oh, e mancano ancora due fratelli, Giuseppe e poi Francesco, una vera peste».

«Vostro padre sarà fiero di una famiglia così».

«Mio padre è morto», dissi sollevando lo sguardo per osservare il mare, come se Agostino potesse scrutarmi, in mezzo a quelle lievi onde spumeggianti, in mezzo alle altre creature eterne.

«Ops, ne ho combinata un'altra. La mia lingua non sa tacere», e sembrò davvero rammaricato.

«No, voi non c'entrate, davvero. Anche questo è successo tanto tempo fa. Ho superato la cosa».

In effetti mi resi conto in quel momento che, se andavo a cercare tristezza per quel che era capitato a papà, se andavo a rovistare nel mio cuore, trovavo ancora una volta solo un nocciolo duro, un dolore composto che forse non somigliava neanche più a un dolore. Se mi sforzavo di ripensare al suo viso, vedevo davanti a me l'immagine ritratta nella foto che la Margiala teneva in camera da letto. Mio padre era una specie di icona, ormai. Era il bel Valenti, nell'atteggiamento di sfida verso il mondo. Com'era quando mi parlava? Che espressione aveva quando si arrabbiava con me, o quando suonava leggero la sua armonica a bocca? Non lo ricordavo più, e più mi sforzavo di ritrovare immagini familiari, più si facevano forme confuse e farraginose.

«Ecco, la mia casa è lì dietro». Me lo disse di nuovo, ancora come fossi una forestiera a cui mostrare le bellezze della sua città.

Lo conoscevo bene l'intricato nodo di viuzze del quartiere vecchio, i lastroni bianchi delle strade che baluginavano al sole, le casupole addossate le une alle altre a togliersi l'aria e le lenzuola stese a creare un tessuto unico da una sponda all'altra della via. C'ero stata con Pietro, a scrutare gli uomini che giocavano a carte davanti alla porta di casa, con un bicchiere di vino in mano. Qualcuno, con la sigaretta spenta tra le labbra e un banchetto di fortuna davanti, racimolava soldi, facendo il giochino di indovinare la carta.

Una volta c'aveva provato anche Pietro e, non avendo

soldi nelle tasche, aveva pagato il debito con le quattro ombrine che aveva pescato.

Bari vecchia era come un piccolo mondo, uno di quelli intrappolati nelle sfere di cristallo, che pare meraviglioso solo perché lo osservi da fuori.

Accettai con lo sguardo il suo invito, sapendo che nella sua affermazione era nascosta una domanda.

"Vuole venire a casa mia signorina?", mi stava chiedendo.

E io, sfacciatamente, gli stavo dicendo sì.

5

La vista del porticciolo non mi era mai parsa così bella come dalla finestrella della sua casa. Una casa minuscola, con i muri scrostati e qualche piantina di fiori a ornare il davanzale e a renderlo meno brullo.

Una finestra sul mare da cui si poteva ammirare il castello svevo e lo scorcio meraviglioso di paesaggio che si apriva alle spalle della maestosa costruzione. Persino l'ondeggiare delle barche era perfettamente percepibile.

Il cielo era terso, di una limpidezza che faceva assaporare tutto lo splendore dell'estate, l'estasi delle albe e dei tramonti, il gusto di un'altra vita che sapevo possibile ma così distante dal mio mondo.

Antonio fissava il solito punto imprecisato all'orizzonte, forse il suo posto segreto, nel quale ritrovare la pace.

Le due camere che costituivano la sua casa ostentavano il classico aspetto di un rifugio da scapolo. Poche suppellettili, pochi ingombranti mobili e un paio di piatti e bicchieri nella credenza. Scostai lo sguardo dal paesaggio per lanciare un'occhiata d'insieme alla stanza che doveva essere la cucina, ma poteva essere un salotto, un ingresso o qualsiasi altra cosa, con un po' di fantasia.

Mi piaceva quella possibilità di adattare le funzioni alle esigenze, senza canoni prestabiliti. Una forma superiore di libertà, inconcepibile per una che era cresciuta in una casa come la mia, nella quale persino l'ordine con cui sistemare i piatti nell'acquaio era affare assai serio.

Vestiva in modo sportivo, con dei pantaloni piuttosto larghi arrotolati fino alle ginocchia e una maglietta da marinaio, con il risvolto del collo sollevato fino alla nuca. I suoi occhi mi attiravano senza pietà, sarei stata ore e ore ad ascoltare i segreti che avrebbero potuto svelarmi.

«Hai mai visto niente di più bello?», e mi stupì piacevolmente che avesse iniziato a darmi del tu.

«Non credo», dissi, voltandomi verso la finestra, ma non mi riferivo solo al paesaggio. Lui non poteva saperlo o forse sapeva tutto, sapeva già quello che avrei desiderato ardentemente fare, a dispetto del rigore che la Margiala mi aveva inculcato per anni.

La Margiala!

Il fatto di aver pensato a lei, per un attimo, mi aveva rabbuiata. Era presente anche quando non c'era.

Rise con aria complice e adagiò una mano sul davanzale, vicinissima alla mia. Questione di millimetri e avrei potuto sentirne il calore, stringerla tra le mie dita.

Considerai per un istante la possibilità di andarmene, in quel preciso momento, prima che succedesse altro. Quello era un gioco pericoloso. Pericolosa la mia presenza nella casa di uno sconosciuto, pericolosa la mia fuga da casa, pericoloso soprattutto il groviglio di aspettative che sentivo crescere in me.

Pericolosi i suoi occhi, le sue mani, le sue labbra.

Le mani di lui si tenevano vigorosamente al davanzale, mani ruvide, non femminee come quelle di Lorenzo. Trovavo irresistibili persino le tracce di vernice rossa sotto le unghie, particolare che non avevo notato la prima volta e che mi indusse a pensare che fosse un pescatore o comunque un marinaio.

Dalla prima volta la sua pelle si era fatta più scura, consumata dal sole. Quante ore passava a godersi la salsedine sulla faccia? Mentre io me ne stavo china sul telaio a preparare caldi ristori per le delicate ossa dei bambini, pensando già all'inverno, mentre fuori la vita esplodeva con tutte le sue fragranze.

Improvvisamente tutto mi parve piatto e grigio nella mia quotidiana monotonia. E tutto aveva invece la luce abbagliante dei colori e della vitalità in quella casa sgangherata.

«Non voglio che tu vada via», mi disse, leggendo nei miei pensieri. Lo guardai intensamente, con la gola sempre più chiusa, incapace di sussurrare anche poche parole.

Scossi il capo, il che poteva significare molte cose.

No, non volevo andare via.

No, dovevo per forza andare via o avrei fatto qualcosa di cui poi, forse, mi sarei pentita.

Poi accadde l'inevitabile. Il senso di attesa in quegli sguardi caricò i nostri corpi, come due fili elettrici crepitanti. Le nostre labbra si incontrarono, prima un tocco fugace, per studiarsi e assaporarsi a vicenda. Poi si cercarono ancora, più avide, aperte in un abbraccio, a rapire l'aria che l'altro respirava. Non avevo mai provato la sensazione lasciata dalla bocca di un'altra persona, umida e turgida. Le mani si scostarono dal davanzale e andarono a cercare il corpo dell'altro, avvinghiandosi in una stretta vigorosa.

Cosa stavo facendo? Quella terribile intuizione mi scosse più di una scarica elettrica. Allontanai le mani dalla sua schiena e afferrai tremante la borsetta dal tavolo. Lo ammirai un'ultima volta. Un'espressione di attesa aleggiava sul suo volto, insieme al rammarico perché mi ero divincolata dai suoi abbracci.

«Devo andare», sibilai, sentendo il volto paonazzo per l'eccitazione.

Tentò di fermarmi, di afferrarmi con la mano, per non farmi scivolare via, ma imboccai la strada lastricata del centro, appigliandomi alla borsetta come fosse la mia ancora di salvezza. Con le lacrime agli occhi, perché quello che avevo provato era bellissimo, ma nello stesso tempo mi faceva star male. Oltrepassai i chiassosi capannelli di vecchi intenti a giocare. Sembravano spensierati come bambini e si accapigliavano per un tiro mancato o per una partita persa. Mi resi conto, mentre correvo per le viuzze intricate di Bari vecchia, superando il castello svevo a grandi passi, e sentendo le sferzate fresche della salsedine sulla faccia, che, per quanto avessi cercato tutta la vita di sottrarmi alle regole, ormai ne ero completamente soggiogata. Che la questione della morale non era faccenda solo da preti e beghine. Che mi era stata cucita addosso. Che non era facile mantenere il rispetto di se stessi, quando si contravveniva a tutto ciò che era considerato lecito. E io mi ero lasciata trascinare a casa di uno sconosciuto. Mi ero lasciata avvinghiare dalle sue spire sinuose, mi ero lasciata esplorare dalla sua bocca affamata di baci.

Mi mancava l'aria. Mi fermai a respirare all'altezza del porticciolo, mentre il vento mi asciugava le lacrime, assaporandone il sapore salato con la punta della lingua, come da bambina, quando piangevo di nascosto dopo che la Margiala mi aveva redarguito per qualche malefatta. Inspirai a fondo, poi mi diressi verso il tram, ravviandomi più volte i capelli e schiarendomi la voce, il volto ancora paonazzo e le mani che non avevano smesso del tutto di tremare per l'agitazione.

6

Trascorse parecchio tempo. Settimane, forse mesi, non lo ricordo più. Senza che riuscissi a togliermi dalla testa la voce dello sconosciuto né il sapore delle sue labbra. Più ricacciavo negli anfratti remoti del mio cuore la sua immagine, più quella tornava a tormentarmi e si faceva pungente come tanti rovi. Tremendamente dolorosa.

Persino la Margiala aveva imposto una nuova tregua tra di noi. Forse anche lei notava la mia angoscia. Mi ero fatta distratta e non badavo più neanche a quei piccoli trucchetti cui ricorrevo per provocarla. Senza accorgermene, finivo per sistemare i piatti nell'ordine di grandezza, per sedermi a tavola con la schiena dritta e i gomiti ben tesi, per stendere le camicie dagli orli. Con costernazione, mi resi conto che, esattamente come i soprannomi, come il senso del pudore e della decenza, come tutti gli assiomi della Margiala, anche quelle abitudini erano diventate parte di me.

Nonostante ogni mio sforzo, però, perché la mia vita andasse avanti nello stesso identico modo di prima, sapevo che, dal giorno in cui non avevo più rivisto Antonio, la terra franava sotto i piedi. Mi scoprivo a pensare a lui più spesso di quanto desiderassi, combattuta tra il desiderio di continuare a condurre la mia esistenza indomita, da maschio mancato, e la voglia di lasciarmi addolcire dalla sua stretta vigorosa, di sentirmi solo ed esclusivamente donna. Di nascosto dalla Margiala, presi più volte a fuggire verso il porticciolo. Ansimante e in preda a una specie di delirio. Alla ricerca dello sconosciuto che mi aveva cambiata dentro. Non ero più sicura di ricordare con esattezza i lineamenti del suo viso. Li avevo immaginati tante di quelle volte che ormai la realtà si era mescolata alla fantasia. Antonio non era solo quello reale. Era anche quello dei miei sogni, dei miei sospiri solitari sdraiata sul letto della mia minuscola stanza, a ripercorrere ogni centimetro del suo viso, a ghermirne il ricordo. Tornavo con delusione a casa, a passi lenti, quando mi ritrovavo da sola a scrutare i volti al di là delle barche. Solo vecchi pescatori con la pelle bruciata dal sole.

"Un giorno o l'altro verrà", ripetevo a me stessa, convinta che certe cose gli amanti le possano sentire. Potevo andare a casa sua, certo. Ma, ingenuamente, volevo illudermi che sarebbe stato lui a cercarmi.

Una mattina di fine estate, dopo l'ennesima corsa per il canalone, mi fermai a riprendere fiato e a osservare il porto. L'aria era frizzante e la linea dell'orizzonte si confondeva con il mare, piatto e calmo. Sembrava un gigante addormentato. Vinta dalla stanchezza, mi lasciai cadere su un tronco abbandonato sulla spiaggia. La salsedine lo aveva in parte corroso, ma quel tronco rimaneva ancora solido e vigoroso. Mi fece venire in mente la Margiala, e odiai me stessa perché in quel momento la mia mente era andata rapida a recuperare la sua immagine. Afferrai la faccia tra le mani e la scossi forte, mentre sentivo la schiena attraversata da decine di brividi. Con gli occhi chiusi, mi sembrava di poter abbracciare il mio dolore, pur sapendo che il dolore che provavo non era solo legato alla perdita dello sconosciuto. Era una voragine più profonda, più nera della pece degli occhi di Antonio. Ricacciai indietro le lacrime perché, se avessi iniziato a piangere, sapevo che non avrei più smesso. Soffermai lo sguardo invece su un minuscolo granchio che lottava contro la corrente per tornare al suo scoglio. Mi venne quasi da sorridere, perché persino una creatura così piccola sapeva quale fosse il suo rifugio.

«Vuoi un po' di compagnia?».

Chiusi gli occhi e deglutii più volte. Il battito del cuore mi rimbombava nei timpani. Ero convinta che fosse possibile ascoltarlo anche dall'esterno, tanto era forte.

Non ero sicura che quella voce fosse reale. «Solo un sogno», sussurrai, persuasa che ormai anche la storia d'amore che non avevo mai vissuto facesse parte di un lungo, lunghissimo sogno.

Poi mi voltai, con il terrore di aver confuso tutto. Che quella voce appartenesse a un altro sconosciuto con gli occhi di pece e la pelle ambrata.

Lui mi fissava con gli occhi tremuli. Non poteva sapere quante volte il mio desiderio di rivederlo si era infranto contro una spiaggia solitaria. Non poteva neanche sapere quante volte lo avevo immaginato a occhi chiusi, ripercorrendo con la lingua le mie labbra, per provare a sentire ancora il suo sapore.

«Come stai?», mi domandò, esibendo un largo sorriso. Gli risposi che stavo bene. Mi faceva uno strano effetto percepire il suono della mia voce. Il tono addolcito con cui le parole mi uscivano di bocca, quasi appartenessero a un'altra me, una donna che si svelava solo davanti ai suoi occhi. Mi tese una mano per aiutarmi ad alzarmi. La guardai, prima di porgergli la mia, quasi impaurita dalle conseguenze che quel nuovo contatto tra noi avrebbe potuto provocare.

Affondammo i piedi nella sabbia, parlando come due

vecchi amanti. Arrivammo alle barchette del porto, ormeggiate al sole. Antonio salutò con un cenno del capo alcuni pescatori. Notai i loro sguardi posarsi su di me, ma per la prima volta non mi sentii in imbarazzo. Anzi, la cosa mi fece quasi piacere.

Poi percorremmo a passi lenti le viuzze del centro. Oltrepassando i soliti capannelli di anziani, presi dai soliti giochi. Notai con piacere che nulla era cambiato dall'ultima volta. Neanche la sua casa, spoglia e disadorna come la ricordavo. Con la finestra sul mare perennemente spalancata. Quando Antonio mi prese tra le braccia, sentii sciogliersi un nodo in gola, il cuore battere forte per l'emozione, le gambe lottare per sostenere il mio peso.

Mi baciò con delicatezza, come a dirmi che gli ero mancata, che mi aveva aspettato.

Avrei potuto lasciarlo con quel dolce sapore tra le labbra e andarmene, rimandare al domani quel che sarebbe potuto succedere in quell'istante.

Ma non era quello che volevo. Non più, e lui lo sapeva.

Fece scivolare la mano sotto il vestito, dove sentivo salire un calore intenso, capace di permeare ogni nervatura del mio corpo. Raggiunse le mutandine e le arrotolò lentamente fino alle caviglie. Lo guardai sorridendo, come se quella fosse la cosa più naturale del mondo.

Non mi era mai successo niente di simile. Avrei dovuto avere paura e invece mi pareva che dal giorno stesso in cui Rosetta e Cornelia mi avevano detto che ero diventata donna, non avessi atteso che quel momento. Si chinò per sfilarmele via, mentre le mani ruvide scivolavano come carta vetro sulla mia pelle, facendomi sussultare.

Non potevo credere che si fosse fermato a baciarmi proprio là, in ginocchio ai miei piedi, con la chioma che scompariva tra le mie cosce. Inarcai la schiena, e la sensazione di piacere che provavo mi faceva sentire senza difese.

L'odore del mare entrava dalla finestra, spinto da folate di vento, ma le mie narici si stavano abituando ad altri aromi, per me sconosciuti, più secchi e caldi.

Chiusi gli occhi per sentire il calore del mio corpo crescere, per ascoltare i gabbiani che volteggiavano vicinissimi a noi, per assaporare il mugugnare lieve delle sua labbra appiccicose sulla mia pelle.

Non ero più lì, non ero più io. Attesi come una vergine pronta alla sua iniziazione rituale che le sue mani esperte mi facessero esplorare di più.

Attesi che mi sfilasse il vestito e mi osservasse nuda. I miei fianchi ondulati, il mio ventre arrotondato, i miei seni prosperosi e morbidi.

Attesi che mi adagiasse su quel pavimento freddo, che non bastava da solo a stemperare il calore del mio corpo.

«Non l'ho mai fatto», mi limitai a dire, guardandolo negli occhi, mentre si spogliava davanti a me.

«Lo so. Stai tranquilla».

7

Due anni dopo

Era settembre e le vigne abbarbicate ai pali intorno alle campagne tra Carbonara e Ceglie erano belle mature e pareva che sussurrassero ai passanti di cogliere i loro graspi dolci e succosi.

Francesco se ne tornò a casa carico, a bordo della sua bicicletta sgangherata che aveva cambiato aspetto e che era stata verniciata di nero perché il proprietario non potesse più riconoscerla. Era uscito di buon'ora con tre grembiali della mamma annodati intorno alla cintola dei pantaloni, segno che aveva già architettato la missione di quella mattina.

La Margiala non sprecava neanche più energie a rompergli qualcosa su quella testa dura e vuota, tanto sapeva che era tutto inutile, e aveva piamente deciso di affidarsi alle preghiere. Forse quelle avrebbero avuto più fortuna di lei.

«Non c'era la recinzione», si giustificò lui, convinto che ci fosse sempre una buona ragione per rubare.

«Dio ti punirà», si limitò a dire lei ed era la prima volta che tirava in ballo la forza divina. Quella frase non turbò affatto mio fratello, ma sortì invece un effetto inatteso su di me. La notte feci dei sogni terribili e le voci dei miei due angeli morti tornarono a tormentarmi. Nessuno dei due, però, si rivolgeva a me con parole di incoraggiamento, ma con moniti e spergiuri. Mi sentii addosso un'anima nera, come quando ero bambina e la Margiala continuava a ripetermi che c'era qualcosa di più profondo e insidioso nei miei riccioli ribelli.

Al mattino, molto presto, entrai di soppiatto nella camera padronale, mentre la mamma era affaccendata in giardino. Era incredibile come quella stanza avesse conservato intatta la stessa aura di sacralità che già l'adornava quando ero piccola. E non era solo la penombra appositamente creata e neanche il fatto che le pareti fossero puntellate di santi con il volto in prece, c'era qualcosa nell'atmosfera che si respirava a renderla simile a un luogo dello spirito.

Il tempio dell'austerità della Margiala.

Mi inginocchiai al confessionale ligneo e osservai la foto di papà, evitando volontariamente gli occhi d'ortica di nonna Diamante che, se solo avesse potuto, mi avrebbe fulminata dal posto in cui dimorava in quel momento

«Scusa papà», mi limitai a dire, ma non ero del tutto convinta che le sensazioni fastidiose che mi pungolavano dentro potessero definirsi sensi di colpa. Era più un senso di vaghezza, dell'incompiuto, come se il cerchio non si chiudesse.

Come il fastidioso prurito provocato da una brutta orticaria.

In un certo senso mi rendevo conto che, per quanto avessi cercato per tutta la vita di allontanarmi dalla Margiala, qualcosa mi riconduceva al suo modello di vita, nonostante fossi convinta di aborrirlo. Lasciai perdere i sensi di colpa e raggiunsi gli altri in giardino, avventandomi sui chicchi d'uva, in bella mostra sul tavolo. La mamma non li aveva buttati via e non aveva nemmeno costretto Francesco a riportarli al suo legittimo proprietario.

«È un peccato sprecare tutto questo ben di Dio», si era

limitata a dire e ciò era bastato perché quel frutto del peccato si trasformasse in succulenta prelibatezza. In quel periodo mangiavo frutta in gran quantità e questo non faceva che rendere più morbide le mie carni, più rotondo il mio ventre e più gonfi i miei seni.

Ma sembrava che ad Antonio non dispiacesse.

Facevamo l'amore tutte le volte che potevamo, incontrandoci per lo più a casa sua. Una volta avevo avuto persino l'ardire di invitarlo da me, e solo per il perverso desiderio di fare un dispetto alla mamma. Proprio durante l'estate di quell'anno, in occasione della festa di Valenzano che si teneva ad agosto, per la ricorrenza di san Rocco. Un evento cui la mamma non era mai mancata, così come la sottoscritta e Rosetta. La tradizione voleva che si percorressero a piedi i cinque chilometri che separavano i due paesi e che si trascorresse l'intera giornata fuori, tra messe, pellegrinaggi, mercatini allestiti per le vie del corso. Si mangiava del pane portato da casa o del calzone di cipolle e lo si gustava seduti sul muretto a secco di qualche casa. Ce n'erano tante intorno e con un po' di fortuna si poteva trovare riparo dal sole all'ombra di un grande fico. Accampai la scusa delle mie "cose".

«Ma non ti dovevano venire la settimana prossima?», azzardò la Margiala, a cui non sfuggiva mai niente. Scossi il capo, come a dire che io a quei conti non badavo. La casa sarebbe stata vuota per ore, almeno fino al ritorno di mio fratello per il pranzo. Alle otto Antonio era già da me.

Ci rotolammo senza pudore tra le lenzuola linde del letto padronale, lo stesso su cui la mamma aveva dormito tutte le sue notti di vedovanza, con gli sguardi dei santi a redarguirci dall'alto e le foto di papà e della caporalessa a fare da contorno.

«Questa stanza mi fa quasi paura», disse sottovoce, guardandosi intorno di sottecchi. «Mi sento come spiato».

«È solo perché non hai mai visto mia madre», risi piano, per timore che i muri potessero sussurrare qualcosa alla Vecchia Scoreggia di comare Antonietta, in agguato a spiare i miei segreti. Disseminammo sul pavimento i vestiti, desiderosi di lasciare la scia dei nostri desideri, fino a quel letto che ai miei occhi di bambina era sempre sembrato enorme. Ora accoglieva così dolcemente i nostri corpi eccitati.

Antonio era sudato, per via della strada che aveva percorso correndo fino a casa mia. Mi piaceva assaporare le gocce salate di sudore sulla sua pelle scura.

«È la prima volta che lo facciamo senza luce», aveva detto facendomi sorridere. A casa sua saltava subito agli occhi la luce che penetrava in estate e in inverno da quella finestra sul mare. Lo avevamo sempre fatto così, non nascondendo niente dei nostri corpi l'uno all'altra.

Quel grigiore e quella cupezza rendevano i miei lineamenti più dolci, come circondati da una lanugine soffusa.

«Sembri fatta di velluto», mi sussurrò, prima di prendere a baciare la mia pelle.

Quanto sarebbe andata avanti la nostra storia? Quanto ancora avremmo potuto continuare a vederci di soppiatto, come due spie o due delinquenti, rubando gli spazi della nostra solitudine?

Era sempre quel fastidioso prurito che avevo dentro a sussurrarmi che qualcosa stava cambiando, che le cose non sarebbero potute rimanere nello stesso stato per troppo tempo, che prima o poi avrebbero dovuto evolversi in altro. E due anni erano un tempo sufficiente perché questo avvenisse.

Ma Antonio non aveva mai parlato di diventare una coppia normale. Credo fosse inconcepibile per lui rinchiudere la sua vita in qualcosa di rigidamente determinato come il matrimonio. E a me sembrava naturale non farne parola, conscia probabilmente dell'effetto che avrebbe sortito su di lui.

Mi ritrovavo a pensare che forse lo desideravo così tanto proprio perché era solo e ancora il mio amante clandestino, lo sconosciuto di due anni prima, un po' pescatore, un po' marinaio, un po' fannullone.

Lo avrei desiderato nello stesso modo se fossi diventata sua moglie?

Avrei voluto poter rispondere a quella domanda, perché forse mi avrebbe salvata dalla convinzione che la nostra storia fosse condannata a restare furtiva e ancorata a quella condizione, per rimanere perfetta.

Mi baciò per qualche minuto, il tempo di ripercorrermi tutta, di assaporare forse che effetto gli facevo, a occhi chiusi.

Poi, un semplice movimento e mi penetrò. L'immediatezza con cui compì quel gesto quasi mi tolse il fiato. Avrei voluto dirgli di fare piano, di gustarmi lentamente, di lasciarmi il tempo di adeguarmi al suo ritmo, al suo ansimare. Ma lui era chiuso a riccio sul mio corpo, radicato dentro di me, con forza. Poi si fermò, nonostante cercassi di trattenerlo ancora a me. Era già scivolato via, lasciandomi solo una sensazione calda in mezzo alle cosce divaricate, il suo umore che si stava spargendo dentro e anche fuori di me.

Mi sollevai urlando, terrorizzata all'idea di bagnare le lenzuola della Margiala, di lasciare anche lì il segno del nostro peccato.

«Quello è tuo padre?», mi domandò nudo, davanti al confessionale, il corpo teso e ogni muscolo in vibrazione.

Il pene ancora eretto, ad attendere altra carne. Lo osservai sentendo addosso una strana sensazione, e quella domanda, pronunciata così, mi parve quasi un oltraggio.

Quella fu una delle ultime volte che io e Antonio facemmo l'amore.

PARTE NONA
LA MALATTIA

1

Autunno 1952

«Adesso mi occupo io di te», fu la frase che la Margiala sussurrò quasi ansimando, dopo che il dottore mi ebbe visitato. Non riesco a immaginare che cosa avesse provato la mamma. Rabbia, paura, disperazione, delusione.

Forse sarebbe stata la delusione, il sentimento che avrei provato io al suo posto, ma la Margiala non era me. Lei era fatta di una pasta tutta sua, di una pasta dura e difficile a piegarsi. Fece di tutto perché la cosa rimanesse circoscritta alla nostra famiglia ma, non si sa come, tre giorni dopo comare Antonietta si presentò a casa nostra, con tanto di informazioni precise su quel che mi era successo.

«Lo ammazzo con le mie mani», pronunciò secca, dopo che la comare se ne fu andata. E si sa come vanno queste cose in paese. Di lunedì la gente avrebbe mormorato che facevo la puttana per conto di qualche signorotto di Bari.

Il martedì che ero finita in chissà quale giro, gestito dalla malavita e che, povera me, mi ero lasciata abbindolare dal più losco di tutti.

Il mercoledì sarei diventata la puttana di un farabutto, senza soldi, che mi aveva illusa con la scusa del matrimonio.

E così dicendo, fino a quando ai primi particolari non se ne fossero aggiunti altri, finché tutti non si fossero stancati della storia di Diamante, la figlia della Margiala, rapiti da pettegolezzi più freschi.

Non mi importava quel che la gente mormorava di me, men che meno di chi pensassero fossi stata la puttana.

Ma alla mamma sì. Lei aveva vissuto tutta una vita da vedova, per rimanere fedele ai suoi principi. Ho sempre cercato negli anni di cancellare gli effetti delle dicerie della gente. L'interesse passa in fretta ma l'infamia rimane. Il ricordo più nitido è invece lo strano miscuglio di sentimenti che provavo per Antonio. Avrei voluto tanto essere capace di odiarlo, anzi avrei dovuto odiarlo con tutte le mie forze, nel momento stesso in cui avevo saputo a cosa mi aveva condannata. E invece, tra le tante sensazioni che provavo per lui, l'odio non era presente.

Rabbia, solo tanta rabbia, mentre quel male subdolo mi corrodeva le membra, senza provocarmi dolore oltretutto, si infistoliva dentro di me, a volere mettere radici.

Il medico, il dottor La Selva, un ometto basso e barbuto con una striscia di capelli appoggiata al cranio, quasi a chiedere scusa della sua presenza, aveva spiegato alla mamma che la sifilide era una malattia difficile, che non si sapeva bene come evolvesse da uno stadio all'altro e con quali conseguenze e, soprattutto, che effetti avrebbe lasciato sul mio corpo. Le parlava come se io non fossi nella stessa stanza, sdraiata sul letto padronale, lo stesso dove io e Antonio ci eravamo amati una delle ultime volte, con un telo di lino a coprirmi le parti intime che il medico mi aveva visitato.

Proprio lì dove una grande piaga rossa aveva preso consistenza in mezzo alla mia pelle chiara.

Faceva molto caldo quel giorno, uno dei più brutti della mia vita, e non perché avessi scoperto la mia malattia e il modo in cui mi era stata trasmessa, ma perché sapevo bene che quella sarebbe stata la fine della mia storia. L'epilogo inatteso del cerchio che non si chiudeva.

Trascorsi la notte sveglia e passeggiai in giardino, vicino agli oleandri fioriti, a ripercorrere i pezzi della mia infanzia e della mia adolescenza che mi sembravano infranti chissà dove. La luna brillava bianchissima e disegnava meravigliose ombre di luce sull'erba, sugli alberi da frutto, sulle piante aromatiche. Ciascuna illuminata a suo modo, ciascuno importante per completare il quadro del tutto.

Mi scoraggiava il pensiero che proprio nel momento in cui mi sembrava di aver trovato il mio posto nel quadro, qualcosa fosse sopraggiunto a rompere l'incanto. Mi ribolliva il sangue, poi, all'idea che per Antonio non ero l'unica, forse non lo ero mai stata. Forse era incapace di amare nel modo che io concepivo. Faceva parte della sua maniera di affrontare la vita, scegliendo a piacimento le proprie regole.

Ma quella regola non mi stava bene. Non potevo accettare che fosse mio e poi anche di qualcun'altra o che, dopo aver giaciuto a letto con me, si divertisse con un'altra puttana.

Tanto era così che mi sentivo. Esattamente come quelle che in tanti frequentavano nei bordelli. E in tutto quel frastuono che mi rimbombava nella testa, la faccenda della malattia era davvero l'ultimo tassello di quella storia infelice.

La brezza notturna giocava con le maniche della mia camicia da notte e io mi aggiravo come un fantasma trasparente in mezzo al verde. Socchiusi gli occhi e pensai che sarei tanto voluta tornare a quando ero bambina. Avrei voluto sentire Cornelia che mi richiamava dal lucernaio, per dirmi di rientrare in camera, Rosetta che mi attendeva sull'uscio, battendo con il piede il tempo della sua indignazione, come la Margiala, avrei voluto sentire Tommaso ustolare malinconico alla ricerca di cibo e papà canticchiare il suo motivetto felice.

Non avevo più nessuno intorno. Tommaso era morto da un pezzo e Rosetta si era trasformata in una sconosciuta. Mi fermai a pensare tanto da farmi dolere la testa, a ricercare il momento preciso in cui tutto era cambiato.

La Margiala si comportava con me come se niente fosse accaduto. Mi controllava le macchie rossastre sul corpo e mi dava le medicine, esattamente come faceva quando ero bambina.

«Mi aiuti a fare la marmellata oggi?», mi aveva domandato la mattina dopo, quasi con maggiore indulgenza del solito.

Riempii due ceste di mele renette e versai l'intero contenuto sul tavolo della cucina. Non era il mio gusto preferito, forse per via del colore, né acceso né spento, o del sapore, né troppo dolce né troppo acre. Ma quella faccenda dei contrasti mi aveva già procurato abbastanza guai.

«Inizia a sbucciarle, io scelgo i vasetti». Mi parlava come se mi stesse rispiegando tutto da capo. Forse voleva reinsegnarmi ogni cosa, per capire quale fosse il punto in cui aveva sbagliato. Afferrai il coltello, con gesti lenti e meticolosi, e iniziai a sbucciare le mele a una a una, prima concentrandomi sullo spessore della scorza, poi sulla forma delle fette. Lentamente le mia testa fu presa dall'operazione che stavo compiendo e, come da bambina, la preparazione del cibo fu capace di esercitare su di me un potere terapeutico.

«Incredibile che l'albero ne abbia portate così tante! Di mele intendo», fece lei, come fosse la cosa più naturale in quel momento parlare delle mele.

Annuii con il capo.

«Ho comprato del sidro». Il sidro era un ottimo addensante e consentiva di preparare delle marmellate meno zuccherine, perché alla Margiala piaceva che sapessero di frutta, non di zucchero.

«E ricordati di metterci dentro anche qualche seme di mela», un altro dei suoi segreti, come il peperoncino nelle braciole. Lavorammo tutta la mattina, io a sbucciare e a tagliare, la mamma a mescolare e mescolare, fino a quando venti vasetti non furono ricolmi di una composta di uno strano colore, una specie di arancione un po' sbiadito.

«Ben fatto», esclamò lei, ripulendosi le mani nel canovaccio che teneva appeso al grembiale.

«Ben fatto», la imitai.

Penso di non essermi mai sentita tanto vicina alla Margiala come in quel momento, con le mani sporche di marmellata, un fazzoletto annodato alla testa e un paio di sandali di seconda mano.

2

Diversi anni dopo...

Dovetti accettare il fatto di non rivedere più Antonio e di continuare la mia vita come se quei due anni fossero stati un incidente di percorso. Rinunciai anche all'idea di sposarmi. Con quello che mi era capitato, potevo ritenermi fortunata a essere viva, ma ormai ero marchiata con una lettera scarlatta. Non meditai più di tanto su quella scelta, rinunciai alla possibilità così come si rinuncia alle imprese per cui non ci si sente tagliati.

Per tutti gli anni che seguirono a "quell'incidente di percorso", tentai più volte di pensare lucidamente, di trovare l'anello mancante che servisse a sistemare tutti i fatti, nel loro perfetto ordine sequenziale, ma io non avevo la dote della Margiala di irreggimentare il mondo nelle sue regole.

Continuai a fare maglie e la mamma a fare la Margiala. Tentai un paio di volte di leggere nei fondi del caffè, ma non vi trovai mai niente di più che informi macchie marroni.

«Il dono lo devi andare a scovare», mi diceva lei, ma io sapevo benissimo che la dinastia delle margiale si sarebbe esaurita con la mamma. Tutto in me era assolutamente "normale", nessuna traccia delle doti che lei sperava prima o poi di ritrovare. Tentai anche con i bambini piccoli, quelli che accorrevano in braccio alle mamme o alle nonne, contorcendosi per i dolori alla pancia. Recitavo le formule della mamma, per scacciare le oscure energie negative che partivano da quel punto preciso dell'addome contratto, a cui seguivano decine di amen e segni della croce, ma i poveretti continuavano a dimenarsi come se avessero un serpente aggrovigliato alle budella, fino a quando la Margiala non interveniva con le sue mani rinsecchite e rugose. Era evidente che mi cimentavo in quelle assurde imprese solo per accontentarla, perché la mamma non voleva proprio rassegnarsi all'idea che tutto il suo mondo se ne andasse con lei.

Lei e Rosetta avevano finito per non rivolgersi quasi più la parola, nonostante si vedessero tutti i giorni.

«Puaff! Tua sorella...», si limitava qualche volta a dire, lasciando la frase a metà, triturando le parole tra le labbra. Non le chiesi mai se avesse saputo delle sue scappatelle, non ero certo io quella nella condizione di dare giudizi morali, non la puttana di uno squattrinato, un po' pescatore, un po' marinaio, un po' fannullone, con il vizio delle donne di bordello.

I suoi zigomi alti e le sopracciglia ben fatte. Le labbra sempre di un rosso acceso. La donna smorfiosa nella quale Rosetta si era trasformata, non corrispondeva molto all'immagine della sorella austera che io ricordavo da bambina. Quando pensavo a lei e la incrociavo in giardino, un po' distratta, un po' civettuola, una morsa di gelosia mi chiudeva lo stomaco. In fondo lei era passata impunita attraverso le sue relazioni. Era sempre bella, anche se il velo grigio degli anni aveva iniziato a incupire il suo sguardo.

«Allora, cos'hai da guardare?», mi riprendeva di tanto in tanto, quando mi sorprendeva a fissarla. Scrollavo la testa e sorridevo, perché trovavo estremamente divertente il fatto che non sapesse. Che l'avessi scoperta, stretta al braccio del suo bello, era un segreto che non avrei mai condiviso con lei.

Domenico Occhi bianchi se ne era andato ancora giovane, consumato da una malattia allo stomaco che lo aveva reso ancora più magro e più pallido.

«È meglio che sia morto prima», si era limitata a dire la mamma. Prima di cosa? Prima di vedere la moglie all'opera, prima di scoprire ogni cosa, prima di lei?

Poteva essere prima di molte cose, ma un fatto era certo, che se n'era andato presto e che aveva reso mia sorella vedova quando il cuore e il corpo di una donna sono ancora in grado di palpitare.

«Abbi almeno la decenza di portare il lutto», era stato l'unico rimbrotto della Margiala, a cui Rosetta aveva risposto esibendo un abito grigio con un'ampia scollatura, che era il massimo del dolore che ormai poteva concedersi per un uomo che aveva sempre sopportato a fatica.

«Povera Rosetta, vedova così giovane», commentavano le comari, scambiando il suo silenzio per tristezza, ma io ero consapevole che quella di mia sorella era solo un'espressione di attesa e che stava pregustando il momento in cui si sarebbe sentita di nuovo libera. Le dicerie sul suo conto in paese cominciarono a moltiplicarsi, esattamente come si erano moltiplicate quelle sul mio, ma a lei non importava.

Non c'era modo di sapere quanta verità ci fosse nelle storie raccontate dagli altri, neanche in quelle che io stessa mi ero costruita alimentando la realtà di fantasie.

In fondo non avevo mai saputo dove Rosetta fosse andata con il ragazzone effeminato, dopo aver lasciato il caffè in centro, ma l'avevo sempre immaginata avvolta tra le sue braccia in qualche alberghetto di periferia, a godere nello stesso modo selvaggio che ebbi modo di sperimentare anch'io con Antonio. E ho sempre dato per scontato che l'abbia fatto anche in seguito, per il resto dei suoi giorni. Lo immagino ancora adesso, ma sono le mie fantasie, è la mia Rosetta. Chi sia in realtà mia sorella, ora non lo so più.

3

Primavera 1989

«Si tratta di tua nipote mamma», aveva insistito Cornelia, pregando con gli occhi la Margiala.

«Ci devo pensare, non ho ancora detto di no». Era una risposta secca, certo, ma lasciava intravedere qualche spiraglio. D'altronde non capitava tutti i giorni di assistere al matrimonio di una nipote, e per l'ultimogenita di Cornelia il gran giorno era arrivato. Mia sorella ormai faceva parte di un altro mondo che, nonostante fosse a pochi chilometri dal nostro, era segnato da una distanza che non aveva niente a che fare con quella fisica. Il matrimonio si sarebbe celebrato in una bella sala per ricevimenti sul mare, la Grotta Regina, così chiamata perché tanti anni prima – questo si raccontava – una famosa regina aveva deciso di trascorrere una giornata in riva al mare, proprio lì. Sullo spuntone di roccia che si protendeva verso l'acqua, avevano costruito un ristorante.

«Non capisco quale sia il problema», aveva replicato Cornelia, mentre ce ne stavamo entrambe sedute in giardino a goderci il fresco del tramonto estivo.

«È che lei è fatta così», le risposi con una certa flemma, come se ormai conoscessi la Margiala meglio di chiunque altro. Il suo mondo era difficile da afferrare ma in un certo senso si poteva capire. Non era per il ricevimento in sé o per la differenza sociale, ma lei tanto per cominciare non aveva mai visto il mare e, decidere di farlo non doveva essere facile. Era come scardinare tutte le sue certezze e le sue certezze erano fatte anche di talune mancanze.

Era diventato difficile, poi, afferrare i momenti di lucidità della mamma. Negli ultimi tempi aveva vissuto in uno strano limbo, in una dimensione ovattata e amara, come penso sia la stanza vaga in cui vivono tutti quelli che, come lei, cominciano a perdere i ricordi. Era successo anche alla madre di comare Nenna. Non era più in grado di distinguere una scarpa da un paio di pantaloni, non ne ricordava né l'uso né l'utilità e già da anni aveva preso a chiamare sua figlia Chiara, come l'amata sorellina che era morta un lustro prima, strappata via dalla poliomielite. Forse era nell'età della fanciullezza che quei poveri vecchi andavano a trascorrere gli ultimi momenti sulla terra. E come dar loro torto? Non credo esista periodo più bello dell'infanzia nella vita di un essere umano. L'anziana comare non sapeva più distinguere l'estate dall'inverno e spesso, prima che la figlia prendesse a vestirla come una bambina dalla testa ai piedi, indossava un maglione, quando fuori l'afa toglieva il fiato. Non riconosceva più neanche il caldo e il freddo. Nella sua memoria nebulosa persino le sensazioni fisiche dovevano essersi trasformate in ricordi lontani e soffusi. La Margiala lo sapeva e credo che, nel profondo del suo cuore, sapesse anche che la sua mente le stava giocando lo stesso tiro mancino. Tuttavia era ancora in grado di discernere gli strani momenti di stasi ipnotica che colpivano la sua memoria, che con il trascorrere dei mesi, si andava liberando degli strascichi meno ingombranti, con la stessa facilità con cui la mamma di comare Nenna si liberava dei vestiti nelle notti d'inverno, quando la figlia la trovava a girovagare mezza nuda per casa, intenta a contare una fila immaginaria di cipressi o di violette che forse avrebbe voluto adornassero la sua tomba.

«Oscuro presagio», blaterava comare Nenna, dall'alto della sua saggezza in fatto di miracoli, visioni e santi. La vecchia, però, infischiandosene dei pronostici della figlia maggiore, continuava a vivere in quella sua strana dimensione, tessendo e sfilando l'aggrovigliata trama di pensieri che ormai fluttuavano senza controllo nella sua testa, ignorando il passato e il futuro, come un neonato. Certe volte mi fermavo a osservare la Margiala seduta al tavolo della cucina. Pareva concentrata, come stesse ingaggiando una battaglia con la sua stessa mente, intenta a ripercorrere l'ordito della sua vita per non smarrire alcun brandello. Talvolta sostava a osservare quei minuscoli puntini di pulviscolo evanescente proiettati nei coni di luce che entrano prepotenti dalla finestra, le gambe divaricate e ben piantate al pavimento sbeccato. Di tanto in tanto annuiva con il capo, e il mento appuntito e magro ondeggiava avanti e indietro. Mi chiedo quale ricordo, quale frammento della sua vita stesse cercando di recuperare in quel momento. Poi cercava di afferrarli quei punti sospesi nel fascio di luce.

Le dita si chiudevano a riccio ad agguantarli e ghermirli. Chinava gli occhi e osservava il pugno, come si fa quando si è provato ad afferrare una mosca. La si trattiene ben bene tra le dita serrate e poi si apre lentamente la mano, per gongolarsi nella visione di averla catturata. Che delusione quando quello spiraglio, però, la fa volare via!

Allo stesso modo i puntini di luce che la Margiala raccoglieva si facevano di nuovo sfuggenti quando riapriva la mano, e lei osservava le sue dita grinzose con il volto deluso. Difficile ammettere che la sua figura, minuta e smilza, mi suscitasse in quei momenti una profonda tenerezza.

Difficile soprattutto immaginare che la sua corazza dura e coriacea potesse perdere, uno dopo l'altro, tutti i pezzi ferrei che l'avevano resa così invisa all'amore e alla tenerezza.

Scuotevo il capo, perché era più facile pensare a lei come alla donna dura che era sempre stata. Succedeva spesso che la sua altezzosa ripugnanza verso il mondo intero tornasse a manifestarsi come un tempo, e in quei frangenti la Margiala ostentava la medesima tempra di una donna nel fiore degli anni. Quando la si coglieva in fallo, allora lei arginava il problema e si toglieva d'impiccio scaricando la colpa sul tempo, su qualche comare che l'aveva distolta dai suoi impegni, o su qualunque altra quisquilia potesse giustificare la sua dimenticanza.

Alcune notti si agitava nel sonno e gridava il nome della madre morta o quello di Agostino. In quei momenti di delirio, la testa le ondeggiava a destra e a sinistra, ansimava e il petto sembrava scosso da forti sussulti.

Mi precipitavo da lei, per destarla da quei brutti sogni che la tormentavano. Spalancava gli occhi, fissando attonita la credenza, lo sguardo ancora rapito dalle visioni che l'avevano colta nel dolce torpore del sonno. Poi si stropicciava gli occhi cisposi e chiedeva un sorso d'acqua. Non mi parlava di altro. Non si giustificava di niente. In fin dei conti era sempre la Margiala... Mi opprimeva il petto il pensiero che stesse smarrendo a poco a poco i pezzi della sua storia, come un fiume che lentamente va perdendo forma, straripa dai suoi argini, invade i campi intorno prima che il sole torni a prosciugarlo e a portarselo via. Così appariva ai miei occhi la mente di mia madre, ma era un segreto solo mio, nessun altro in famiglia faceva caso alla sua metamorfosi. La trasformazione era ancora in uno stato embrionale, i sintomi erano sfuggenti e la Margiala era brava a dissimulare. Le falde negli argini della sua memoria erano ancora sottili, quasi non facevano danno.

Di tanto in tanto, però, soprattutto la sera, i piccoli cedimenti si trasformavano in falle più vistose, il fiume perdeva forma, iniziava a invadere ogni brandello di verità. Il reale e l'immaginario si confondevano in un ibrido informe, si mescolavano come l'humus alla terra.

«Hai spento lo stufato?», mi diceva allora all'imbrunire, dimenticando che lo stufato lo avevamo già mangiato da un pezzo.

«Tua sorella è passata oggi?», mi domandava altre volte, non ricordando che se ne fosse andata solo da un'ora.

Con il passare dei giorni apprese a dissimulare anche quelle ingenue dimenticanze. Nell'unico modo possibile per una come la Margiala. Evitando di parlarmi. Se si fosse resa una presenza invisibile, allora le sue stranezze sarebbero passate inosservate.

«Ti ho mai raccontato di quando tuo padre mi ha portata qua da Cerignola?», mi domandò una sera, e c'era una specie di urgenza in quella domanda. L'ansia di ricucire il passato, per non perdere il presente, forse.

Le feci cenno di no, rimanendo io stessa stupita che non mi fosse mai venuto in mente di chiederle una cosa del genere. In fondo la Margiala sembrava talmente una del posto che avevo persino rimosso il fatto che venisse da un'altra parte. Che potesse sentirsi una forestiera, che potesse essere scrutata con gli occhi indagatori e fiammeggianti delle comari, alla vista di una donna venuta da un altro paese. Avevo dimenticato che fosse nata e cresciuta in mezzo alla campagna cocente e non a due passi dal mare. Ricordavo però le volte in cui accusava mio padre di una certa mollezza di spirito.

«È perché siete gente di mare», diceva lei, «avete l'acqua pure dentro», e si batteva il petto con il pugno serrato, a dimostrare che lei, come tutte le persone di campagna, la scorza ce l'aveva dura. Non contava il fatto che mio padre avesse lavorato nei campi, uliveti e vigneti di famiglia, vero orgoglio di nostro nonno.

«Non diventi contadino solo se passi qualche ora chino sulla terra», blaterava sempre. Si trattava piuttosto di una condizione mentale, di una predisposizione alla vita differente, che il mare e la terra inevitabilmente ti lasciano addosso, tuo malgrado.

4

Erano arrivati in paese all'ora del tramonto. Le donne ancora intente a piroettare davanti alla porta di casa, nell'atto convulso di sfregare i gradini dell'ingresso. Non c'avevano messo molto a riconoscere Anita come una forestiera. La sagoma sottile e aggraziata della sconosciuta le aveva attratte, tanto da lasciare scopa e sporcizia e da seguire con il naso all'insù la scia lasciata dalla "straniera".

«Come gli insetti che captano le vibrazioni dell'aria», disse la Margiala, imitando le loro buffe espressioni. Lei le osservava tutte, persuasa che fosse suo diritto ispezionare quegli sguardi indagatori, a uno a uno. La testa ritta e un severo cipiglio. Non c'era il minimo cenno a un saluto nel suo modo di scrutarle, ma una semplice manifestazione di superiorità. Così come il capo branco non ha bisogno di dimostrare chi è il più forte, una volta guadagnata la stima indiscussa del gruppo. La infastidiva solo la sensazione pungente di essere come un libro aperto per quelle sconosciute. Camminava a passi svelti la Margiala e non stava neanche a sentire quel che Agostino le andava sussurrando, nel suo solito modo ciarliero. Forse tutte erano al corrente della sua storia, la stavano aspettando, forse tutte sapevano che veniva da lontano, che c'era qualcosa di diverso nel mondo in cui aveva vissuto fino ad allora.

La giornata era stata calda, ma a quell'ora del crepuscolo c'era già qualcosa nell'aria che permetteva di assaporare i freschi umori della notte. Solo il cielo, piatto e grigio come una ciminiera, ricordava il carico di pesante umidità che aveva intriso la terra argillosa fino a qualche ora prima. A mano a mano che la Margiala avanzava per le strade, percepiva il sudore insinuarsi sotto la camicia pesante. Il calore risaliva dai lastroni fino alla sua pelle e lei si sentiva avvampare. Ma non lo dava a vedere, né a suo marito né a quelle sconosciute. Qualche vecchio ingobbito trascinava un carretto grigio sul quale caricava immondizie marcescenti. A ogni angolo che ripuliva, pronunciava un verso e sputacchiava un fiotto di saliva, con il quale forse pensava di purificare quella parte di paese da qualche infestazione pestifera. Chiazze verdognole e vischiose che marcavano il territorio al suo passaggio. Ai crocicchi, gruppi solitari di inconcludenti ciondolavano con il corpo a peso morto, da una parte all'altra della strada, imprecando contro il cielo e la terra e dilungandosi in litanie che avevano il suono ora di preghiere risucchiate, ora di minacce ai passanti. Possibile che fossero già ubriachi a quell'ora della sera? Quei vagabondi si aggiravano già mezzo intontiti, con la punta del naso vermiglio e l'andatura barcollante. Gli occhi, rigati di rosso, chini sulla strada, di tanto in tanto si sollevavano a esplorare i dintorni, e alcuni di quegli ovali spenti, scavati in freddi buchi d'osso, incrociarono un paio di volte il pallore della Margiala. Era uno sguardo che trafiggeva, il suo, e che non lasciava spazio a indugi. Non ebbe paura di affrontare quegli occhi vacui, li sostenne così come aveva sostenuto gli sguardi delle comari.

«Non preoccuparti, sono innocui», l'aveva rassicurata Agostino, «solo pescatori che ammazzano il tempo prima di prendere il mare».

Ma a lei non importava, quella era la sua personale tenzone per dimostrare chi fosse il più forte. Sostò con lo sguardo sui loro abiti lerci e sulle unghie che si erano ispessite e avevano assunto il colore delle candele bruciate. La vista di quei poveracci le provocò un sussulto stizzito che li fece immediatamente ritrarre. Anche loro avevano capito di che stoffa era fatta la Margiala.

Mentre ricordava quelle cose il suo sguardo era fisso sulla tovaglia o sulle mani nodose che teneva saldamente appigliate alla stoffa. Non interruppi il suo racconto. C'era qualcosa di infantile e persino romantico in quella storia. L'impressione era che si stesse rivolgendo più a se stessa, che stesse mettendo alla prova la sua memoria, controllando che gli argini fossero ben saldi. Per un po' di tempo le parole le uscirono una dopo l'altra, con incredibile lucidità per una della sua età.

«Puaff!», ridacchiò a un certo punto, «quando comare Nenna mi ha vista, si è sentita persino in dovere di dirmi che loro la stavano aspettando, una come me. Che lei l'aveva persino sognato l'arrivo di Anita, in uno di quei sogni del mattino. Quelli di cui si dice anticipino la realtà. Povera comare Nenna», disse poi scuotendo il capo, «è sempre stata un po' strana».

Poi all'improvviso il flusso di parole si arrestò, ristagnando nel suo cervello come acqua putrida. Le file di ricordi sospesi erano rimasti tutti bloccati lì. Stava cercando di afferrarli, si vedeva che quasi ansimava, ma erano volati via.

«Sarà meglio che prepari l'impasto per le focacce», le dissi con voce calma, simulando noncuranza.

Accennò un sì biascicato e la lasciai là, a rovistare sulla tovaglia, alla ricerca del resto di quei ricordi, sbeccati pure loro come il pavimento su cui poggiava i piedi.

5

Il giorno in cui Cornelia venne a invitarci al matrimonio di sua figlia non potrò mai dimenticarlo. Per il giardino aleggiava un profumo di zucchero e lavanda e l'orto era delizioso, con la sua esplosione di verdeggianti zucchine e di succose carote.

La Margiala non si era fatta vedere per tutto il pomeriggio. Era rimasta a letto, lamentando un terribile mal di testa, dovuto all'afa. Io ero ben consapevole che la sua era una scusa, dissimulava le sue paure e non consentiva al suo segreto di trapelare. Se Cornelia e Francesco l'avessero scorta in un momento di debolezza, quel colpo le sarebbe stato più mortale di una pugnalata. Sapeva che io conoscevo il suo mondo parallelo ma non me lo diede mai a vedere.

Io mi godevo il fresco del pomeriggio insieme a Cornelia. Annusavamo gli aromi odorosi dei garofani rossi, cresciuti ai bordi dei filari di bosso e delle rose, che vicino all'albero di limoni emanavano una fragranza di muschio.

«Ti ricordi quando eravamo bambine?»

«Bambine? Che intendi?», mi domandò stupita Cornelia.

Facevo dondolare i calcagni avanti e indietro, mentre me ne stavo seduta su una sedia impagliata, e mi godevo lo spettacolo della natura, mentre con la mente ripercorrevo un altrove ormai lontano. L'età della fanciullezza, dell'innocenza, che in quel momento aveva il sapore della nostalgia.

«Quando rincorrevamo Tommaso in mezzo ai cespugli e quando facevamo le merende al sole. Quando trascorrevamo ore intere rinchiuse in cucina, a eseguire gli ordini della mamma».

Cornelia sorrise.

«Non le andava mai bene quello che facevo», aggiunse sorridendo ancora.

«Ne aveva un po' per tutti, se ricordi. Era il suo modo di insegnarci le sue regole». Guardai verso il giardino, con gli occhi acquosi. Gli oleandri erano di nuovo in fiore e tutto intorno non sembrava così diverso da quei giorni lontani. Eppure ogni cosa era cambiata fuori e dentro di noi.

«È passato tanto tempo Cornelia».

«Tanto Diamante. Troppo».

«La mamma è invecchiata. È ridotta a un cumulo di ossicini che tengono in piedi ancora la tempra di un guerriero», continuai. Cornelia rise e si rannicchiò sulla sedia, portandosi le ginocchia al petto. Lei non poteva sapere. Non poteva conoscere la commedia che la Margiala stava inscenando. Non si trattava di un delirio, ma di una ferma, fermissima consapevolezza di sé. La mamma era lucida più che mai e quella sua lucidità era la peggiore condanna, perché rendeva tremendamente dolorosi i momenti in cui si smarriva.

Osservai Cornelia, quasi sul punto di svelarle tutto, poi qualcosa mi fermò. Forse il potere stesso della Margiala di esercitare il comando sulla mia mente.

«Ieri mi ha raccontato di quando papà l'ha portata in paese». Annusai intensamente l'aria, perché mi sembrava di aver voglia di piangere e non volevo. Se avessi cominciato, ne ero certa, le ragioni per farlo sarebbero state tante. E invece avevo sempre ricacciato indietro le lacrime, il passato e quella nostalgia del futuro che mi attanagliava più dei rimpianti.

«Lo facevi sempre anche da piccola», le dissi schiarendomi la voce, fattasi roca per l'emozione.

«Facevo cosa?»

«Portarti le ginocchia così, al petto, quando ci sedevamo sul letto a raccontarci le storie».

«Hai ragione, non me lo ricordavo più».

Il tuffo nell'infanzia aveva il sapore soave delle marmellate di prugne, il candore delle corse con Pietro per il canalone, l'emozione dell'arrivo della primavera a suon di colpi sferzanti al vecchio fico di compare Uberto. Nugoli di fotogrammi perfettamente composti si affastellavano nella mente. Ciascuno aveva una sua precisa collocazione nello scacchiere della mia vita. Rimanevano solo alcune caselle dolorosamente vuote ed erano quelle che, a distanza di tanti anni, cercavo ancora, con tutte le mie forze, di tenere fuori dai pensieri.

Cosa ne era stato di Antonio? Non mi aveva mai cercata. Come aveva vissuto? Era stato felice? Il ricordo di noi insieme mi aveva accompagnato giorno dopo giorno. Sospirai, perché ripensare a quei momenti della mia vita mi provocava ancora sentimenti contrastanti. Chiusi gli occhi, ma subito dopo li riaprii. Non mi aveva mai cercata, fine della storia.

Mi sorprese la voce profonda di Francesco che ci salutò raggiungendoci alle spalle.

«Che ci fate qui, come due vecchie comari?». Anche lui era invecchiato, esattamente come noi e assomigliava a papà più di chiunque altro. Aveva persino le stesse borse sotto gli occhi, sempre flaccide e sul punto di scoppiare come vesciche.

«Pensavamo a quando eravamo bambine».

«Oh, molto tempo fa purtroppo», fece, rimanendo in piedi dietro di noi.

«Tu eri un vero delinquente, la mamma era convinta che fossi spacciato, un misero ladro», e risi di gusto mentre lo prendevo in giro.

«Oh, andiamo ero solo un bambino. Mi limitavo a fare scorte di frutta e verdura, sai, per i tempi di guerra». Ora era sposato pure lui, con una donna mite e mansueta, che sopportava i suoi rimbrotti continui, e da cui aveva avuto due figli.

«Per di più hai anche ereditato lo stesso carattere burbero della mamma», continuò Cornelia.

«Certo che è piacevole ricordare con voi il passato, sorelline», disse burlandosi di noi e avvicinando un'altra sedia impagliata alle nostre. Si sedette a osservare il giardino, anche lui con la mente altrove, alla sua stramba infanzia e ai grattacapi che aveva dato alla Margiala. Passammo forse due ore a goderci la vista della natura davanti a noi. L'albero di limoni non aveva perso l'abitudine di portare i suoi buoni frutti, per le composte che la Margiala ormai non riusciva più a fare da sola, così come l'oleandro di fiorire. Le erbe aromatiche sprigionavano nell'aria le loro fragranze, come quando ci passavo in mezzo a piedi nudi, perché gli aromi si librassero nell'aria. La gramigna cresceva sempre negli stessi punti, a rammentare come tutto, da un momento all'altro, potesse essere devastato da forze più grandi e malvagie. La mamma provava ancora a strapparla con la zappa sulle spalle, ma la schiena le si era incurvata perché riuscisse a resistere a lungo in quella posizione. Nell'orto adiacente erano sbocciate meravigliose margherite, a fare da contorno a pianticelle di zucchine e porri, a viticci di piselli odorosi. Adoravo la macchia di blu delle violette che correvano intorno alla recinzione e alle spalle dell'oleandro.

I contrasti erano ancora una mia passione, ma avevo imparato ad amare anche la dolcezza e la pacatezza delle tinte pastello e dei toni miti.

«Io torno a casa», fece mezzo assonnata Cornelia.

«Anch'io», replicò Francesco.

Li salutai con un cenno veloce della mano e rimasi lì seduta, a pensare.

«Casa». La mia voce risuonò strana, mentre pronunciavo ad alta voce quella parola.

Per i miei fratelli la casa era ormai altrove, così come le loro vite. Io ero rimasta ancorata alla mia infanzia, a vivere tra le stesse mura, a non invecchiare mai.

6

Il mattino dopo la Margiala si svegliò con un'inusitata voglia di rimettere in ordine la camera padronale. L'urgenza di quel bisogno mi irritò a tal punto che le diedi della vecchia pazza. Me ne pentii subito dopo, perché in altri tempi un affronto del genere mi avrebbe fatto guadagnare un sonore ceffone. A ottantanove anni suonati, però, si limitò a guardarmi in tralice, con un'espressione tagliente. Gli occhi le si erano assottigliati ai lati della faccia e le rughe intorno conferivano al suo sguardo un aspetto perennemente sonnecchiante. Il colore di quelle gemme un tempo lucenti non si riusciva più a distinguere. La sensazione generale era di qualcosa di sbiadito, come una vecchia foto in bianco e nero che, con gli anni, assume il colore del grigio spento.

La accontentai e mi apprestai ad aprire i pesanti scuri che davano sul patio.

«Non osare farlo», mi apostrofò rigida. Difficile immaginare una donna di quell'età capace di una reazione tanto ferma. Ma certe cose non cambiavano, neanche sotto il peso degli anni.

Ancora una volta il desiderio di risponderle mi affannò il petto, ma ricacciai indietro l'affronto, sapendo bene che sarebbe stato inutile.

Lasciai gli scuri esattamente com'erano, socchiusi a tal punto da consentire solo a una leggera scia luminosa di fendersi sulle superfici lisce dell'armadio e del comò.

«Facciamo come vuoi tu», mi limitai a rispondere. La Margiala si apprestò ad aprire gli armadi, le ante che custodivano ancora i vestiti di mio padre. Ne annusò il profumo. Non era un aroma piacevole, sapeva più che altro di tabacco andato a male e di stantio. Ma lei ci affondò il naso e rimase a lungo ad annusarlo.

«Che hai da guardare?», mi rimbeccò arcigna, quasi fosse preoccupata che quel gesto potesse indurmi a tenerezza.

Mi aggiustai il grembiale e la lasciai in pace davanti all'armadio. Spostai le preziose suppellettili che adornavano il comò, compresa la campana di vetro con la statua di sant'Antonio, meravigliandomi persino che mi concedesse di tenerla tra le mani. Adagiai tutto sulla coperta a fiori del letto e passai sul legno uno straccio imbevuto di aceto.

«Attenta al vetro. Si rompe sai. E il pettinino d'avorio, bada che non caschi o potrebbe scheggiarsi».

Non rinunciava alle sue regole e al suo mondo, nel quale probabilmente io ero rimasta la Diamante bambina, che andava redarguita perché incapace di camminare sulle sue gambe. Aveva ancora il naso affondato nei vestiti di Agostino, ma non abbandonava i rimbrotti. Si voltò di scatto a guardarmi, una strana espressione crudele negli occhi. Avrei immaginato tutto il contrario. Che il tuffo nei ricordi della sua giovinezza, nei profumi antichi di suo marito, le avrebbe addolcito il cuore. Avrebbe potuto persino commuoversi. I ricordi rendono docili e fragili al tempo stesso, soprattutto quelli di un passato felice, di un passato d'amore.

Sul suo viso, però, in quel momento mi sembrava di vedere solo il rigido lucore dei santi, delle creature non mortali. Non aveva lacrime la Margiala. Ne comprendeva, nel profondo, l'inutilità. Chiuse le ante dell'armadio in modo convulso. Le mani grinzose e diafane reagirono con forza all'amarezza che stava prendendo il sopravvento sul suo autocontrollo. Passò in rassegna l'altra metà del mobile. I suoi vestiti. File di abiti grigi e neri e di scialli merlettati. Li tirò fuori con foga, mentre nella scia luminosa, che continuava a fendere l'aria, fluttuavano minuscoli puntini di polvere. Danzavano nei fasci di luce e si posavano sul comò che avevo appena lucidato.

Sospirai, perché, anche quando non lo faceva volontariamente, la Margiala riusciva sempre a rendere inutile ogni mia fatica.

«Tutto, tutto. Bisogna lavare tutto. E presto anche», si mise a dire, chiocciando agitata. Raccolsi i suoi abiti, ne feci un mucchio da portare nel cortile e da adagiare nel grande tino di legno, dove da bambini facevamo il bagno. Recuperai la cenere dal braciere – perché di notte la Margiala aveva freddo nonostante fosse estate – e la cosparsi sui suoi abiti. Sollevai il coperchio del pozzo ed estrassi diversi litri d'acqua con cui riempiere il tino. Avrei lasciato in ammollo i vestiti almeno per un giorno.

La mamma mi raggiunse poco dopo, con l'urgenza di dirigere i lavori. C'era qualcosa nel suo sguardo che quasi mi faceva paura. Come se avesse un piano ben premeditato. Non c'era casualità nei suoi gesti. Ancora adesso, a distanza di anni, ne sono convinta.

Penso che sotto l'ansia di perdere i pezzi, la Margiala stesse cercando disperatamente di esumare tutto, di rimettere in vita il passato per renderlo meno deteriorabile. I racconti di quando era giovane, così come gli abiti della sua lunga vedovanza, ogni cosa andava riportata alla luce. Sono convinta anche che, per quanto lunga, una vita appaia sempre troppo breve quando si teme di essere sul punto di doverla lasciare. Perché nonostante sia un pensiero che ci accompagna costantemente, che lambisce persino l'innocenza della fanciullezza, si spera di doverci fare i conti il più tardi possibile. Riesumare per annullare il tempo. Questo credo che quel giorno stesse cercando di fare la Margiala.

7

Nei giorni che seguirono la Margiala si fece di nuovo silenziosa, come la quiete dopo la tempesta. Che fa quasi paura perché sembra annunciare nuovi disastri. Quando la figlia di comare Nenna venne a farci visita, si rifiutò persino di uscire dalla camera da letto.

«Ha mal di testa», la giustificai.

Solo la sera, finita la cena, si faceva assalire da una fremente trepidazione. Aveva fretta di andare a letto, diceva che era tardi, troppo tardi. La invitavo a godersi un po' di fresco in giardino, le facevo notare che gli aromi erano meravigliosi, ma sembrava che le cose belle le procurassero un tremendo tedio. Le evitava volontariamente.

«È tardi. Troppo tardi. Bisogna andare a dormire», si affannava a dire e il suo tono di voce era quasi un'imprecazione. Mi faceva tornare alla mente gli anni della guerra, quando ci si dava da fare per ultimare tutte le attività prima del tramonto, nel terrore che dopo non ci sarebbe stato più tempo. La frenesia provocata dalla paura. Qualcosa di terribile sempre in agguato sopra le nostre teste. La Margiala aveva cercato costantemente di tenere i pensieri della guerra lontani dalle mura della nostra casa, ma quelli arrivavano lo stesso, come le cose trasportate dal vento. Dai racconti di qualche comare, pur se bisbigliati perché la bambina, Diamante, non potesse ascoltare, dai radiogiornali, anche se la radio a casa mia non si ascoltava più, ma c'era sempre qualche vecchio che con aria baldanzosa riferiva le incredibili imprese che le nostre truppe stavano attuando in nord Africa. Quando calava il buio, il terrore diventava una presenza palpabile, anche se ai miei occhi di bambina tutto appariva della stessa sostanza di cui sono fatti i racconti e le leggende. La Margiala sapeva, però, che era tutto vero e che c'era un mondo di brutture e di odio fuori. Lo teneva ben lontano e tratteneva solo i sentimenti buoni, la speranza nella fine.

Quando venne Cornelia a chiederle se aveva preso una decisione riguardo al matrimonio, la Margiala si fece sfuggente. Sembrava che le tremasse la terra sotto i piedi.

«Non ho ancora deciso. Tutto qui. Be', non si può fare questo matrimonio se manco io?». E la voce divenne tagliente. Attaccava per non lasciare adito a repliche.

«No. È che... insomma, a noi farebbe piacere», aggiunse concitata Cornelia, tanto che l'occhio destro prese persino a tremarle. Non era abituata ad affrontare la Margiala, lei, e sapeva che farle cambiare idea sarebbe stata impresa assai ardua.

Mentre quella specie di conversazione aveva corso, io stavo affettando carote e zucchine dell'orto per farne una minestra. Di tanto in tanto voltavo la testa a osservarle entrambe e mi veniva quasi da sorridere, perché sapevo già come sarebbe andata. Si trattava del timore del mare, del fatto che la sua memoria a volte vacillasse. C'entrava pure una semplice e ingiustificata presa di posizione. E la Margiala, si sa, era brava pure in quelle. D'altronde a chi sarebbe importato della vecchia nonna della sposa? Avrebbe mosso al più a tenerezza, per via della sua veneranda età, delle mani secche e piccole, delle rughe che le avevano reso ruvido ogni centimetro di pelle, della schiena ingobbita. Ed era questo che la Margiala non avrebbe tollerato. Di farsi guardare con occhi commiserevoli.

«Ah! Ci penserò ancora», concluse laconica e in quella risposta c'era già un tentativo di riconciliazione.

«Non insistere. Sai bene com'è fatta», mi sentii in dovere di dire a Cornelia.

«Adesso ti metti pure a difenderla?», sbraitò cingendosi i fianchi.

«Non la difendo. È che alla mamma, in questo periodo, piace la solitudine».

«Che assurdità. Un vecchio dovrebbe odiare la solitudine».

Già, pensai. Forse dovrebbe.

La questione aperta con Cornelia l'aveva resa di cattivo umore, tanto che a pranzo si rifiutò pure di mangiare.

«Ma ho cucinato un bel minestrone».

«Al diavolo pure il tuo minestrone», e si ritirò nella camera padronale, nella quale pareva proprio, da quando l'avevamo ripulita da cima a fondo, che avesse trovato la dimensione a lei più congeniale.

Me ne stetti a lungo a meditare davanti al piatto di minestra fumante. Vi scucchiaiai dentro per un po', con la mente sospesa in pensieri vacui. Di tanto in tanto osservavo il giardino dalla grande finestra accanto alla parete degli attrezzi da cucina. Qualche lucertola sgattaiolava fuori alla ricerca dei caldi raggi del sole e, nelle case dei vicini, si percepiva l'allegro vociare di qualche bambino e le chiacchiere tra moglie e marito. Suoni comuni ma a me così estranei.

«Ah! Al diavolo pure la minestra», mi venne da dire, imitando la Margiala. «Con questo caldo non ho nemmeno voglia di mangiarla questa brodaglia», e rovesciai l'intero contenuto della pentola nel giardino.

Rimasi a osservare i pezzetti di verdure sparsi per il praticello bruciato dal sole e, non so perché, trassi un'immediata soddisfazione da quel gesto di sana collera.

La Margiala uscì dalla camera padronale all'ora di cena. Avevo preparato una frittata con i porri del nostro orto. La mangiammo con due fette di pane a testa.

Era silenziosa. Un paio di volte fui sul punto di chiederle ancora di Cornelia. Più per fare conversazione che per trarne davvero qualcosa. Decisi di lasciar perdere però e di rispettare i suoi silenzi, così come la sua voglia di solitudine. Oggi penso che in quei giorni della sua vita la Margiala non avesse bisogno di altro che delle cose indispensabili. Dell'ombra della sua camera. Di quei mobili, di quegli oggetti cari. Più che di me come presenza, aveva bisogno del ricordo che custodiva di me bambina. Miraggi che poteva rendere reali in ogni momento. Forse per quello le piaceva l'oscurità. Perché le forme potevano assumere altre sembianze, l'immaginazione poteva facilmente far soccombere la realtà, trasformarsi essa stessa in realtà.

Quella sera accettò di seguirmi in giardino, a respirare i buoni aromi dell'orto e a lasciarsi accarezzare le guance dalla brezza estiva. Avevo cucito due cuscini per le sedie, uno a fiori e l'altro con un ricamo a farfalla. Volle quello a fiori. Si mise a sedere con la faccia rivolta verso l'oleandro, il suo preferito diceva. Strana scelta, visto che tanti anni prima l'aveva divelto con folle rabbia. Ma il tempo può far cambiare tante cose.

Quella sera non aveva voglia di correre a letto, di dormire spinta dall'urgenza di far spegnere un altro giorno nella notte. Quella sera non aveva sonno. Non aveva neanche voglia di parlare. Niente falle nella sua mente quella sera. Il fiume scorreva lento e pacifico, così calmo in superficie.

Quando la accompagnai in camera, mi salutò con una specie di carezza, sulla testa, sui capelli che tingevo di mogano. Mi provocò quasi un fremito, qualcosa di simile al brivido che percorre la schiena nelle notti gelide. Poteva esserci condensato l'affetto di una vita in un gesto del genere. Lei sapeva. Era la Margiala, e niente poteva sfuggirle. Sapeva che tutto ha un inizio e una fine. Sapeva che la fine può essere amara o dolce, può giungere inattesa o richiedere giorni e settimane di preparazione. Sapeva che il momento era giunto e quella stessa notte la Margiala ci lasciò. Se ne andò senza far rumore, in silenzio e dolcemente. Al mattino aspettai invano che si svegliasse e, quando entrai con la voce burbera nella sua stanza, a redarguirla perché erano già le nove, la vidi rannicchiata su un fianco, piccola, accasciata come un fagotto vuoto.

Non fu necessario avvicinarmi per capire che fosse morta, lo sapevo già. A furia di vivere quasi in simbiosi per tanti anni, certe cose potevo immaginarle prima che accadessero. Credo che anche la Margiala lo sapesse e che avesse vissuto gli ultimi istanti passando in rassegna la sua vita. Prima del saluto finale. A me, alla sua casa, alle cose buone dell'orto, al giardino, al suo amato oleandro.

Mi commosse il suo mondo che andava in frantumi.

La camera padronale era rimasta intatta e la mamma non mi aveva mai permesso di occuparmene fino a qualche giorno prima.

«È affare mio», replicava stizzita, quando mi offrivo di aiutarla. E così il suo reliquiario era diventato il suo mondo. Il copriletto ricamato, i cuscini con i guanciali profumati, le foto lucidate e il cero acceso a illuminare quei volti intatti.

La campana di vetro con la statua di sant'Antonio e il

pettinino d'avorio sempre in bella vista. Persino l'armadio ricolmo dei vestiti di quando la Margiala era giovane, mai più indossati perché la mamma non aveva mai tolto il lutto.

Mi avvicinai al letto con le gambe molli e con una triste ansia addosso. Sapevo che quel momento sarebbe arrivato prima o poi, ma lo avevo sempre immaginato diverso. In fondo non avevo mai rinunciato all'idea che la Margiala fosse immortale, che ci avrebbe seppelliti tutti. Le toccai la mano piccola e nodosa. Era freddissima, nonostante l'aria calda e viziata della stanza. I capelli lunghi e radi le scendevano fino alle natiche come un fragile mantello grigio, e la bocca era rimasta spalancata in una smorfia di abbandono. Gliela richiusi docilmente e la baciai sulla fronte.

«Buon viaggio mamma», le augurai senza piangere e capii che non erano necessarie le lacrime per provare un dolore immenso. Capii che la Margiala aveva sofferto, quando Agostino se n'era andato, e che non riuscire a piangere era forse stato il dolore più grande che avesse provato. Mi immaginai china sul suo letto di morte, ad afferrarle la mano che tremava per la paura. Immaginai anche un'ultima conversazione tra noi, parole che non avremmo mai potuto pronunciare, perché troppe erano state le cose non dette. Anche il tempo passato era troppo. Troppo tempo speso a non dire.

«Mamma, mi hai voluto bene?», le domandavo vicinissima alle sue labbra secche.

«Ti ho sempre voluto bene. Ho voluto bene a tutti voi. Nell'unico modo che mi fosse concesso».

Nei miei occhi però bruciava una domanda e ringraziai il cielo per avermi concesso di rivolgergliela adesso che se ne era già andata. Immaginai che mi dicesse sì, che mi sussurrasse di avermi perdonato, e la ringraziai per non avermi mai fatto pesare quanto l'avessi delusa. Mi pareva persino di sentirla la sua voce dura e secca che pronunciava quel sì, prima di spirare.

Ebbi la sensazione che qualcosa in gola, un nodo vecchio quasi quarant'anni, si sciogliesse lentamente, che ogni cosa sarebbe tornata al suo posto, che la Margiala sarebbe stata finalmente in pace.

Solo in quel momento realizzai che mi aveva lasciata, che mia madre, che la mia compagna di una vita, che l'austera guardiana che aveva vegliato su di me per tutti quegli anni, se n'era andata per sempre.

«Grazie», dissi a voce bassa, sussurrando, mentre le baciavo la fronte.

PARTE DECIMA
LA REDENZIONE

1

Ci aveva fregati un'altra volta, perché si era tolta da ogni impiccio e aveva rimandato per sempre la decisione di partecipare o meno al matrimonio di sua nipote.

Per una settimana lasciai intatta la sua camera da letto. Evitai persino di entrarci, concentrandomi solo sul suo funerale e sulle chiacchiere da scambiare con quanti venivano a commemorarla. Tante figure che avevano animato i pomeriggi della mia infanzia non c'erano più. Se n'erano andate anche loro, prima della Margiala. Comare Antonietta, per esempio, era morta in una fredda notte d'inverno, una delle più gelide che si potesse ricordare dalle nostre parti. Era spirata proprio mentre un fulmine aveva illuminato a giorno la stanza, squarciando l'oscurità. Trovando refrigerio finalmente dopo una lunga e penosa malattia.

Ma anche comare Nannina se n'era andata, e pure suo figlio, che era emigrato a Torino a lavorare in fabbrica ed era rimasto schiacciato da un grosso carico staccatosi dalla corda d'acciaio che avrebbe dovuto reggerlo.

Al cimitero, quando arrivò il momento di coprire la bara con dei fiori freschi, io e le mie sorelle ci stringemmo l'una all'altra. Poco distante, con il volto chino, anche Francesco e Giuseppe, e in quella riservatezza era racchiuso il senso della grande famiglia matriarcale che la Margiala aveva tenuto in piedi. Relegando sempre gli uomini a semplici comparse. Rosetta piangeva. Piangeva più di tutte noi. Non saprei spiegare il perché, ognuno reagisce alle perdite come può. Forse anche lei, come me, si era persuasa che la Margiala fosse immortale, o forse le spiaceva che negli ultimi anni fosse diventata così sfuggente, così lontana dai nostri mondi.

C'erano moltissime persone al funerale della Margiala. Più di quante ce ne fossero state a quello di Agostino. Le ricordo ancora quelle voci strozzate, quegli abiti da corvi. Ricordo la grave sensazione di perdita. Con la Margiala fu diverso. Pur inconsapevolmente, con il trascorrere degli anni, ci si prepara alle cose brutte.

Quando il sacerdote benedisse la bara, Cornelia mi strinse la mano e io la strinsi a Rosetta, mentre volti noti e sconosciuti si assiepavano tutt'intorno per tributare l'ultimo saluto a nostra madre. Sono certa che in quel momento ebbe di che sorridere, seduta su un alto scranno nero. Perché è certo che doveva essere nero pure in mezzo al biancore del paradiso.

Quando, una settimana dopo, aprii di nuovo gli scuri della camera padronale, l'intensa luminosità del giorno invase la stanza. Volevo che la penombra che aveva regnato per anni lì dentro, avvolgendo ogni cosa di una macabra sacralità, finalmente svanisse. Avrei potuto trasferire là le mie cose e spostarmi da quel tugurio che era stata la mia stanza per tutta la vita.

C'avrei pensato dopo.

Mi accorsi che il cero si era spento e mi precipitai al mercato a comprarne uno nuovo o la Margiala si sarebbe rivoltata nella tomba.

«Vieni con me e Lorenzo domani. Ti farà bene uscire».

Cornelia sapeva bene che il peso maggiore per quella perdita lo avrei sostenuto io, perché lei aveva la sua vita, una figlia che stava per sposarsi e tutto un mondo che l'attendeva, non appena si fosse tolta dalla testa l'idea della vecchia madre morta.

«Va bene», annuii, anche se l'idea di ritrovarmi faccia a faccia con il mare, dopo così tanti anni, un po' mi eccitava un po' mi spaventava.

La Grotta Regina era un locale di lusso, per nuovi ricchi, di quelli che amavano le posate d'argento e le porzioni modeste nei piatti. Una grande sala arredata in stile minimalista avrebbe accolto gli invitati e mia sorella era lì per definire i dettagli del pranzo di nozze. Lei e Lorenzo parevano ancora molto affiatati, nonostante gli anni e, ogni volta che quello strano ometto baffuto che ci stava davanti chiedeva cosa volessimo per dessert o per antipasto, lui volgeva i suoi occhi chiari verso mia sorella, per cercare un segnale di assenso. Com'era cambiata Cornelia dal tempo in cui eravamo bambine! Quei piatti raffinati e i nomi sconosciuti mi avevano già stancato.

«Io vado a fare un giro», bisbigliai all'orecchio di mia sorella.

Lei annuì con aria non convinta e probabilmente non sentì nemmeno, presa com'era dal decidere per il risotto o per delle crêpes al salmone.

Fui felice di respirare l'aria salmastra che c'era fuori, ma tutto era cambiato dall'ultima volta. File di palazzoni grigi avevano mutato l'aspetto del paesaggio, privandolo di quel tocco di antico e selvaggio che a me piaceva tanto. Il forte vento faceva svolazzare la mia gonna nera e io mi godevo la sensazione di freschezza che mi lasciava addosso. Lungo il mare avevano costruito dei frangiflutti per impedire alle onde di invadere la strada. Dovetti attraversare in mezzo al traffico per vedere l'acqua da vicino. Torbida e scura, anche lei in pena per qualcosa. I miei piedi cominciarono a seguire un percorso mentale che non avevo mai dimenticato. Un passo dietro l'altro, senza che alcuna volontà li spingesse in quella direzione. Le barche erano ormeggiate ancora al porto, come tanti anni prima, pigre e sinuose, con le loro pance piene di pesce e reti. I pescatori ammiccavano alle passanti, per rubare un bacio schioccato da lontano, con la pelle ruvida per il sole e gli occhi stanchi.

Il castello svevo si ergeva ancora in tutta la sua bellezza, l'unico tesoro rimasto intatto in quegli anni. Anche le viuzze di Bari vecchia mi sembravano le stesse, ma i lastroni sulla strada avevano assunto una colorazione più tendente al grigio e le casupole si erano invecchiate come quelli che ci abitavano, scrostate senza alcuna opera di manutenzione. Tutto aveva l'aria e il sapore di bellezza sbiadita, cadente.

Alcuni capannelli di anziani se ne stavano pigramente seduti al sole, su una sedia impagliata, intorno a un tavolo agghindato con una tovaglia a quadri. Una bottiglia di birra si era sostituita ai bicchieri di vino, ma le carte erano sempre in mano.

«Buongiorno signora», si voltarono cortesemente, mentre passavo loro davanti. Mi venne da sorridere, perché gli sguardi con cui mi miravano, tanti anni prima, quando furtivamente sfilavo davanti a quei covi di fumo e vino, erano ben diversi. Ora si trattava di un semplice saluto di cortesia, come gli uomini di una volta sanno fare.

Sentivo cumuli di sabbia secca in gola che mi impedivano di deglutire, e il cuore palpitarmi nel petto come quando ero giovane. Il tuffo in quei luoghi aveva il sapore intatto delle cose immortali, dei sentimenti più puri, che il tempo, la polvere, il rancore non riescono a scalfire. La sensazione dell'oltraggio era ancora cocente, ma più forte ansimava nel petto il delirio della vita. Era stata proprio la morte della Margiala a innescare un processo così inatteso, rimasto sopito per anni sotto strati di domande mai poste.

Quello che stava prendendo corpo dentro di me era qualcosa di folle, ne ero consapevole, ma anche in questo la Margiala non si era sbagliata. C'era qualcosa di più profondo, mi diceva lei. I miei riccioli nascondevano altro.

Mi fermai davanti al porticciolo, nello stesso angolo di spiaggia in cui, tanti anni prima, avevo ritrovato Antonio. Chiusi gli occhi, perché i ricordi erano nitidi, ma mi piaceva pennellarli di immaginazione, perché assumessero le sembianze delle cose mitiche, senza tempo e quindi senza fine. Mi faceva male il petto. Per la morte della mamma, per la morte che aveva regnato, come un pesante sudario, sull'intera mia vita, per quarant'anni. "Nei panni di chi avevo vissuto?", mi domandai.

La mente corse alla Margiala, di nuovo, e in quell'istante percepii l'interezza di quel che era stata. La freddezza con cui aveva affrontato il dolore per la morte di mio padre, la severità con cui ci aveva cresciuti, persino la premeditazione con cui se n'era andata. Tutto aveva contorni ben definiti adesso, la finitura perfetta di un abito che calza a pennello.

Ma io? E la domanda tornò a pungolarmi. Nei panni di chi avevo vissuto?

Mi sorressi a uno spuntone di roccia e con la mano accarezzai la tempia che pulsava.

No. Non ero ancora pronta.

2

Il giorno dopo decisi di trasferire le mie cose nella camera padronale. Ogni metamorfosi richiede tempo e una precisa concatenazione di eventi che necessariamente devono inanellarsi. Qualche abito a fiori. Non erano mai stati i miei preferiti. Quelli a fiori erano i preferiti di Cornelia. Io amavo i tubini neri e le camicie bianche.

Un cappotto grigio che tenevo solo per le occasioni importanti, persino un abito di voile che risaliva agli anni del matrimonio di Cornelia.

"Il matrimonio", pensai ad alta voce. Doveva celebrarsi lo stesso, nonostante la morte della mamma, era solo stato rimandato di un mese, per onorare il lutto. Mi affannai a rovistare con foga tra gli abiti più nuovi, alla ricerca di quello giusto per un'occasione del genere. Non mi piaceva l'immagine di me che proiettavano all'esterno. Mi facevano apparire vecchia. Vecchia e spenta. In una scatola di cartone ingiallito, però, tenevo gli abiti di quando ero giovane. Li avevo conservati così come si conservano i tesori.

Tirai fuori un tubino nero. Lo indossai con maniacale curiosità, la stessa frenesia delle adolescenti quando si mirano allo specchio con un vestito nuovo. Stirai con le mani la stoffa sui fianchi e mi misi di profilo per osservare bene le curve che mi disegnava addosso.

«Non male», sussurrai in tono smorfioso.

Poi rimisi tutto nella scatola e lo portai di sotto nella camera padronale. Ero in procinto di svuotare gli armadi della mamma, non per gettare via i suoi abiti – non avrei mai potuto – ma per fare spazio, in modo che anche i miei potessero entrarci, quando sentii il brusco picchiettare di nocche sul battente della porta. Una voce concitata e roca che chiamava il nome di mia madre. Una pericolosa ansia nel suo tono.

«Che diavolo!», sbraitai. La gente non aveva la minima cognizione di cosa fosse la riservatezza quando uno ha subito un lutto.

Mi ritrovai davanti una donna giovane, sui vent'anni, con lunghi capelli neri e splendidi occhi turchesi. Mi ricordò tanto mia sorella Rosetta, da ragazza.

«Siete la figlia della Margiala vero?».

La fissai in quello sguardo d'attesa e posai il mio sul pavimento sbeccato. Pensai che fosse venuta a porgere le sue condoglianze e la feci entrare.

«No, signora. Non c'è tempo, si tratta di mia sorella. Sta per avere un bambino, ma le cose non vanno bene. Perde tanto sangue. Per favore, lei ci deve aiutare. Siete la figlia della Margiala, non è vero, siete voi?».

E dal modo in cui passava dal "lei" al "voi" capii che era una ragazza all'antica, che a casa sua certe cose andavano avanti nello stesso modo di tanti anni prima, che nonostante gli ospedali, dalle mie parti alcune abitudini non cambiavano.

Rimasi perplessa a osservarla ancora per un po'. Le sopracciglia inarcate alla ricerca della risposta giusta da dare. Io non ero la Margiala. Io non avevo il suo dono, ma quella gente lo aveva riconosciuto in me. Per loro era chiaro che c'ero io in quella casa, al posto di mia madre, e che avrei fatto quel che andava fatto. Capii anche che certe cose non devi sapere di averle. Le hai e basta, cucite addosso come una pelle sotto la tua stessa pelle. Quante volte avevo visto la mamma alle prese con una donna gravida? Quante volte mi aveva detto esattamente quel che andava fatto?

«Mi dia un minuto», esclamai anch'io con ansia.

La lasciai all'ingresso, accanto al mobile dallo strano color amaranto che nessuno si era mai sognato di cambiare. Di corsa raggiunsi lo specchio del comò. Le mani rigidamente poggiate sul legno liscio, tra la campana di vetro e il pettinino d'avorio. Per qualche istante meditai sull'immagine del mio viso riflessa. Sui miei capelli color mogano, sulla mia bocca ancora carnosa. Stavo cercando qualcosa che mi rendesse simile a lei. La cercavo con la foga con cui si rovista nella terra, con cui si gratta la sabbia. Ma non c'era traccia della Margiala in me. Io non ero lei e, in un certo senso, il fatto che il resto del paese si aspettasse che io sostituissi mia madre mi lasciò quasi senza fiato.

Andai trafelata dalla giovane sconosciuta.

«Ascolti signorina. Verrò con lei, ma a due passi da qui abita il dottor Iacobellis. È un bravo ginecologo. Sono sicura che non si rifiuterà di aiutarla».

«Ma io...», disse con tono quasi lugubre, «ma lei...».

«Su, su, non c'è tempo ragazza mia. Sua sorella è più importante», e aver pronunciato quella frase le mosse un ingranaggio dentro, la fece scattare come una molla. Margiala o no, sua sorella era più importante.

Percorremmo di gran lena le strade del centro del paese, fino alla piazza. Il dottor Iacobellis, un uomo grassoccio, con il naso rubicondo e le guance paffute, teneva il passo, un po' concitato per il caldo. Arrivammo a una casetta gialla, a ridosso della chiesa della Santissima Madre di Dio. Mi parve una strana coincidenza, perché ci andavo sempre con la mamma, quando io e le mie sorelle eravamo bambine. Accendevamo un cero all'altare della Madonna, e la Margiala ci diceva di pregare per le anime dei morti. Venne ad aprirci una signora della mia età, con il volto sudato e vistose chiazze rossastre sul collo. Un'espressione che potrei definire di costernazione o di delusione si dipinse sul suo vòlto. Non si aspettava il medico. Non si aspettava neanche che la figlia della Margiala si tirasse indietro. La interruppi con un cenno rapido della mano – che equivaleva a una specie di saluto – prima che iniziasse a blaterare. Lei mi scrutò di sbieco, poi fece accomodare il dottor Iacobellis.

«Largo, largo», disse, per far scostare le comari assiepate nella stanza. «Fate passare il medico», e quelle si rannicchiarono alla parete, per aprire un varco davanti alla porta della camera da letto, dove la povera partoriente ansimava di dolore.

Osservarono anche me, mentre il dottore avanzava. Io rimasi indietro, all'ingresso, a scrutare quello sciame di donne che forse aspettava risposte dal mio sguardo.

Ma io non ne avevo. Sapevo solo chi ero io. E sapevo chi era mia madre.

Mi congedai con un cenno del capo ed entrai nella chiesa adiacente. Dovevo pregare per l'anima dei morti, per l'anima della mamma... e per la mia!

3

Quella sera Rosetta venne a cena da me. L'aria era ancora calda, ma si respirava già la frescura settembrina. Il funerale della mamma ci aveva riavvicinate, rese quasi di nuovo sorelle.

Stavo strappando le erbacce quando arrivò.

«Mi aiuti?»

«Ma non vedi come sono vestita?»

«Avevo dimenticato che hai sempre odiato il giardino».

«La mamma le strappava con la zappa».

«E io uso le mani».

Mi ripulii sul grembiale e le andai incontro.

«C'è un odore di terra bagnata», disse annusando l'aria.

«Ho appena innaffiato. Tu piuttosto, non sei vestita un po' troppo elegante per una cena con una vecchia sorella?».

Fece spallucce, ma non disse niente. Per Rosetta l'eleganza era sempre stata una questione importante. Così come la bellezza. Amava la bellezza. Le cose belle e le persone belle.

Sembrava contenta di vedermi.

«Dài, andiamo in cucina».

Avevo preparato il sugo con le braciole che le piaceva tanto, nello stesso modo di tanti anni prima, con salvia e pecorino. Certe cose non potevano cambiare. Mi sembrava fosse un po' fuori posto, in mezzo ad attrezzi, pentole, mestoli e fetore di umidità.

«Dovresti mettere a posto qui», mi disse guardandosi intorno.

«Già. Dovrei», ma faticavo a pensare che quella casa ormai fosse solo mia.

«Il sugo è buonissimo. Sei diventata più brava di me».

Ridemmo entrambe, ripensando a quando la Margiala mi impediva di occuparmi, in cucina, delle cose importanti. Il lavoro di "bassa manovalanza" per me e Cornelia.

«Sei sempre stata la sua preferita», biascicai, ingoiando un grosso maccherone ricolmo di sugo, ma mentre ridevo, gli occhi si fecero tremuli e le lacrime li riempirono. Rimasero sospese là, mentre la bocca tentava ancora di sorridere.

«Ti manca?»

«Credo di sì», sibilai, allargando le braccia, perché qualcosa dentro mi diceva che il mio dolore, il mio senso di mancanza nascevano anche da altro.

«Sai, domani parto. Vado dal mio bambino, a Milano. Per un po' mi fermo là».

Suo figlio Vincenzo era diventato avvocato e da molti anni viveva nella grande città tentacolare. Passava di rado al paese e si fermava per non più di un paio di giorni.

«Ti sei fatta bella per la città allora?»

«Mi sono fatta bella per me stessa», rispose sorridendo.

Quella risposta così innocua mi lasciò perplessa. Aprì una specie di baratro dentro di me. Quelle tre parole cominciarono a ronzarmi in testa, come sciami di api.

"Per me stessa".

Finimmo di cenare e Rosetta mi aiutò a lavare i piatti. Rimanemmo a lungo l'una accanto all'altra, con le mani chine nell'acquaio. A sorridere per un piatto che scivolava o per una macchia di sugo che non andava via.

Poi ci sedemmo sotto il portico, a gustare la quiete del giardino. Lei prese la sedia a fiori, io quella con il ricamo a farfalla.

«Era la preferita della mamma», le dissi mentre gliela porgevo.

«Si sta bene in questa stagione», sospirò.

Quella casa, quel giardino riflettevano il mio stato d'animo. Avevano bisogno di pennellate di colore, di ansiti di gioia. Avrei voluto dire a Rosetta che la invidiavo, perché aveva seguito il suo cuore sempre, infischiandosene delle regole. Io, invece, considerata ribelle e selvaggia, ero quella che si era lasciata soggiogare di più. E non c'entrava la mamma. Era mia la colpa. Di nessun altro.

Rosetta si mise a far ondeggiare i piedi in avanti e indietro e io la imitai. Ci sussurrammo la contentezza per esserci ritrovate, per aver condiviso del buon cibo, per aver sorriso del passato e di quel che eravamo diventate.

«Domani ci sarà il sole», ansimò, indicando con la punta delle dita i cirri sparpagliati in modo irregolare nel cielo.

Li osservai anch'io, aspettando di cogliere un messaggio dal cielo.

«Lo vedi che sei un po' Margiala pure tu?», e ridemmo ancora. Ridemmo a lungo, senza sapere esattamente il perché. Risate crasse e schiette in cui ritrovammo più affinità che con decine di parole. Ridemmo del passato, del presente e del futuro. E io sapevo che in quella risata c'era per me anche dell'altro, una consapevolezza nuova della metamorfosi in atto. Non aveva ancora assunto una forma ben definita dentro di me, ma era lì, pulsava come il sangue nelle vene, ribolliva come il sugo nella pentola. Mi aspettava al varco, come l'autunno stava aspettando l'estate.

Ci abbracciammo a lungo quella sera, io e Rosetta.

«Fai buon viaggio», le dissi alla fine.

«Pure tu», ribatté lei.

Il mio viaggio, però, richiedeva ardimento e sfrontatezza

e una certa dose di follia che, a dirla tutta, non mi era mai mancata. Potrei definirlo un viaggio alla ricerca della felicità perduta. Quella parola, meditata a mente lucida, quasi mi bruciava la pelle, mi toglieva il fiato, mi faceva venire voglia di piangere. Avevo ancora diritto io a inseguire la felicità? Cosa avrebbe detto la gente, cosa avrebbero bisbigliato le comari? Ero stata abituata per tutta la vita a seguire regole sussurrate di bocca in bocca, tramandate da madre a figlia. E una regola diceva che, alla mia età, non si poteva inseguire ancora l'amore. Che l'amore era per la giovinezza e che non sempre, a una donna, veniva concesso trovarlo. Pensai ancora a Rosetta. Al suo matrimonio rubato. Le era stato forse permesso amare? Le "regole" glielo avevano impedito e lei era andata a cercare il suo destino altrove. Ora sapevo che non potevo biasimarla. E io? Io che avevo cercato di abbattere quel muro di omertà, di inseguire solo il mio cuore, avevo dovuto poi sopportare l'angoscia della solitudine, di un cuscino sempre vuoto accanto. Avevo abdicato a me stessa, all'amore, precludendomi il tocco soave delle mani di un uomo innamorato sulla pelle, la possibilità di sentire crescere un seme nel mio ventre. "Non più", mi dissi, battendo forte le nocche sul tavolo della cucina. "Al diavolo tutti", e l'impeto che mi spinse in quel momento serbava il coraggio e la tempra della giovinezza. Mi faceva tornare alla mente la Diamante di un tempo. Delle corse sfrenate per il canalone all'inseguimento di Tommaso, delle battute di pesca con Pietro, della sfrontatezza della mia frangia alla Claudette Colbert. Anch'io, come la Margiala, stavo esumando il passato, ma nel passato ricercavo semplicemente me stessa.

4

Il mattino dopo andai al mercato. Una nuova luce negli occhi, nonostante la notte agitata che avevo trascorso. A tenermi sveglia, però, la medesima ansia felice che precede un giorno di festa. Non sapevo più niente di Antonio. Poteva essersi sposato o addirittura essere morto, anche se la mia mente si rifiutava di pensare alla morte. Nel cuore andavo riscoprendo la giovinezza. E la morte non è per la giovinezza, non è per la fanciullezza, nonostante quel che era successo a Pietro e a mio padre avrebbe dovuto predispormi a pensare tutt'altro. «Non più pensieri cattivi», ripetei a bassa voce, perché se qualcuno mi avesse scorta a parlare da sola mi avrebbe immediatamente tacciata di pazzia. Erano tante le regole non scritte, troppe per tenerle a mente tutte. Il paese era una grande bolla di umanità sorretta da quelle regole. Non vivevi se non sottostavi ai comandamenti della folla.

«E allora? Non faccio niente di male... cosa avranno da ridire?». E mentre meditavo su quelle cose incrociai la figlia di comare Nenna e la nipote di comare Antonietta. Ne seguii la scia con gli angoli degli occhi, terrorizzata all'idea che la mia metamorfosi fosse visibile anche all'esterno. Ero certa che, se la Margiala fosse stata ancora in vita, l'avrebbe notata. Non le sfuggiva niente. Lei era la Margiala. «Che mi lascino in pace!», bisbigliavo ancora. «Che mi lascino vivere». Potevo già immaginarle, pigolare alle spalle, a darmi della vecchia pazza. «Avrà perso la ragione come sua madre. Come la povera mamma di comare Nenna. Poveretta, alla sua età non bastava la solitudine». Me le prefiguravo davanti, quelle lingue biforcute, uno sciame bisbigliante e malevolo. Mi faceva quasi paura quel moto di ribellione che sentivo crescere in me e che in fondo faceva parte della Diamante giovane. Con il trascorrere del tempo l'avevo smarrita.

Ai banchi della frutta era tutto un pullulare di mani svelte, intente ad agguantare le mele più tondeggianti e le pere più morbide. Mi sentivo spogliata da sguardi un tempo innocui, rea di una colpa che non avevo ancora commesso e che ai miei occhi, nel mio cuore, aveva invece il sapore di una redenzione. La figlia di comare Nenna mi raggiunse alle spalle.

«Allora, come ti senti?».

Mi colse alla sprovvista, e temetti di essere stata scoperta.

«Come?», le domandai a mia volta, riparandomi gli occhi dal sole.

«Come va?», alzò la voce, pensando che quel cicaleccio di sottofondo mi impedisse di sentirla. Io la sentivo benissimo, ma era come se parlassimo due lingue differenti in quel momento.

«Ti sentirai sola in quella grande casa».

Adesso sì. I nostri pensieri si erano sintonizzati e anche le nostre lingue di conseguenza. Le sue parole ora avevano significato per me, perché toccavano il mio dolore. Certo, la Margiala mi mancava, nel modo strano e unico con cui poteva mancare una come lei. Due come noi che si erano sempre studiate a distanza e avevano tenuto le tenerezze fuori dal novero dei loro affari. Mi mancava la felicità. Quella mancanza, sì, mi squassava il petto. Mi mancava l'amore.

Dovettero passare alcuni minuti prima che mi decidessi a rispondere, perché la figlia di comare Nenna abbassò lo sguardo per captare i miei pensieri, per ascoltare meglio il mio silenzio.

«Diamante, stai bene?», e più del suono della sua voce mi giungeva il trapestio di passi della gente al mercato, l'andirivieni continuo, le bocche affamate di parole, le orecchie desiderose di ascoltare. E io invece avevo solo una gran voglia di correre, di andare su e giù per il canalone, di farmi accarezzare dal mare sulla battigia, di sentire la sensazione frizzante lasciata sui piedi dal riflusso delle onde, di percepirmi libera.

Mi congedai dalla comare con una grande trepidazione. La consapevolezza che fosse giunto il momento era tale che mi opprimeva il petto, ma rendeva i miei piedi incredibilmente veloci. Non c'era un motivo particolare se la metamorfosi aveva finito di compiersi proprio là, al banco della frutta, dove avevo lasciato le mele tondeggianti al sole, ad aspettare che altre mani ne toccassero la buccia soda.

Riconoscevo tanti volti noti mentre camminavo a passi svelti in mezzo alla folla, stringendo al petto la mia borsetta nera. Salutavo le vecchie e nuove comari con un cenno del capo, frettolosamente, con un'urgenza che mi rendeva cocente l'asfalto sotto i piedi. Era una radiosa mattinata di fine estate e niente pareva annunciare la lugubre aria nostalgica che di lì a qualche settimana avrebbe invaso tutto. Gli alberi avrebbero perso i loro fiori di tutti i colori, i rami si sarebbero fatti di nuovo spogli e avrebbero guardato in giù, a osservare la terra tingersi delle gradazioni che un tempo erano appartenute a loro. No, non avrei lasciato che la mia voragine inaridisse.

Non lo avrei permesso. Avrei osato la più folle delle imprese. Avrei percorso con il fiatone dei miei anni il canalone. Avrei salutato gli ignari capannelli di anziani per i vicoli di Bari vecchia, la spensieratezza della fanciullezza nei loro volti rugosi. Avrei sfidato le malelingue. Sarei tornata da lui.

5

Mentre correvo mi passavano davanti le giornate di tanti anni prima. La voce roca e profonda che mi aveva fatto sentire tremendamente bambina. Le mani ruvide e grattate dalla fatica. La fatica stessa che, raccontata dai suoi occhi, assumeva più la parvenza del divertimento. Della passione. Le unghie mangiate dalla vernice. La pelle bruciata dal sole. Persino il dolore, l'affronto, l'umiliazione sembravano banalità secondarie rispetto all'armonia del tutto. Meditavo sul passato. Su di me. Su di lui. E i miei piedi erano svelti, le mie gambe non accusavano la fatica. Avrebbero dovuto. Diamante non era più una ragazzina. Diamante era una donna adulta. Diamante la si poteva considerare quasi vecchia.

Il canalone era già alle mie spalle, così come il porticciolo. Il castello svevo bellissimo e maestoso, anche lui sbiadito dall'età e dalla trascuratezza degli uomini. I capannelli di anziani non mi fecero mancare il loro cordiale saluto e, un lastrone dopo l'altro, i miei piedi mi condussero là, seguendo una mappa mentale che i miei sensi avevano custodito per anni. E una volta giunti là si fermarono e sentirono la fatica e l'età. Il respiro affannato, la bocca che tremava, gli occhi che faticavano a non chiudersi. Una mano che non sembrava la mia si alzò, rimase sospesa a mezz'aria per un po'. Poi, lentamente e a fatica, si appoggiò a una porta scrostata. Bussò, mentre l'altra stringeva forte la borsetta. La porta la ricordavo più grande ma forse erano gli occhi dell'età a rimpicciolire le cose. Colpi bassi e incerti, soffocati dalla paura. Non sapevo quel che mi sarei ritrovata davanti. Qualche sconosciuto o una signora per bene, più o meno sui sessant'anni, che mi avrebbe accolto come una vecchia conoscente di suo marito.

"Al diavolo", mi dissi ancora e bussai di nuovo, con maggiore decisione questa volta. Non avevo intenzione di vivere il resto dei miei giorni masticando una fila interminabile di "se".

Si udirono dei passi, leggeri, venire da lontano. Potevo percepire i battiti del cuore nella gola e la testa mi doleva in più punti. Tenni lo sguardo chino fino a quando non sentii il clangore di vecchie serrature arrugginite.

«Buongiorno», balbettai al signore che venne ad aprirmi, decidendomi finalmente ad alzare gli occhi. E quello sguardo mi trasfigurò, rapido come il lucore di una fiamma che illumina e cambia i lineamenti. Rendendoli sogno. Lo sconosciuto si era visto davanti una donna che aveva superato la mezza età, con i capelli tinti di un rosso mogano, un po' scompigliati per il vento. Il volto paffuto e le spalle che con gli anni si erano irrobustite, così come tutto il resto. Si era ritrovato davanti anche decine di rughe che solcavano il contorno degli occhi e che segnavano due profondi canali scuri ai lati della bocca. Il collo, però, era ancora liscio e candido, come tanti anni prima e lo esibivo con orgoglio, come ultimo baluardo di una fortezza ormai decadente.

«Sta cercando qualcuno signora?», domandò pigramente, come se fosse stato interrotto da uno dei suoi momenti preferiti.

«Abitava una persona qui», dissi, sforzandomi di credere alla mia stessa voce.

Lui l'aveva osservata in silenzio, quella donna di mezza età, sull'uscio, e aveva inclinato leggermente la testa, per prepararsi forse alla prossima informazione.

«Un po' pescatore, un po' marinaio, un po' fannullone».

Rimase ancora fermo, con la mano appoggiata allo stipite, come se tutto il peso del suo corpo si stesse reggendo a quella porta.

«Continui pure», disse con una voce flebile.

«Credevo amasse una ragazza. Facevano l'amore guardando il mare, osservandosi nudi, mentre il vento le scompigliava i capelli».

Gli occhi piccoli e cisposi si riempirono di lanuggine bianca e acquosa. Forse lacrime, forse il velo dei ricordi, mentre l'occhio destro aveva cominciato a tremare visibilmente.

«Come si chiamava? Quella ragazza intendo».

«Non me lo ricordo più... È passato tanto tempo... E lei? Lei si ricorda come si chiamava?». Deglutì e tirò su con il naso. Difficile credere che un uomo ormai vecchio potesse abbandonarsi a un gesto da bambino, e non trovare le parole per esprimersi. Scosse semplicemente il capo e il suo poteva essere un sì o un no.

«Lei lo amava e credeva che sarebbe stato l'uomo della sua vita, che lui l'avrebbe amata per sempre, lei e solo lei. Ma era giovane e da giovani si credono tante cose». Ormai piangevo, fissando lo sconosciuto negli occhi neri di pece che si erano assottigliati con il tempo, mentre le rughe avevano disegnato tutt'intorno miriadi di percorsi, uno per ogni raggio di sole che ne aveva consumato la pelle.

«L'amavo anch'io», disse alla fine, rompendo il silenzio. Rimanemmo a fissarci per diversi minuti, occhi negli occhi, a dirci che cosa non aveva funzionato, quale marchingegno si fosse innescato all'improvviso a rompere l'incanto.

«Perché non entri Diamante?», balbettò alla fine, scostando la mano dalla porta. Fui sul punto di girarmi dall'altra parte e andarmene, ma qualcosa mi fermò. Non volevo più scappare.

Mai più.

Ricordavo ancora esattamente la sua stanza, come fosse passato poco tempo, non un'intera vita. I pochi mobili ormai sbiaditi e i fiori variopinti ad adornare il minuscolo davanzale.

Mi fece accomodare al tavolino.

«Vedo che non hai perso il gusto per le cose semplici?», gli dissi, sorridendo, mentre mi serviva un biscotto dalla confezione.

«Scusami, non sono abituato a ricevere visite». Si sedette di fronte a me, emettendo un leggero verso di dolore, mentre il suo corpo si accasciava sulla sedia. I capelli erano rimasti folti come un tempo, solo imbiancati. Mangiai il biscotto e lanciai una rapida occhiata attraverso la finestra aperta.

«Si vede sempre il mare. Almeno qui nessun mostro di cemento ha rovinato la mia vista ogni mattina».

Si voltò anche lui a scrutare il mare, minaccioso e nero. Ma in lontananza sembrava così calmo e cristallino.

«Da quella parte sembra pacifico», dissi allungando la mano e indicando un punto lontano all'orizzonte.

«Già, c'è sempre un posto dove è in pace», e posò una mano sulla mia. La sentivo ruvida e nodosa, ma lui avrebbe potuto pensare la stessa cosa. Mi fermai a osservare prima la sua mano, poi il suo viso, illuminato da una nuova luce lì davanti alla finestra.

«Sei sempre bello», gli dissi, mentre lui mi accarezzava la pelle come fosse un delicato fiore.

«Abbiamo aspettato tanto, vero?». Quasi bisbigliò e la domanda pareva rivolta più a se stesso che a me.

«Non mi hai mai cercata».

Non rispose, scosse il capo e scacciò indietro le lacrime che lo facevano apparire ai miei occhi più fragile, quasi innocente. Inspirai a fondo, dicendo a me stessa che era giunto il momento. Per spiegargli che lo avevo sempre amato, che non avevo dimenticato niente di noi due, che mi era mancato in tutti quegli anni e, la cosa più importante, che lo avevo perdonato. Che forse eravamo troppo vecchi e ridicoli per tentare ancora qualcosa, o che forse la vita ci poteva concedere un'altra possibilità. Le idee mi turbinavano nella testa troppo veloci per la mia età. Antonio si alzò e venne dietro di me. Sentii le sue mani calde che mi stringevano il collo, poi i capelli, e la sua testa che si chinava su di me, stancamente, per annusare il mio profumo. Voltai lo sguardo per sentire anch'io la sua pelle che sapeva di sale e mare.

«Forse non è troppo tardi», mi sussurrò prima che potessi esprimere i miei mille dubbi, e capii che non aveva perso la capacità di leggermi nel pensiero. Si chinò per baciarmi. Un bacio tenero e delicato, il bacio di due vecchi che hanno perso tanto ma che hanno ancora negli occhi lo sguardo maliziosamente speranzoso. Fu un tocco lieve, ma sufficiente a scuotermi, proprio nello stesso modo in cui mi faceva fremere un tempo.

«Sono troppo vecchia», esclamai ancora, forse solo con l'intento di sentirmi dire il contrario.

«No che non lo sei», mi sussurrò, baciandomi ancora, in un modo diverso, che mi fece risentire viva.

«Ho una grande casa e un bellissimo giardino», gli sussurrai mentre potevo percepire il suo respiro vicinissimo alle mie labbra, «degli splendidi oleandri in fiore, alberi da frutto e piante aromatiche che sprigionano nell'aria le loro fragranze odorose. E sono tutta sola tra quelle grandi mura».

«Me la ricordo la tua casa. Come l'avessi vista ieri».

«C'è posto, sai, per due persone, ma...».

«Ma cosa?», mi scrutò con occhi maliziosi.

«Dalla finestra non potrai vedere il mare».

Mi baciò ancora, sulla fronte, sugli occhi, ai lati della bocca.

«Non importa».

La prima sera nella nostra casa gli offrii del liquore al limone, nei bicchieri color amaranto che tenevo nella credenza, nello stesso posto in cui per anni li aveva tenuti riposti la mamma. Il peperoncino intero, lasciato a macerare nell'infuso, aveva conferito il solito sapore particolare alla bevanda, irresistibile per chi amava i gusti forti.

Sul confessionale avevo aggiunto una foto della Margiala da giovane, che avevo recuperato da uno dei cassettoni del suo comò.

Insieme al liquore, avevo preparato delle focacce salate, stando attenta a non farle bruciacchiare tutt'intorno – cosa che la Margiala odiava. Avevo unito all'impasto un pizzico di bicarbonato, perché lievitasse meglio. Cenammo sotto il portico, al chiarore della luna, ammirando i bellissimi chiaroscuri che si esibivano in forme cangianti nel giardino. Una luce leggera illuminava il muretto a calce che separava la nostra proprietà da quella di comare Nannina – o per meglio dire dei suoi nipoti, ormai.

Antonio mi aiutò a sparecchiare. Negli occhi la fiamma bruciante dell'attesa. Lo presi per mano e lo invitai a seguirmi nella camera padronale, con la pelle vibrante come una ragazzina alla sua prima cotta. Quando godemmo l'uno dell'altra sul grande letto che era appartenuto alla mamma per tutta la vita, non riuscii a trattenere le lacrime. Sapevo che l'uomo che giaceva su di me mi aveva spogliata di molte cose, del futuro radioso che avrei potuto avere a vent'anni, del matrimonio e dei figli, della quotidianità che può riempire la vita di una donna. Nello stesso tempo, però, mi sentivo anche ricolma di quel che mi aveva lasciato e che avrebbe potuto donarmi ancora: la fermezza di un sentimento unico.

Quando si addormentò nell'incavo della mia schiena, il suo respiro grave dietro di me, il profumo della sua pelle non più giovane, socchiusi gli occhi e ripensai alla Diamante di tanti anni prima. A quella voragine nera e profonda. Andai a cercarla in fondo al mio cuore, ma sentivo solo un grande e confortante calore. Quando li riaprii, la vista corse rapida alla foto della Margiala, sul confessionale.

Era così giovane, gli occhi luminosi e uno splendido sorriso disegnato sulle labbra ancora carnose. Venne da sorridere anche a me, mentre pensieri nostalgici mi facevano tremare le labbra, perché ancora una volta la saggezza delle comari aveva risolto l'intera faccenda della mia vita con il mio soprannome. Le nuove comari, figlie e nipoti delle vecchie comari, avevano preso a chiamarmi – da quando la Margiala era venuta a mancare – Anita Diamante. Non la Margiala. E questo aveva un significato profondo per me, perché il nome Anita racchiudeva il meglio di quel che la mamma era stata, la sua giovinezza.

Certo, non avrei potuto disfarmi dei dolori, delle perdite, dei rimpianti che avevano segnato la mia intera vita. Sarebbero rimasti attaccati alla mia pelle, come quelle cicatrici che, di tanto in tanto, con il cattivo tempo fanno male.

Quella sera, però, se accarezzavo quei segni con la mente, uno alla volta, non provocavano alcun dolore.

Il cielo era terso e illuminato da infinite stelle. La luna, una grande lampada d'argento, bellissima e fascinosa nella sua fissità. Il mio amore mi dormiva accanto, il respiro si era fatto lieve, un bisbiglio. Sognava anche lui. La Margiala ci guardava, guardava me e sorrideva. Ci guardava anche Agostino e persino donna Diamante, con i suoi occhi del colore delle ortiche. La riconciliazione era dolce e mi pareva persino di poterne assaporare il gusto con la lingua. Cullata da quelle dolci nenie mi addormentai. Sapevo che il giorno dopo ci sarebbe stato ancora il sole e le cicatrici non avrebbero fatto male, mai più.

Ringraziamenti

Ringrazio innanzitutto mia figlia Gaia, per essere stata la prima ad aver ascoltato pazientemente le storie di Diamante bambina ed essersi commossa insieme a me. Ringrazio mio marito Michele, perché sua l'idea di creare una storia che avesse il sapore antico e dolce dei ricordi d'infanzia. Devo ringraziare anche il piccolo Daniele, l'ultimo nato della mia famiglia perché, pur inconsapevolmente, ha anche lui dato il suo contributo, costringendomi a trascorrere i mesi della gravidanza reclusa dentro casa. Questo mi ha permesso di dedicarmi intensamente alla scrittura. Un grazie speciale va alla mia fantastica editor, Alessandra Penna, per la sua incredibile sensibilità, per aver accolto le mie debolezze e avermi fatto da guida. Per aver creduto in Diamante! Ringrazio immensamente la mia agente Maria Cristina Guerra e Serena Di Battista. Senza il loro lavoro e la loro fiducia tutto questo non sarebbe stato possibile. Sarò loro eternamente debitrice! Grazie a Raffaello Avanzini e a tutto il mitico team della Newton Compton.

Grazie, grazie, grazie...

Ringrazio la mia amica Orietta per averci sempre creduto, anche quando la mia fiducia vacillava. Ringrazio tutte le donne della mia infanzia... e un grazie speciale a mia nonna, la Margiala, senza la cui vita questo romanzo non sarebbe mai esistito!

Indice

3.0

Stefano Baldi, *Sia fatta la tua volontà*
Roberta Gately, *La Pakistana*
Catharina Ingelman-Sundberg, *La banda degli insoliti ottantenni*
Naomi Ragen, *L'amore violato*
Ellen Marie Wiseman, *La stagione dei ricordi perduti*
Qais Akbar Omar – Stephen Landrigan, *Leggere Shakespeare a Kabul*
Maurice Bigio, *La ragazza di Teheran*
Iman Bassalah, *Hotel Miranda*
Keija Parssinen, *Il matrimonio segreto*
Kenneth Macleod, *Le conseguenze*
Muriel Zagha, *Esprimi un desiderio*
St. John Greene *Piccole cose che avrei voluto dirti*
Caroline Brothers, *I fratelli di Kabul*
Dinah Jefferies, *La separazione*
Lorenza Ghinelli, *Con i tuoi occhi*

Lorenza Ghinelli
Con i tuoi occhi

Lorenza Ghinelli è nata a Cesena nel 1981. Ha conseguito presso la Scuola Holden di Torino il Master in tecniche della narrazione e oggi collabora con la scuola come docente. È autrice di racconti, poesie, opere teatrali e cortometraggi. Con la Newton Compton ha pubblicato *Il Divoratore*, grande successo di critica e pubblico; *La colpa*, finalista al Premio Strega 2012; *Il cantico dei suicidi* (solo in versione ebook); il romanzo breve *Sogni di sangue* e *Con i tuoi occhi*. Il suo sito è www.lorenzaghinelli.com.

Volume rilegato di 384 pagine. € 12,00

Irma ha solo otto anni, vive a Rimini e ha capito che la vita cambia in fretta, e spesso non in meglio. Suo padre ha fatto carriera, la madre è presa da un'altra gravidanza e così passa le giornate con la nuova babysitter, una ragazzina di soli tredici anni, ribelle e sessualmente spregiudicata, che irrompe nella sua vita come un tornado. Con lei Irma conoscerà troppo presto i segreti del sesso e l'infanzia scivolerà via lasciando spazio a giochi perversi e sconosciuti. Carla, invece, è cresciuta a Favignana, in una famiglia affettuosa e attenta. Porta con sé il vigore dell'isola siciliana, brulla e selvatica, il calore del sole che rimbalza sul mare, le linee decise delle rocce calcaree, e conosce la vitalità, la passione e l'amore incondizionato. Nei suoi occhi luminosi si cela un segreto, nella sua anima arde un fuoco inconfessabile. Sembra un incontro impossibile quello fra Irma e Carla, che invece, ormai donne, sono destinate a scontrarsi. Eppure la solitudine e il cinismo di Irma, caduta in una spirale di perversione e infelicità, finiranno per frantumarsi di fronte all'energia di Carla.

Muriel Zagha

Esprimi un desiderio

Muriel Zagha è nata e cresciuta a Parigi, dove ha studiato Letteratura inglese all'École Normale Supérieure. A 21 anni si è trasferita in Inghilterra dove ha iniziato a lavorare come lettrice di Francese presso l'università di Cambridge. Dopo aver portato a termine un dottorato su Henry James ha deciso di cambiare completamente vita e si è lanciata nel mondo della moda, lavorando come PR. Ora lavora come giornalista freelance e collabora con importanti testate come il «Guardian», il «Sunday Telegraph» e il «Times Literary Supplement». Vive a Londra con suo marito e un figlio. *Esprimi un desiderio* è il suo terzo romanzo.

Volume rilegato di 440 pagine. € 9,90

Sono passati ormai quattro anni da quando il marito francese di Chloe è morto improvvisamente, lasciandola allo stesso tempo vedova e in attesa di un bambino. Tornata a Londra, Chloe si è rifatta una vita insieme a un gruppo di altre giovani mamme come lei: una vita senza uomini, consacrata al lavoro in una gastronomia francese e al devoto ricordo del periodo parigino trascorso assieme ad Antoine. Ma quando Nicolas, il suo bambino, chiede a Babbo Natale di ricevere in dono un nuovo papà, Chloe si rende conto che deve ricominciare a vivere davvero. Dovrà tornare in Francia per recuperare una vita perduta, o cedere alla frizzante magia di Londra e all'attrazione imprevedibile e rischiosa per un misterioso artista? Col tempo troverà il modo di riconoscere le illusioni che le impediscono di andare avanti e di fare finalmente i conti con la propria perdita. Con una scrittura brillante Muriel Zagha ci regala una storia toccante e divertente: la storia di un nuovo inizio.

Kenneth Macleod
Le conseguenze

Kenneth Macleod è nato a Glasgow nel 1972. Ha lavorato come giornalista fin da quando aveva 17 anni. A 29 anni ha abbandonato la stampa per frequentare un master in scrittura creativa e trasferirsi a Berlino, dove ha trovato impiego come guida turistica per mantenersi durante la scrittura del suo romanzo d'esordio, *Le conseguenze*. Attualmente vive in Scozia.

Volume rilegato di 384 pagine. € 12,90

Craig è un ragazzo scozzese, un ottimo nuotatore. Quest'anno ha trovato un impiego estivo come bagnino a Grömitz, una rinomata località balneare in Germania, sul mar Baltico. È stato suo nonno a insegnargli a nuotare. Durante la guerra, mentre prestava servizio su una petroliera britannica, rischiò di morire annegato e sopravvisse miracolosamente aggrappandosi al cadavere di un compagno. Come suo nonno, anche Craig conosce bene i pericoli del mare, e sa che deve vigilare attentamente sui bambini del campo estivo che si avventurano in acqua in kayak e windsurf. Ma oggi sta per capitare qualcosa: Craig lo sente, lo ha saputo fin da quando si è svegliato, scosso da un terribile presentimento. Eppure il destino prosegue impietoso per la sua strada, e, mentre le ore e i minuti passano, e le onde continuano a infrangersi sulla spiaggia, ciò che non sarebbe dovuto mai accadere si realizza in tutto il suo orrore, lasciando ricordi indelebili...

NEWTON COMPTON EDITORI